附
QR Code
線上音檔

不用老師教的日語動詞×形容詞變化

舒博文・DT企劃／著

笛藤出版

前　言

本書是「不用老師教的日語動詞變化」與「不用老師教的日語形容詞變化」的合訂本。日語初學者在學會五十音之後，就會漸漸開始接觸到動詞、形容詞與形容動詞，然而因爲不熟悉這些詞類的語尾變化而使學習進度停滯不前，甚至放棄學習的情況屢見不鮮。爲此，本書特別設計一種最方便、有效、超好學的學習方式，循序漸進，從熟悉進入理解，輕鬆掌握日語動詞、形容詞的變化！

本書從「基礎知識」開始，讓你對日語的基本文法和句子結構有初步的認識及概念。再分別介紹動詞、形容詞、形容動詞的特徵及變化方式。全書內容以各類動詞、形容詞爲例，實際演練其語尾變化，用最簡單的例子讓讀者聽懂、背誦、記憶，使你能舉一反三運用自如。

本書編排最大的特色是列舉最常用的日語動詞共96個、日語形容詞50個、形容動詞23個，採左頁文法圖表解釋—「進階理解」，右頁詳列其各種變化—「背誦口訣」，編排清楚易懂，讓學習者背誦方便、快速記憶！

再搭配本書MP3，「耳聽・口說」重複練習，熟記本書所列舉的代表性單字後，用附錄中的例句加深印象，再以此爲例將變化套用到各種動詞、形容詞，相信就能輕易突破關卡，在短時間內成爲日語動詞、形容詞達人！

使用本書學好
動詞、形容詞變化

Step 1・「五十音圖表」直背、橫背都熟練！

「五十音圖表」是動詞變化的重要基礎，請先將「五十音圖表」複習、熟練，打好基礎，動詞變化超Easy！

Step 2・「基礎知識」快速瀏覽

先快速地瀏覽一下「基礎知識」的部分，對日文的基本文法＆句子結構稍有粗淺的認識或概念，學習中有疑問時，再反覆熟讀。

Step 3・左頁文法・右頁背誦

建議直接從右頁的「口頭背誦」開始練習，有不懂的地方或想要更深入了解其動詞變化的作用，再參考左頁的「進階理解」哦！

Step 4・配合MP3，「耳聽・口説」重複練習

右頁背誦部分，可配合本書的MP3進行「耳聽一次」・「口說一次」，直到熟練爲止，建議至少重複10次以上。藉由聽和說的多次練習，自然而然地熟記動詞變化的方式。

Step 5・牢記代表性單字，依此類推、運用自如！

大致理解日語動詞、形容詞、形容動詞的種類，利用附錄例句加深印象，且聽說熟練後，就能運用自如！輕易突破基礎動詞變化關卡！

動詞目次

形容詞目次

動詞篇
読む
P.10~240

動詞基礎知識

1 日語的詞類有哪些？

日語的詞類有：名詞、動詞、助動詞、形容詞、形容動詞、助詞、副詞、連體詞、接續詞、感動詞。

2 日語的詞類會變化的有哪些？

有動詞、助動詞、形容詞、形容動詞4種類。日語文法用語「活用」一詞即是變化的意思。

3 日語句子的構成是怎樣的呢？

通常日語的句子都由主語和述語構成。整體形態上，通常是由2個文節以上組成的。文節又是由各詞類所組成。

	美しい（うつく）	花（はな）	が	たくさん	咲い（さ）	た。
詞類	形容詞	名詞	助詞	副詞	動詞	助動詞
文節	（當主語）名詞文節			副詞文節	動詞文節	
句子組成	主語			述語		

4 動詞有什麼作用？

動詞是用來表示人、事、物的動作、作用、存在。如：話す（はな）（說）、流れる（なが）（流）、居る（い）（在）…等。

5 動詞在句子中的什麼位置？

通常動詞或動詞文節都放在句子的最後面。

如：花（はな）が咲く（さ）。（花開。）

咲く：動詞

6 日語動詞總共有幾種變化呢？

日語中動詞共有6種變化。且皆在語尾產生變化，各類動詞的變化方式請參照書中內容。

另外，形容詞、形容動詞共有5種變化。變化的名稱都和動詞一樣，變化的作用也大同小異。

7 為什麼動詞要變化？

動詞變化是為了動詞後面要接助動詞、助詞、動詞、形容詞、名詞、句子結束…等而作不同的變化，表示各種不同的意思。

8 什麼是動詞的「基本形」？

就是指動詞還未變化時的「原形」。另外，因為在辭典上所查的字一定是未經變化過的基本形，所以也稱為「辭書形」。例如辭典上查得到「**取る**(ru)」，但卻查不到「**取って**」、「**取ります**」、「**取れば**」…等已變化過的形態。

9 動詞禮貌表現「ます形」和「普通體」有什麼不同呢？

動詞「ます形」是初學者開始接觸日語動詞時，所認識到的動詞＋禮貌助動詞「ます」的型態。因為帶有輕微尊敬的含意，所以普遍用於長輩或是較不熟識的人…等。

如：「**食べます**」、「**食べますか**」、「**食べません**」、「**食べました**」、「**食べませんでした**」都是屬於動詞的ます形。

動詞的普通體則用於對家人、朋友…等關係較親密的人。

如：「**食べる**」、「**食べない**」、「**食べなかった**」、「**食べよう**」、「**食べた**」都是屬於動詞的普通體。

※本書「進階理解」中的「普通」即是普通體的意思。

10 什麼是動詞的「語幹」、「語尾」呢？

動詞變化時「語幹」不變，「語尾」變。

1類動詞（五段動詞）		2類動詞（上一段動詞）		2類動詞（下一段動詞）	
行(い)	く	見(み)	る	食(た)べ	る
語幹	語尾	語幹	語尾	語幹	語尾

3類動詞（サ行變格動詞）		3類動詞（カ行變格動詞）	
◯	する	◯	くる
無語幹	語尾	無語幹	語尾

11 動詞在形態上變化時可分為3類動詞，那「五段動詞」、「上一段動詞・下一段動詞」、「サ行變格動詞・カ行變格動詞」又是什麼呢？

1類動詞 文法上稱**五段動詞**，如：**書(か)く**、**話(はな)す**、**勝(か)つ**。

2類動詞 文法上稱**上一段動詞**和**下一段動詞**，如：

- 上一段：**着(き)る**、**煮(に)る**、**延(の)びる**。
- 下一段：**答(こた)える**、**受(う)ける**、**寝(ね)る**。

3類動詞 文法上稱**サ行變格動詞**和**カ行變格動詞**。

- **サ行變格動詞**：**する**，前面可接漢字或其他字產生許多個動詞，如：**勉強(べんきょう)する**。
- **カ行變格動詞**：只有「**くる**」1個字。

12 什麼叫做「音便（おんびん）」？

指日語中為了方便發音，以某音取代原音的現象。

- イ音便（おんびん）：「書（か）きて」→「書（か）いて」
- ウ音便（おんびん）：「ありがたく」→「ありがとうございます」
- 撥音便（はつおんびん）：「読（よ）みた」→「読（よ）んだ」
- 促音便（そくおんびん）：「待（ま）ちて」→「待（ま）って」

13 什麼叫做「變音」？

舉例來說，唸「会（あ）わ(wa)う(u)」的時候，嘴形要一下大(wa)一下小(u)，很不好發音。因為在口語中，會唸得較快，為了方便發音於是就演變成「お(o)」的音了。

如：「会（あ）わ(wa)う」→「会（あ）お(o)う」

14 日語動詞還有沒有其他的特性呢？

日語動詞的另一個特性就是日語動詞後面可以接助動詞、助詞…等。而且可以連續一直接下去產生不同的意思。

如：買（か）う（1類動詞或稱五段動詞）：

- 買（か）う —— 買
- 買（か）わない（表示否定＋ない）—— 不買
- 買（か）わなかった（表示過去＋た）—— （那時）沒買
- 買（か）わなかったもの（後接名詞＋もの）—— （那時）沒買的東西
- 買（か）わなかったものだ（後接助動詞だ，表示肯定）—— 就是（那時）沒買的東西

動詞6種變化解說表

6種變化	活用形	作用
①	未然形（みぜんけい）	❶ 表示否定。 語尾變化後接助動詞「ない」。 ❷ 表示動作或作用還未完成，有意志（想做…）或推測的意思。 語尾變化後，接助動詞「う」
②	連用形（れんようけい）	❶ 表示句子中止。 語尾變化後接助詞「て」。 ❷ 表示過去。 語尾變化後接助動詞「た」。 ❸ 表示禮貌。 語尾變化後接助動詞「ます」。 ❹ 表示希望。 語尾變化後接助動詞「たい」。

變化方式

取（と）　る
語幹　語尾

→ 取（と）る　→ 取（と）ら＋「ない」→ 取（と）らない　不拿。

→ 取（と）る　→ 取（と）ろ＋「う」→ 取（と）ろう　拿吧！

→ 取（と）る　→ 取（と）っ＋「て」→ 取（と）って（ください）請拿。

→ 取（と）る　→ 取（と）っ＋「た」→ 取（と）った　拿了。

→ 取（と）る　→ 取（と）り＋「ます」→ 取（と）ります　拿。

→ 取（と）る　→ 取（と）り＋「たい」→ 取（と）りたい　想拿。

動詞6種變化解說表

③	終止形（しゅうしけい）	❶ 表示句子結束。 語尾不變，也沒有後接語。
④	連体形（れんたいけい）	❶ 用來修飾後面的名詞。 語尾不變，後接名詞，通常後接： 時（とき）（時）、事（こと）（事）、 人（ひと）（人）、所（ところ）（地方）…等。
⑤	仮定形（かていけい）	❶ 表示假如、如果。 語尾變化後，接助詞「ば」。
⑥	命令形（めいれいけい）	❶ 表示命令。 語尾變化後，不接任何語詞。

變化方式

取（と） る
語幹 語尾

→ 取（と）る → 取（と）る。	拿。
→ 取（と）る → 取（と）る＋「人（ひと）」→ 取（と）る人（ひと）	拿的人。
→ 取（と）る → 取（と）れ＋「ば」→ 取（と）れば	如果拿的話，…
→ 取（と）る → 取（と）れ。	去拿！

動詞6種變化的後接常用語表

※ 此表列出後接語（多為助動詞、助詞）之內容、意義，僅提供讀者作為日後參考用，粗略看過即可。

6種變化	活用形	詞類	意義
①	未然形	・助動詞：	
		ない	否定
		う（1類動詞用）	表示意志，（想…）
		よう（2、3類動詞用）	表示意志，（想…）
		せる（1類動詞用）	使役，（使…）
		させる（2、3類動詞用）	使役，（使…）
		れる（1類動詞用）	被動或可能
		られる（2、3類動詞用）	被動或可能
		ぬ	否定（文言用）
②	連用形	・接頓號「、」	在句子中間表示中止
		・助動詞：	
		ます	現在（禮貌說法）
		た	過去（普通說法）
		たい	表示希望（想…）
		・助詞：	
		て	接續用
		ても	（即使…）
		ながら	動作並列，（一邊…一邊…）
		たり	列舉

③	終止形	• 加句號「　。」 • 助動詞： そうだ らしい だろう • 助詞： が けど から と	表示句子結束 傳聞，(聽說…) 推測，(好像…) 推測，(是…吧！) (但是、不過…) 轉折，(但是…) 原因，(因為…) 假定條件， (如果、若是…)
④	連體形	• 名詞： 時(とき)、事(こと)、人(ひと)、所(ところ)、物(もの)…等。 • 助詞： ので のに だけ ばかり ほど	 時候、事情、人、地方、東西…等。 原因，（因為…） 前後事項不合， （明明…，卻…） 限於某範圍，(僅、只) （光、淨） 表示動作或狀態的程度（沒有那麼…）
⑤	假定形	• 助詞：ば	假定
⑥	命令形	• 加句號「　。」 • 助詞：ろ、よ（1類動詞用）	命令 命令

1 類動詞

(五段動詞)

日文動詞分類方式一般分為「1類動詞(五段動詞)」・「2類動詞(上一段動詞・下一段動詞)」・「3類動詞(サ行變格動詞・カ行變格動詞)」3類。分類是為了方便我們在會話中能流暢地變化及表達出動詞的肯定、否定、現在、過去、禮貌說法、普通說法、命令、意志…等各種不同的動詞形態與含意。

❶ 1類動詞的基本形語尾都是在う(u)段結束。(見右頁下方圖表)

❷ 變化時，用う(u)段所屬的「行」來變化。如:話(はな)す(su)，就用さ・し・す・せ・そ的さ行來變化。(見右頁下方圖表)

❸ 變化時，語幹不變，只變語尾。

▼ 1類動詞(五段動詞)變化方式

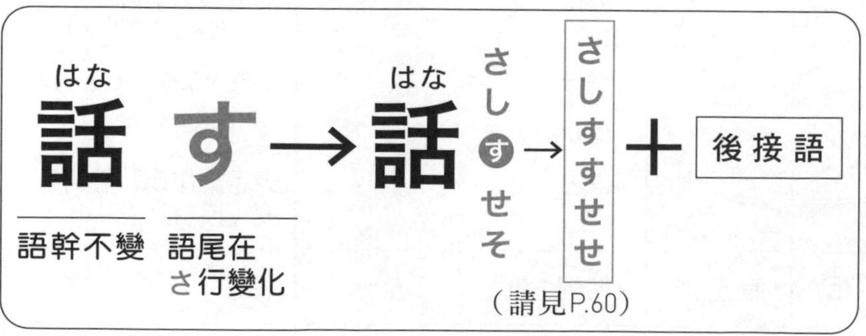

▼ 下列是1類動詞（五段動詞），語尾都是在う（u）段結束。

語尾在あ行

会う（u）（見面）
言う（u）（說）
思う（u）（認為）
買う（u）（買）
使う（u）（使用）

語尾在か行

歩く（ku）（走路）
行く（ku）（去）
書く（ku）（寫）
泣く（ku）（哭）

語尾在が行

急ぐ（gu）（急）
泳ぐ（gu）（游泳）
脱ぐ（gu）（脫）

語尾在さ行

返す（su）（歸還）
探す（su）（找）
話す（su）（告訴・說）

語尾在た行

打つ（tsu）（打）
勝つ（tsu）（贏）
待つ（tsu）（等待）
持つ（tsu）（帶・持有）

語尾在な行

死ぬ（nu）（死）

語尾在ば行

遊ぶ（bu）（玩耍）
運ぶ（bu）（搬運）
呼ぶ（bu）（邀請）

語尾在ま行

飲む（mu）（喝）
休む（mu）（休息・休假）
読む（mu）（唸）

語尾在ら行

帰る（ru）（回去）
座る（ru）（坐）
取る（ru）（拿）
入る（ru）（進去）

▼ 五十音圖表與動詞變化位置關係（以「話す」為例）：

清音　②（さ行）　　濁音

	あ行	か行	②さ行	た行	な行	は行	ま行	や行	ら行	わ行	ん行	が行	ざ行	だ行	ば行
あ段	あ（わ） wa a	か ka	さ sa	た ta	な na	は ha	ま ma	や ya	ら ra	わ wa	ん n	が ga	ざ za	だ da	ば ba
い段	い i	き ki	し shi	ち chi	に ni	ひ hi	み mi		り ri			ぎ gi	じ ji	ぢ ji	び bi
① う(u)段	う u	く ku	す su	つ tsu	ぬ nu	ふ fu	む mu	ゆ yu	る ru			ぐ gu	ず zu	づ zu	ぶ bu
え段	え e	け ke	せ se	て te	ね ne	へ he	め me		れ re			げ ge	ぜ ze	で de	べ be
お段	お o	こ ko	そ so	と to	の no	ほ ho	も mo	よ yo	ろ ro	を wo		ご go	ぞ zo	ど do	ぼ bo

動詞語尾在あ行

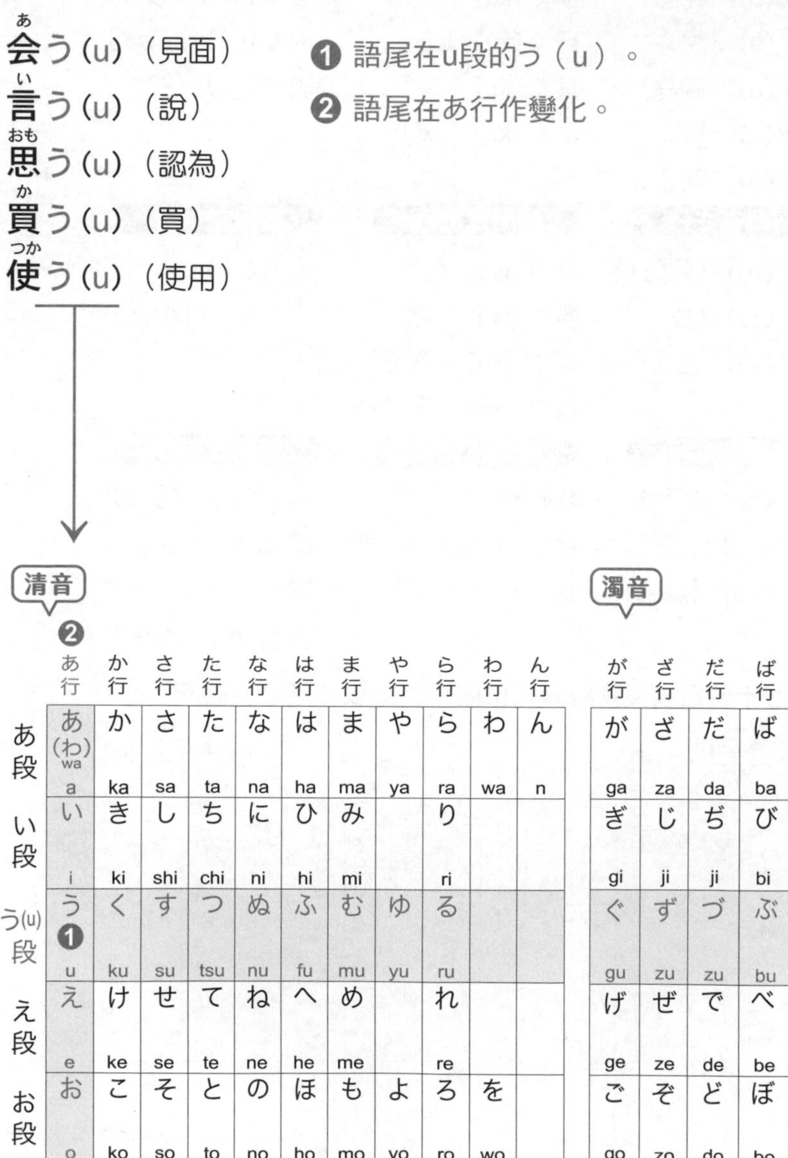

会(あ)う(u)（見面）
言(い)う(u)（說）
思(おも)う(u)（認為）
買(か)う(u)（買）
使(つか)う(u)（使用）

❶ 語尾在u段的う（u）。
❷ 語尾在あ行作變化。

清音

	❷ あ行	か行	さ行	た行	な行	は行	ま行	や行	ら行	わ行	ん行
あ段	あ (わ) wa a	か ka	さ sa	た ta	な na	は ha	ま ma	や ya	ら ra	わ wa	ん n
い段	い i	き ki	し shi	ち chi	に ni	ひ hi	み mi		り ri		
う(u) ❶ 段	う u	く ku	す su	つ tsu	ぬ nu	ふ fu	む mu	ゆ yu	る ru		
え段	え e	け ke	せ se	て te	ね ne	へ he	め me		れ re		
お段	お o	こ ko	そ so	と to	の no	ほ ho	も mo	よ yo	ろ ro	を wo	

濁音

	が行	ざ行	だ行	ば行
あ段	が ga	ざ za	だ da	ば ba
い段	ぎ gi	じ ji	ぢ ji	び bi
う(u)段	ぐ gu	ず zu	づ zu	ぶ bu
え段	げ ge	ぜ ze	で de	べ be
お段	ご go	ぞ zo	ど do	ぼ bo

動詞語尾在か行

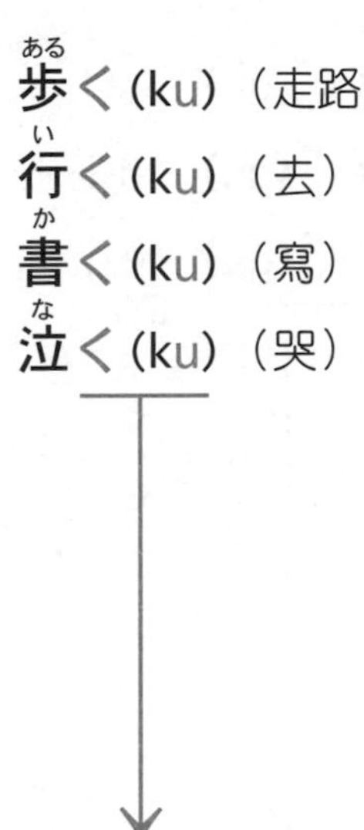

歩く(ku)（走路）
行く(ku)（去）
書く(ku)（寫）
泣く(ku)（哭）

❶ 語尾在u段的く（ku）。

❷ 語尾在か行作變化。

清音

	あ行	か行 ❷	さ行	た行	な行	は行	ま行	や行	ら行	わ行	ん行
あ段	あ(わ) wa a	か ka	さ sa	た ta	な na	は ha	ま ma	や ya	ら ra	わ wa	ん n
い段	い i	き ki	し shi	ち chi	に ni	ひ hi	み mi		り ri		
う(u)段	う u	く ❶ ku	す su	つ tsu	ぬ nu	ふ fu	む mu	ゆ yu	る ru		
え段	え e	け ke	せ se	て te	ね ne	へ he	め me		れ re		
お段	お o	こ ko	そ so	と to	の no	ほ ho	も mo	よ yo	ろ ro	を wo	

濁音

が行	ざ行	だ行	ば行
が ga	ざ za	だ da	ば ba
ぎ gi	じ ji	ぢ ji	び bi
ぐ gu	ず zu	づ zu	ぶ bu
げ ge	ぜ ze	で de	べ be
ご go	ぞ zo	ど do	ぼ bo

動詞語尾在が行

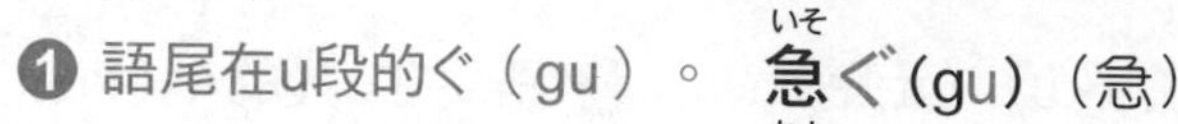

❶ 語尾在u段的ぐ（gu）。　急ぐ（いそぐ）(gu)（急）

❷ 語尾在が行作變化。　泳ぐ（およぐ）(gu)（游泳）

脱ぐ（ぬぐ）(gu)（脫）

清音

	あ行	か行	さ行	た行	な行	は行	ま行	や行	ら行	わ行	ん行
あ段	あ(わ) a (wa)	か ka	さ sa	た ta	な na	は ha	ま ma	や ya	ら ra	わ wa	ん n
い段	い i	き ki	し shi	ち chi	に ni	ひ hi	み mi		り ri		
う(u)段	う u	く ku	す su	つ tsu	ぬ nu	ふ fu	む mu	ゆ yu	る ru		
え段	え e	け ke	せ se	て te	ね ne	へ he	め me		れ re		
お段	お o	こ ko	そ so	と to	の no	ほ ho	も mo	よ yo	ろ ro	を wo	

濁音

❷ が行	ざ行	だ行	ば行
が ga	ざ za	だ da	ば ba
ぎ gi	じ ji	ぢ ji	び bi
ぐ ❶ gu	ず zu	づ zu	ぶ bu
げ ge	ぜ ze	で de	べ be
ご go	ぞ zo	ど do	ぼ bo

動詞語尾在さ行

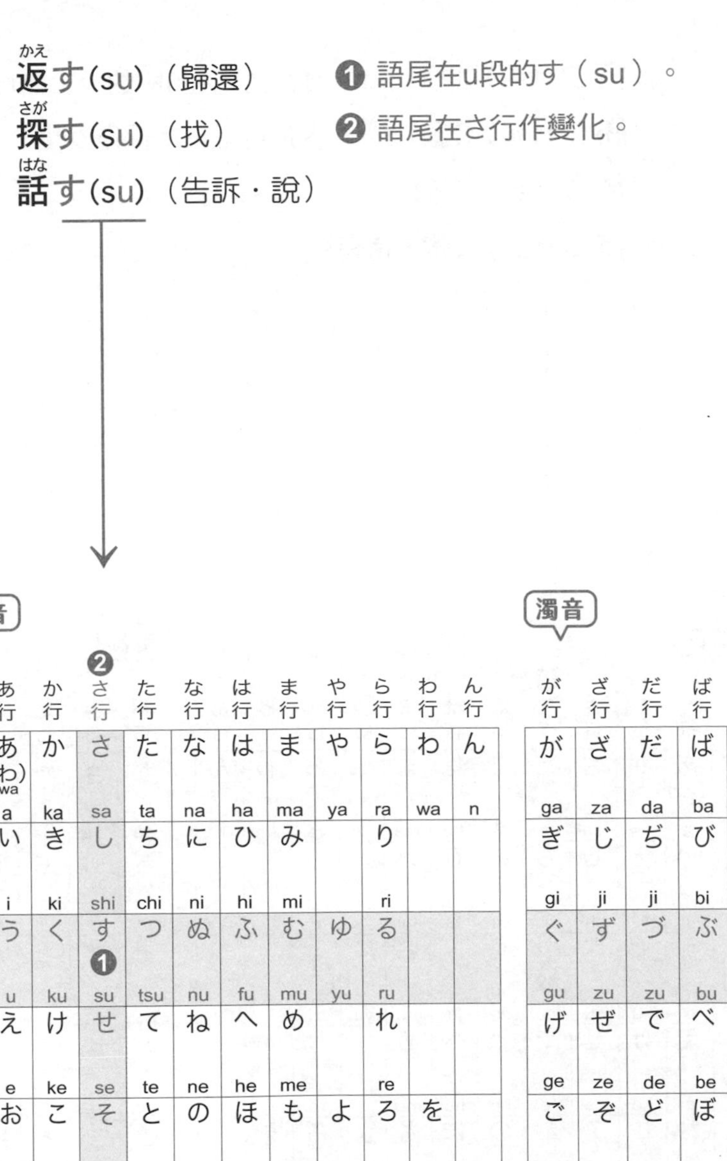

返(かえ)す(su)（歸還）

探(さが)す(su)（找）

話(はな)す(su)（告訴・說）

❶ 語尾在u段的す（su）。

❷ 語尾在さ行作變化。

清音

	あ行	か行	さ行 ❷	た行	な行	は行	ま行	や行	ら行	わ行	ん行
あ段	あ(わ) wa a	か ka	さ sa	た ta	な na	は ha	ま ma	や ya	ら ra	わ wa	ん n
い段	い i	き ki	し shi	ち chi	に ni	ひ hi	み mi		り ri		
う(u)段	う u	く ku	す ❶ su	つ tsu	ぬ nu	ふ fu	む mu	ゆ yu	る ru		
え段	え e	け ke	せ se	て te	ね ne	へ he	め me		れ re		
お段	お o	こ ko	そ so	と to	の no	ほ ho	も mo	よ yo	ろ ro	を wo	

濁音

	が行	ざ行	だ行	ば行
あ段	が ga	ざ za	だ da	ば ba
い段	ぎ gi	じ ji	ぢ ji	び bi
う(u)段	ぐ gu	ず zu	づ zu	ぶ bu
え段	げ ge	ぜ ze	で de	べ be
お段	ご go	ぞ zo	ど do	ぼ bo

動詞語尾在た行

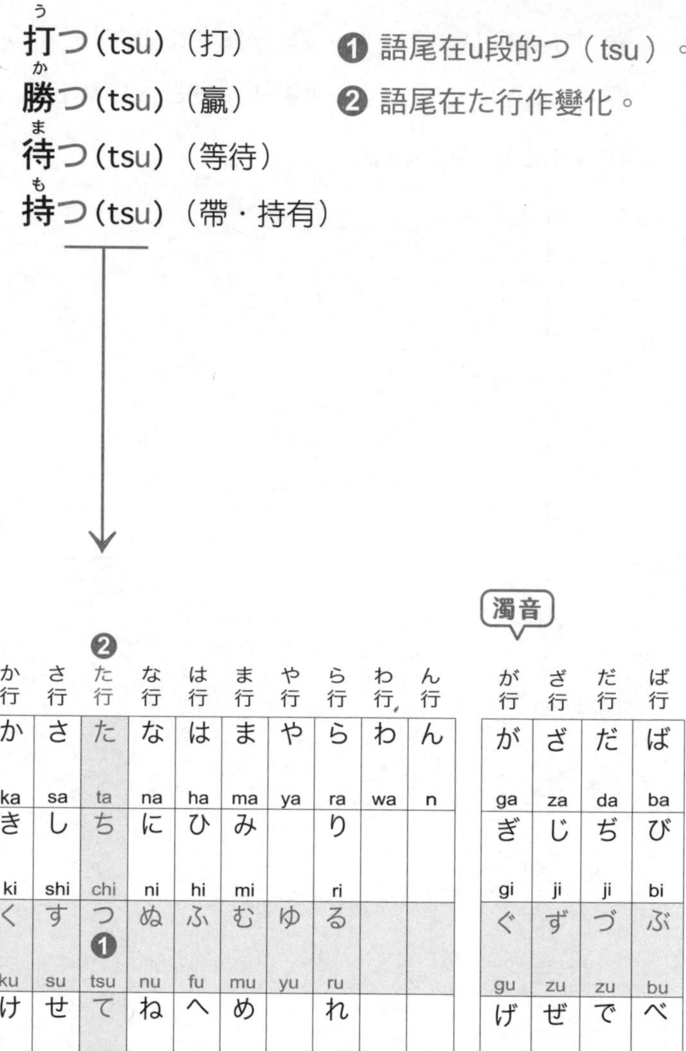

打(う)つ(tsu)（打）
勝(か)つ(tsu)（贏）
待(ま)つ(tsu)（等待）
持(も)つ(tsu)（帶・持有）

❶ 語尾在u段的つ（tsu）。
❷ 語尾在た行作變化。

清音

	あ行	か行	さ行	た行 ❷	な行	は行	ま行	や行	ら行	わ行	ん行
あ段	あ (わ) wa a	か ka	さ sa	た ta	な na	は ha	ま ma	や ya	ら ra	わ wa	ん n
い段	い i	き ki	し shi	ち chi	に ni	ひ hi	み mi		り ri		
う(u)段	う u	く ku	す su	つ ❶ tsu	ぬ nu	ふ fu	む mu	ゆ yu	る ru		
え段	え e	け ke	せ se	て te	ね ne	へ he	め me		れ re		
お段	お o	こ ko	そ so	と to	の no	ほ ho	も mo	よ yo	ろ ro	を wo	

濁音

が行	ざ行	だ行	ば行
が ga	ざ za	だ da	ば ba
ぎ gi	じ ji	ぢ ji	び bi
ぐ gu	ず zu	づ zu	ぶ bu
げ ge	ぜ ze	で de	べ be
ご go	ぞ zo	ど do	ぼ bo

動詞語尾在な行

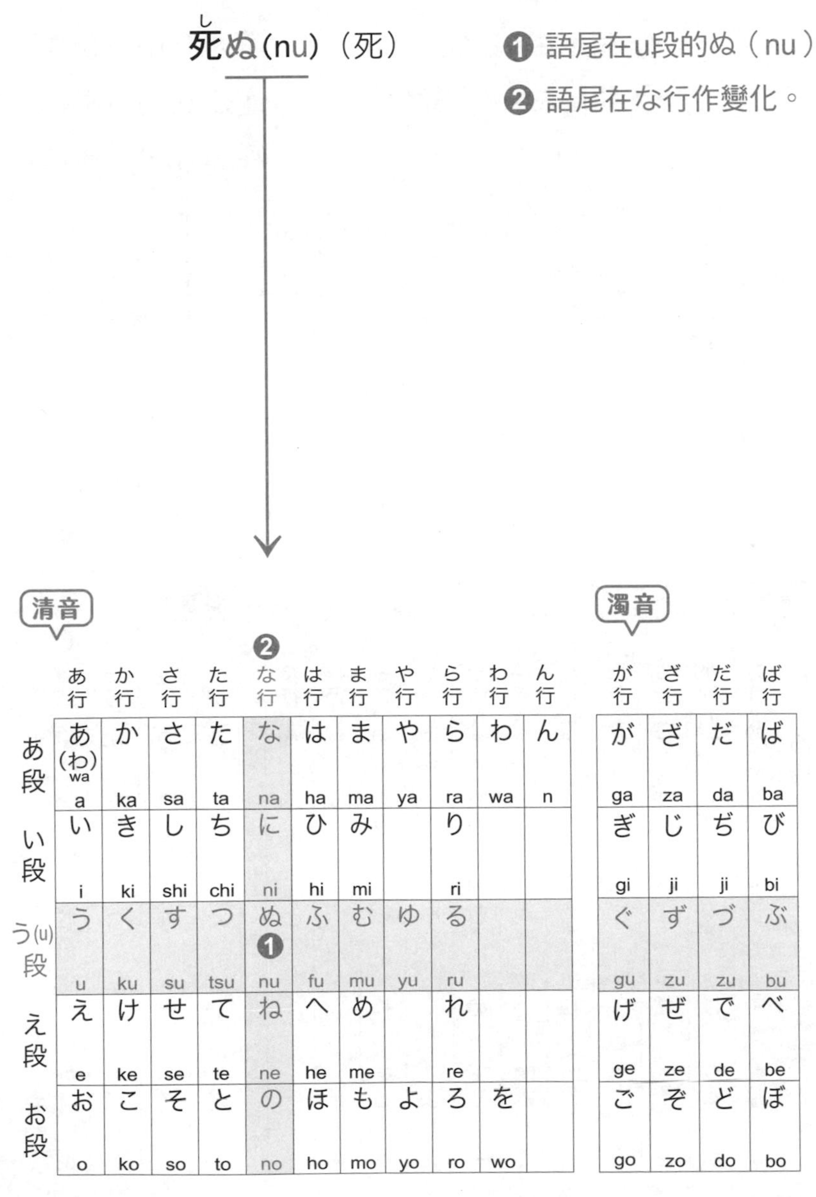

<ruby>死<rt>し</rt></ruby>ぬ(nu)（死）

❶ 語尾在u段的ぬ（nu）。

❷ 語尾在な行作變化。

清音

	あ行	か行	さ行	た行	❷ な行	は行	ま行	や行	ら行	わ行	ん行
あ段	あ(わ) wa a	か ka	さ sa	た ta	な na	は ha	ま ma	や ya	ら ra	わ wa	ん n
い段	い i	き ki	し shi	ち chi	に ni	ひ hi	み mi		り ri		
う(u)段	う u	く ku	す su	つ tsu	ぬ ❶ nu	ふ fu	む mu	ゆ yu	る ru		
え段	え e	け ke	せ se	て te	ね ne	へ he	め me		れ re		
お段	お o	こ ko	そ so	と to	の no	ほ ho	も mo	よ yo	ろ ro	を wo	

濁音

	が行	ざ行	だ行	ば行
あ段	が ga	ざ za	だ da	ば ba
い段	ぎ gi	じ ji	ぢ ji	び bi
う(u)段	ぐ gu	ず zu	づ zu	ぶ bu
え段	げ ge	ぜ ze	で de	べ be
お段	ご go	ぞ zo	ど do	ぼ bo

動詞語尾在ば行

❶ 語尾在u段的ぶ（bu）。

❷ 語尾在ば行作變化。

遊（あそ）ぶ(bu)（玩耍）

運（はこ）ぶ(bu)（搬運）

呼（よ）ぶ(bu)（邀請）

清音

	あ行	か行	さ行	た行	な行	は行	ま行	や行	ら行	わ行	ん行
あ段	あ(わ) wa a	か ka	さ sa	た ta	な na	は ha	ま ma	や ya	ら ra	わ wa	ん n
い段	い i	き ki	し shi	ち chi	に ni	ひ hi	み mi		り ri		
う(u)段	う u	く ku	す su	つ tsu	ぬ nu	ふ hu	む mu	ゆ yu	る ru		
え段	え e	け ke	せ se	て te	ね ne	へ he	め me		れ re		
お段	お o	こ ko	そ so	と to	の no	ほ ho	も mo	よ yo	ろ ro	を wo	

濁音

が行	ざ行	だ行	❷ ば行
が ga	ざ za	だ da	ば ba
ぎ gi	じ ji	ぢ ji	び bi
ぐ gu	ず zu	づ zu	ぶ ❶ bu
げ ge	ぜ ze	で de	べ be
ご go	ぞ zo	ど do	ぼ bo

動詞語尾在ま行

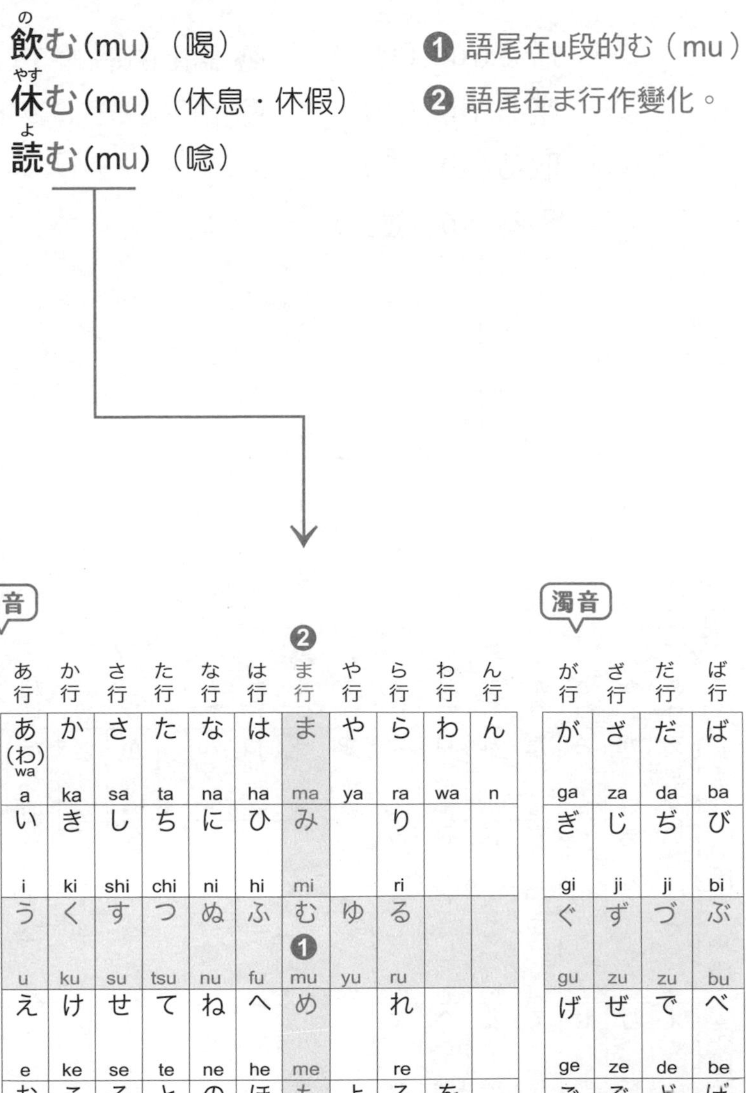

飲(の)む(mu)（喝）
休(やす)む(mu)（休息・休假）
読(よ)む(mu)（唸）

❶ 語尾在u段的む（mu）。
❷ 語尾在ま行作變化。

清音

	あ行	か行	さ行	た行	な行	は行	ま行 ❷	や行	ら行	わ行	ん行
あ段	あ(わ) wa a	か ka	さ sa	た ta	な na	は ha	ま ma	や ya	ら ra	わ wa	ん n
い段	い i	き ki	し shi	ち chi	に ni	ひ hi	み mi		り ri		
う(u)段	う u	く ku	す su	つ tsu	ぬ nu	ふ fu	む ❶ mu	ゆ yu	る ru		
え段	え e	け ke	せ se	て te	ね ne	へ he	め me		れ re		
お段	お o	こ ko	そ so	と to	の no	ほ ho	も mo	よ yo	ろ ro	を wo	

濁音

が行	ざ行	だ行	ば行
が ga	ざ za	だ da	ば ba
ぎ gi	じ ji	ぢ ji	び bi
ぐ gu	ず zu	づ zu	ぶ bu
げ ge	ぜ ze	で de	べ be
ご go	ぞ zo	ど do	ば bo

動詞語尾在ら行

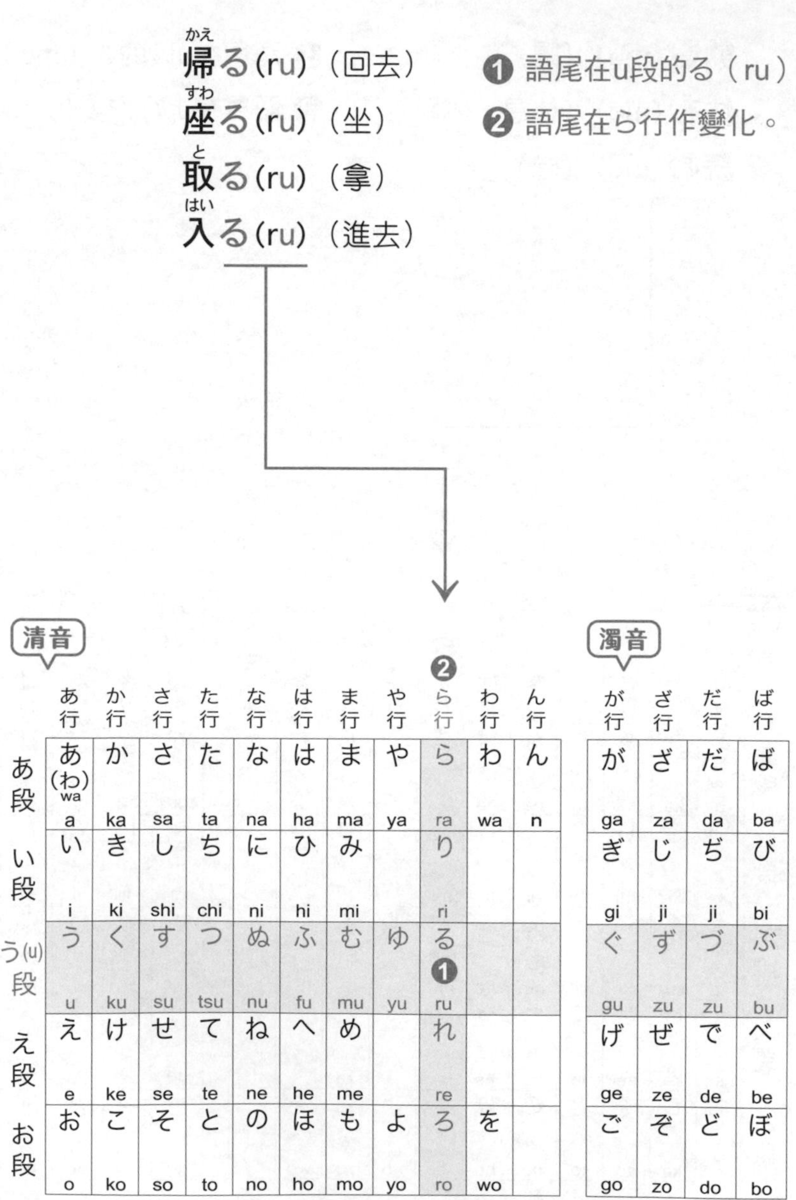

帰(かえ)る(ru)（回去）
座(すわ)る(ru)（坐）
取(と)る(ru)（拿）
入(はい)る(ru)（進去）

❶ 語尾在u段的る（ru）。
❷ 語尾在ら行作變化。

清音

	あ行	か行	さ行	た行	な行	は行	ま行	や行	❷ら行	わ行	ん行
あ段	あ(わ) a (wa)	か ka	さ sa	た ta	な na	は ha	ま ma	や ya	ら ra	わ wa	ん n
い段	い i	き ki	し shi	ち chi	に ni	ひ hi	み mi		り ri		
う(u)段	う u	く ku	す su	つ tsu	ぬ nu	ふ fu	む mu	ゆ yu	る ❶ ru		
え段	え e	け ke	せ se	て te	ね ne	へ he	め me		れ re		
お段	お o	こ ko	そ so	と to	の no	ほ ho	も mo	よ yo	ろ ro	を wo	

濁音

が行	ざ行	だ行	ば行
が ga	ざ za	だ da	ば ba
ぎ gi	じ ji	ぢ ji	び bi
ぐ gu	ず zu	づ zu	ぶ bu
げ ge	ぜ ze	で de	べ be
ご go	ぞ zo	ど do	ぼ bo

Memo

進階理解

基本形（辭書形）

会(あ)う

6種變化	活用形	作用	在あ行作變化	後接常用語
①	未然形	否定 意志（想做…）	会(あ)わ	ない（普通・現在・否定） なかった（普通・過去・否定） う（普通・現在・意志）
②	連用形	接助詞て 助動詞た（表示過去） 助動詞ます（表示禮貌）	会(あ)い	て（ください）（請…） た（普通・過去・肯定） ます（禮貌・現在・肯定） ますか（禮貌・現在・疑問） ません（禮貌・現在・否定） ました（禮貌・過去・肯定） ませんでした（禮貌・過去・否定）
③	終止形	句子結束，用「。」表示	会(あ)う	。
④	連體形	下接名詞	会(あ)う	時(とき)/時候、事(こと)/事情、人(ひと)/人、所(ところ)/地方…等名詞。
⑤	假定形	下接ば，表示假定	会(あ)え	ば
⑥	命令形	表示命令	会(あ)え	

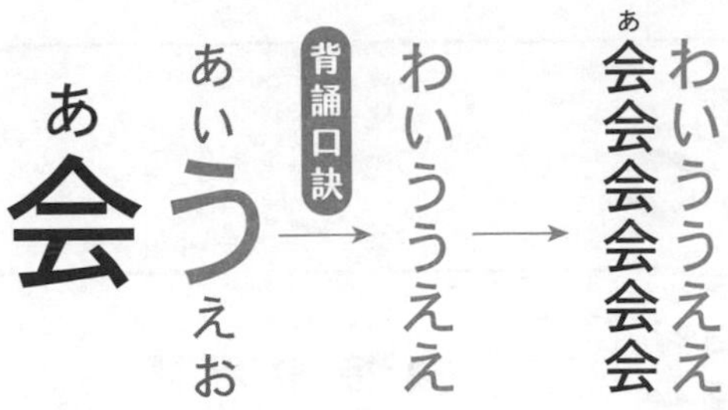

見面

会（あ）わない。	不見面。
会（あ）わなかった。	（那時）沒有見面。
(会（あ）わう) → 会（あ）おう。（變音）	見個面吧！
(会（あ）いて) → 会（あ）ってください。（音便）	請（跟他）見面。
(会（あ）いた) → 会（あ）った。（音便）	已經見過了。
会（あ）います。	見面。（禮貌説法）
会（あ）いますか。	要見面嗎？（禮貌説法）
会（あ）いません。	不見面。（禮貌説法）
会（あ）いました。	已經見過了。（禮貌説法）
会（あ）いませんでした。	（那時）沒有見面。（禮貌説法）
会（あ）う。	見面。
会（あ）う時（とき）。	見面時。
会（あ）う事（こと）。	見面（這件事）。
会（あ）えば…	如果見面的話，…
(会（あ）え。)	（少用）

基本型（辭書形） 言（い）う

6種變化	活用形	作用	在あ行作變化	後接常用語
①	未然形	否定 意志（想做…）	言（い）わ	ない（普通・現在・否定） なかった（普通・過去・否定） う（普通・現在・意志）
②	連用形	接助詞て 助動詞た（表示過去） 助動詞ます（表示禮貌）	言（い）い	て（ください）（請…） た（普通・過去・肯定） ます（禮貌・現在・肯定） ますか（禮貌・現在・疑問） ません（禮貌・現在・否定） ました（禮貌・過去・肯定） ませんでした（禮貌・過去・否定）
③	終止形	句子結束，用「。」表示	言（い）う	。
④	連體形	下接名詞	言（い）う	時（とき）/時候、事（こと）/事情、人（ひと）/人、所（ところ）/地方…等名詞。
⑤	假定形	下接ば，表示假定	言（い）え	ば
⑥	命令形	表示命令	言（い）え	

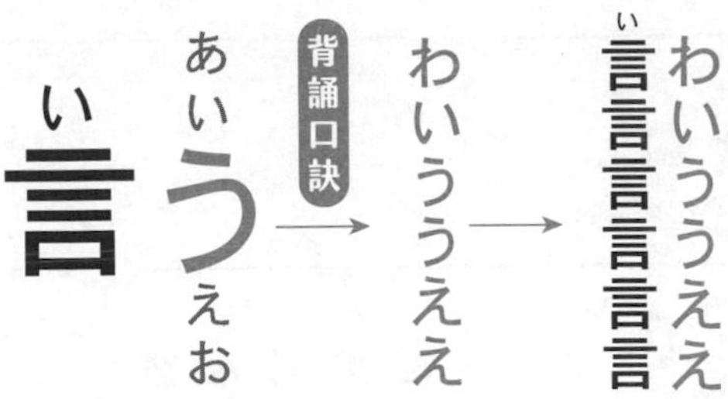

說

言(い)わない。 言(い)わなかった。 (言(い)わう) → 言(い)おう。（變音）	不說。 （那時）沒說。 說吧！
(言(い)いて) → 言(い)ってください。（音便） (言(い)いた) → 言(い)った。（音便） 言(い)います。 言(い)いますか。 言(い)いません。 言(い)いました。 言(い)いませんでした。	請說。 已經說了。 說。（禮貌説法） 要說嗎？（禮貌説法） 不說。（禮貌説法） 已經說了。（禮貌説法） （那時）沒說。（禮貌説法）
言(い)う。	說。
言(い)う時(とき)。 言(い)う人(ひと)。	說的時候。 說的人。
言(い)えば…	如果說的話，…
言(い)え。	說出來！

進階理解

基本形（辭書形）　思う（おも）

6種變化	活用形	作用	在あ行作變化	後接常用語
①	未然形	否定 意志（想做…）	思わ（おも）	ない（普通・現在・否定） なかった（普通・過去・否定） う（普通・現在・意志）
②	連用形	接助詞て 助動詞た（表示過去） 助動詞ます（表示禮貌）	思い（おも）	て（ください）（請…） た（普通・過去・肯定） ます（禮貌・現在・肯定） ますか（禮貌・現在・疑問） ません（禮貌・現在・否定） ました（禮貌・過去・肯定） ませんでした（禮貌・過去・否定）
③	終止形	句子結束，用「。」表示	思う（おも）	。
④	連體形	下接名詞	思う（おも）	時（とき）/時候、事（こと）/事情、人（ひと）/人、所（ところ）/地方…等名詞。
⑤	假定形	下接ば，表示假定	思え（おも）	ば
⑥	命令形	表示命令	思え（おも）	

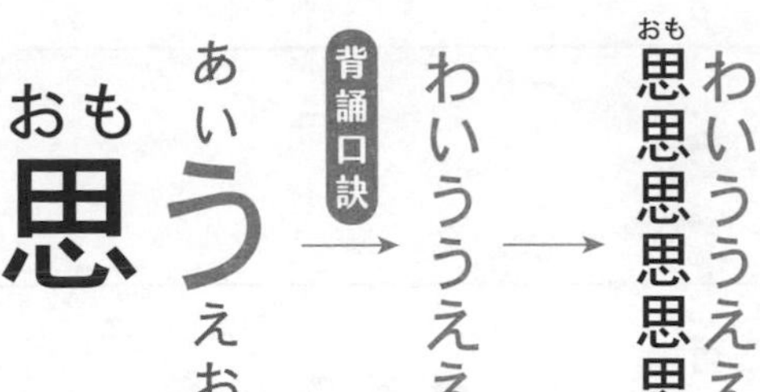

認為

	思(おも)わない。	不認為。
	思(おも)わなかった。	（那時）不認為。
	(思(おも)わう) → 思(おも)おう。（變音）	就這麼認為吧！
	(思(おも)いて) → 思(おも)ってください。（音便）	請當做。
	(思(おも)いた) → 思(おも)った。（音便）	已經認為。
	思(おも)います。	認為。（禮貌説法）
	思(おも)いますか。	認為怎麼樣？（禮貌説法）
	思(おも)いません。	不認為。（禮貌説法）
	思(おも)いました。	已經認為。（禮貌説法）
	思(おも)いませんでした。	（那時）不認為。（禮貌説法）
	思(おも)う。	認為。
	思(おも)う時(とき)。	認為的時候。
	思(おも)う事(こと)。	認為的事。
	思(おも)えば…	如果認為的話，…
	思(おも)え。	就這樣認為！

進階理解

基本形（辭書形） 買う（か）

6種變化	活用形	作用	在あ行作變化	後接常用語
①	未然形	否定 意志（想做…）	買（か）わ	ない（普通・現在・否定） なかった（普通・過去・否定） う（普通・現在・意志）
②	連用形	接助詞て 助動詞た（表示過去） 助動詞ます（表示禮貌）	買（か）い	て（ください）（請…） た（普通・過去・肯定） ます（禮貌・現在・肯定） ますか（禮貌・現在・疑問） ません（禮貌・現在・否定） ました（禮貌・過去・肯定） ませんでした（禮貌・過去・否定）
③	終止形	句子結束，用「。」表示	買（か）う	。
④	連體形	下接名詞	買（か）う	時（とき）/時候、事（こと）/事情、人（ひと）/人、所（ところ）/地方…等名詞。
⑤	假定形	下接ば，表示假定	買（か）え	ば
⑥	命令形	表示命令	買（か）え	

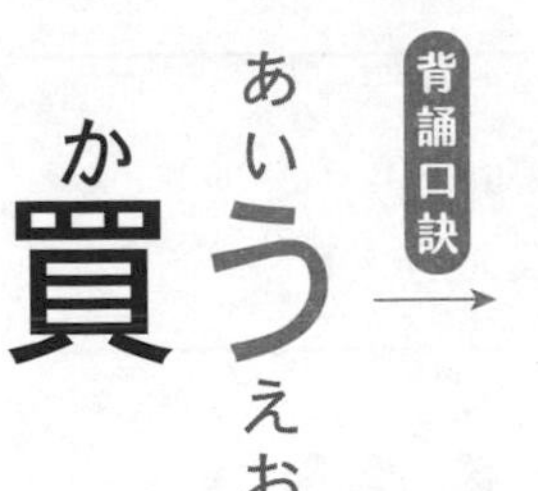

→ わいううええ → 買(か)わ 買い 買う 買う 買え 買え

買

買(か)わない。	不買。
買(か)わなかった。	（那時）沒買。
（買(か)わう）→ 買(か)おう。（變音）	買吧！
（買(か)いて）→ 買(か)ってください。（音便）	請買。
（買(か)いた）→ 買(か)った。（音便）	已經買了。
買(か)います。	買。（禮貌說法）
買(か)いますか。	要買嗎？（禮貌說法）
買(か)いません。	不買。（禮貌說法）
買(か)いました。	已經買了。（禮貌說法）
買(か)いませんでした。	（那時）沒買。（禮貌說法）
買(か)う。	買。
買(か)う時(とき)。	買的時候。
買(か)う物(もの)。	買的東西。
買(か)えば…	如果買的話，…
買(か)え。	買！

進階理解

基本形（辭書形）　使う（つか）

6種變化	活用形	作用	在あ行作變化	後接常用語
①	未然形	否定 意志（想做…）	使わ（つか）	ない（普通・現在・否定） なかった（普通・過去・否定） う（普通・現在・意志）
②	連用形	接助詞て 助動詞た（表示過去） 助動詞ます（表示禮貌）	使い（つか）	て（ください）（請…） た（普通・過去・肯定） ます（禮貌・現在・肯定） ますか（禮貌・現在・疑問） ません（禮貌・現在・否定） ました（禮貌・過去・肯定） ませんでした（禮貌・過去・否定）
③	終止形	句子結束，用「。」表示	使う（つか）	。
④	連體形	下接名詞	使う（つか）	時（とき）/時候、事（こと）/事情、人（ひと）/人、所（ところ）/地方…等名詞。
⑤	假定形	下接ば，表示假定	使え（つか）	ば
⑥	命令形	表示命令	使え（つか）	

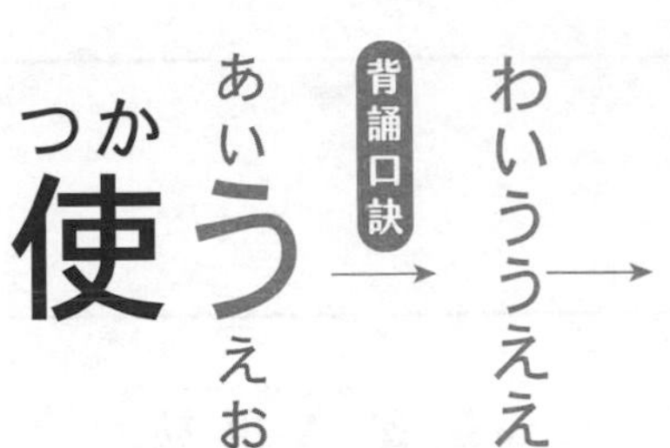

つか
使わ
使い
使う
使う
使え
使え

使用

使(つか)わない。	不使用。
使(つか)わなかった。	(那時)沒有用過。
(使(つか)わう)→使(つか)おう。(變音)	用吧!
(使(つか)いて)→使(つか)ってください。(音便)	請用。
(使(つか)いた)→使(つか)った。(音便)	已經用了。
使(つか)います。	使用。(禮貌説法)
使(つか)いますか。	要用嗎?(禮貌説法)
使(つか)いません。	不用。(禮貌説法)
使(つか)いました。	已經用了。(禮貌説法)
使(つか)いませんでした。	(那時)沒有用過。(禮貌説法)
使(つか)う。	使用。
使(つか)う時(とき)。	使用的時候。
使(つか)う物(もの)。	使用的東西。
使(つか)えば…	如果使用的話,…
使(つか)え。	用!

進階理解

基本形（辭書形）			歩く（あるく）	
6種變化	活用形	作用	在か行作變化	後接常用語
①	未然形	否定 意志（想做…）	歩か（あるか）	ない（普通・現在・否定） なかった（普通・過去・否定） う（普通・現在・意志）
②	連用形	接助詞て 助動詞た（表示過去） 助動詞ます（表示禮貌）	歩き（あるき）	て（ください）（請…） た（普通・過去・肯定） ます（禮貌・現在・肯定） ますか（禮貌・現在・疑問） ません（禮貌・現在・否定） ました（禮貌・過去・肯定） ませんでした（禮貌・過去・否定）
③	終止形	句子結束，用「。」表示	歩く（あるく）	。
④	連體形	下接名詞	歩く（あるく）	時（とき）/時候、事（こと）/事情、人（ひと）/人、所（ところ）/地方…等名詞。
⑤	假定形	下接ば，表示假定	歩け（あるけ）	ば
⑥	命令形	表示命令	歩け（あるけ）	

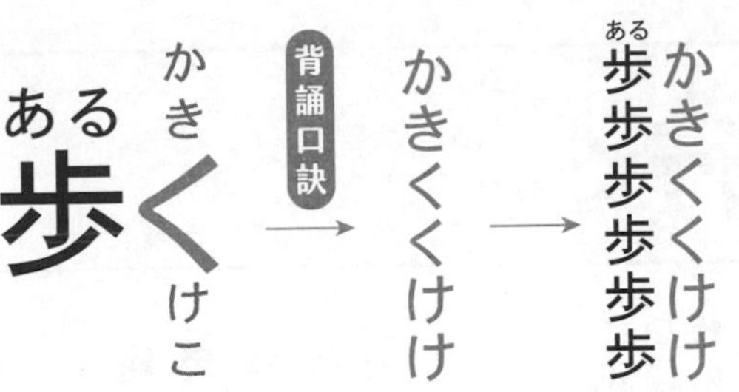

走路

歩（ある）かない。	不走。
歩（ある）かなかった。	（那時）沒走。
(歩（ある）かう) → 歩（ある）こう。（變音）	走吧！
(歩（ある）きて) → 歩（ある）いてください。（音便）	請走。
(歩（ある）きた) → 歩（ある）いた。（音便）	已經走了。
歩（ある）きます。	走。（禮貌説法）
歩（ある）きますか。	要走嗎？（禮貌説法）
歩（ある）きません。	不走。（禮貌説法）
歩（ある）きました。	已經走了。（禮貌説法）
歩（ある）きませんでした。	（那時）沒走。（禮貌説法）
歩（ある）く。	走。
歩（ある）く時（とき）。	走的時候。
歩（ある）く所（ところ）。	走的地方。
歩（ある）けば…	如果走的話，…
歩（ある）け。	走！

進階理解

基本形（辭書形） 行く（い）

6種變化	活用形	作用	在か行作變化	後接常用語
①	未然形	否定 意志（想做…）	行か	ない（普通・現在・否定） なかった（普通・過去・否定） う（普通・現在・意志）
②	連用形	接助詞て 助動詞た（表示過去） 助動詞ます（表示禮貌）	行き	て（ください）（請…） た（普通・過去・肯定） ます（禮貌・現在・肯定） ますか（禮貌・現在・疑問） ません（禮貌・現在・否定） ました（禮貌・過去・肯定） ませんでした（禮貌・過去・否定）
③	終止形	句子結束，用「。」表示	行く	。
④	連體形	下接名詞	行く	時（とき）/時候、事（こと）/事情、人（ひと）/人、所（ところ）/地方…等名詞。
⑤	假定形	下接ば，表示假定	行け	ば
⑥	命令形	表示命令	行け	

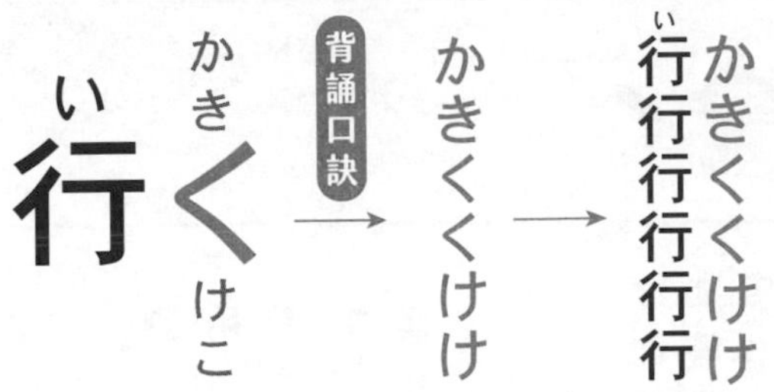

去

行かない。	不去。
行かなかった。	（那時）沒去。
(行かう) → 行こう。（變音）	去吧！
(行きて) → 行ってください。（音便）	請去。
(行きた) → 行った。（音便）	已經去了。
行きます。	去。（禮貌說法）
行きますか。	要去嗎？（禮貌說法）
行きません。	不去。（禮貌說法）
行きました。	已經去了。（禮貌說法）
行きませんでした。	（那時）沒去。（禮貌說法）
行く。	去。
行く時。	去的時候。
行く所。	去的地方。
行けば…	如果去的話，…
行け。	去！

進階理解

基本形（辭書形） 書く（か）

6種變化	活用形	作用	在か行作變化	後接常用語
①	未然形	否定 意志（想做…）	書か（か）	ない（普通・現在・否定） なかった（普通・過去・否定） う（普通・現在・意志）
②	連用形	接助詞て 助動詞た（表示過去） 助動詞ます（表示禮貌）	書き（か）	て（ください）（請…） た（普通・過去・肯定） ます（禮貌・現在・肯定） ますか（禮貌・現在・疑問） ません（禮貌・現在・否定） ました（禮貌・過去・肯定） ませんでした（禮貌・過去・否定）
③	終止形	句子結束，用「。」表示	書く（か）	。
④	連體形	下接名詞	書く（か）	時（とき）/時候、事（こと）/事情、人（ひと）/人、所（ところ）/地方…等名詞。
⑤	假定形	下接ば，表示假定	書け（か）	ば
⑥	命令形	表示命令	書け（か）	

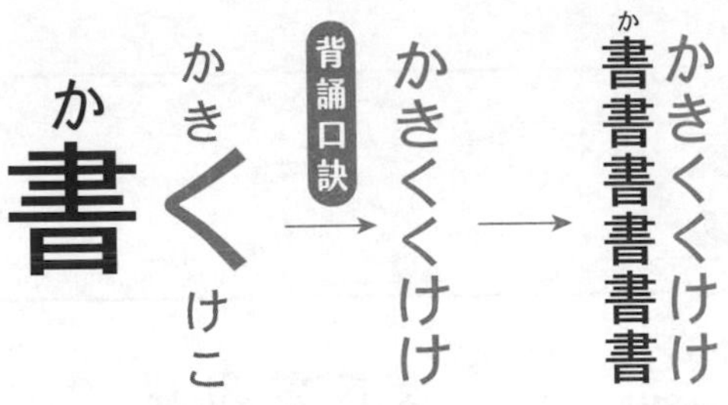

寫

書かない。	不寫。
書かなかった。	（那時）沒寫。
（書かう）→ 書こう。（變音）	寫吧！
（書きて）→ 書いてください。（音便）	請寫。
（書きた）→ 書いた。（音便）	已經寫了。
書きます。	寫。（禮貌說法）
書きますか。	要寫嗎？（禮貌說法）
書きません。	不寫。（禮貌說法）
書きました。	已經寫了。（禮貌說法）
書きませんでした。	（那時）沒寫。（禮貌說法）
書く。	寫。
書く時。	寫的時候。
書く事。	寫（這件事）。
書けば…	如果寫的話，…
書け。	寫！

進階理解

基本形（辭書形）　泣（な）く

6種變化	活用形	作用	在か行作變化	後接常用語
①	未然形	否定 意志（想做…）	泣（な）か	ない　（普通・現在・否定） なかった　（普通・過去・否定） う　（普通・現在・意志）
②	連用形	接助詞て 助動詞た（表示過去） 助動詞ます（表示禮貌）	泣（な）き	て（ください）　（請…） た　（普通・過去・肯定） ます　（禮貌・現在・肯定） ますか　（禮貌・現在・疑問） ません　（禮貌・現在・否定） ました　（禮貌・過去・肯定） ませんでした（禮貌・過去・否定）
③	終止形	句子結束，用「。」表示	泣（な）く	。
④	連體形	下接名詞	泣（な）く	時（とき）/時候、事（こと）/事情、人（ひと）/人、所（ところ）/地方…等名詞。
⑤	假定形	下接ば，表示假定	泣（な）け	ば
⑥	命令形	表示命令	泣（な）け	

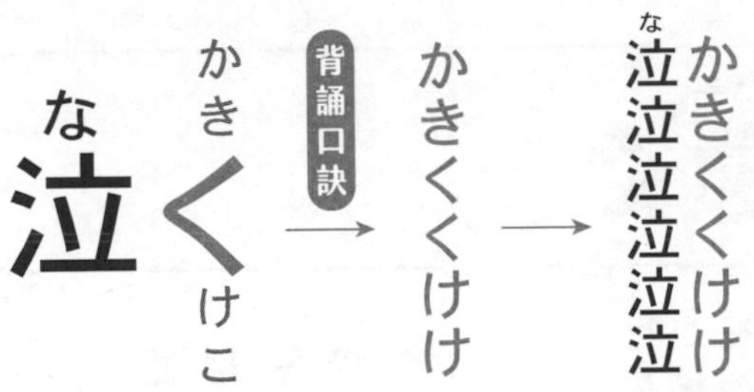

哭

泣(な)かない。	不哭。
泣(な)かなかった。	（那時）沒哭。
(泣(な)かう) → 泣(な)こう。（變音）	哭吧！
(泣(な)きて) → 泣(な)いてください。（音便）	請哭吧！
(泣(な)きた) → 泣(な)いた。（音便）	已經哭了。
泣(な)きます。	哭。（禮貌說法）
泣(な)きますか。	會哭嗎？（禮貌說法）
泣(な)きません。	不哭。（禮貌說法）
泣(な)きました。	已經哭了。（禮貌說法）
泣(な)きませんでした。	（那時）沒哭。（禮貌說法）
泣(な)く。	哭。
泣(な)く時(とき)。	哭的時候。
泣(な)く人(ひと)。	哭的人。
泣(な)けば…	如果哭的話，…
泣(な)け。	哭出來！

進階理解

基本形（辭書形）
急ぐ（いそぐ）

6種變化	活用形	作用	在が行作變化	後接常用語
①	未然形	否定 意志（想做…）	急が（いそが）	ない（普通・現在・否定） なかった（普通・過去・否定） う（普通・現在・意志）
②	連用形	接助詞て 助動詞た（表示過去） 助動詞ます（表示禮貌）	急ぎ（いそぎ）	て（ください）（請…） た（普通・過去・肯定） ます（禮貌・現在・肯定） ますか（禮貌・現在・疑問） ません（禮貌・現在・否定） ました（禮貌・過去・肯定） ませんでした（禮貌・過去・否定）
③	終止形	句子結束，用「。」表示	急ぐ（いそぐ）	。
④	連體形	下接名詞	急ぐ（いそぐ）	時（とき）/時候、事（こと）/事情、人（ひと）/人、所（ところ）/地方…等名詞。
⑤	假定形	下接ば，表示假定	急げ（いそげ）	ば
⑥	命令形	表示命令	急げ（いそげ）	

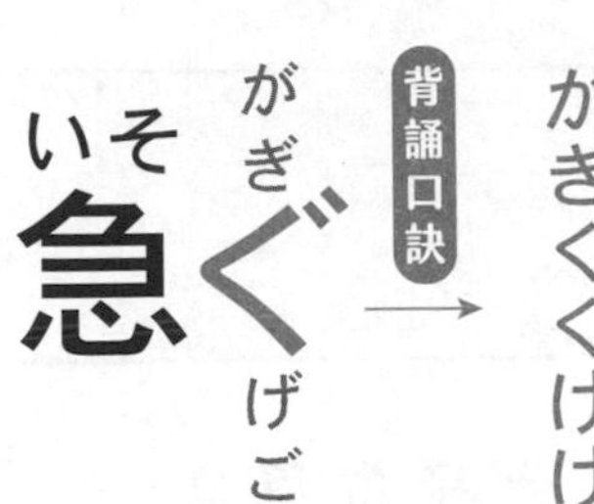

急（いそ）が
急ぎ
急ぐ
急ぐ
急げ
急げ

急

	急（いそ）がない。	不急。
	急（いそ）がなかった。	（那時）並不急。
	(急（いそ）がう) → 急（いそ）ごう。（變音）	趕快吧！
	(急（いそ）ぎて) → 急（いそ）いでください。（音便）	請快一點。
	(急（いそ）ぎた) → 急（いそ）いだ。（音便）	已經很急了。
	急（いそ）ぎます。	趕快。（禮貌説法）
	急（いそ）ぎますか。	要趕快嗎？（禮貌説法）
	急（いそ）ぎません。	不急。（禮貌説法）
	急（いそ）ぎました。	已經很急了。（禮貌説法）
	急（いそ）ぎませんでした。	（那時）並不急　（禮貌説法）
	急（いそ）ぐ。	趕快。
	急（いそ）ぐ時（とき）。	急的時候。
	急（いそ）ぐ事（こと）。	急（這件事）。
	急（いそ）げば…	如果急的話，…
	急（いそ）げ。	趕快！

進階理解

基本形（辭書形）　泳ぐ（およ）

6種變化	活用形	作用	在が行作變化	後接常用語
①	未然形	否定 意志（想做…）	泳が（およ）	ない（普通・現在・否定） なかった（普通・過去・否定） う（普通・現在・意志）
②	連用形	接助詞て 助動詞た（表示過去） 助動詞ます（表示禮貌）	泳ぎ（およ）	て（ください）（請…） た（普通・過去・肯定） ます（禮貌・現在・肯定） ますか（禮貌・現在・疑問） ません（禮貌・現在・否定） ました（禮貌・過去・肯定） ませんでした（禮貌・過去・否定）
③	終止形	句子結束，用「。」表示	泳ぐ（およ）	。
④	連體形	下接名詞	泳ぐ（およ）	時（とき）/時候、事（こと）/事情、人（ひと）/人、所（ところ）/地方…等名詞。
⑤	假定形	下接ば，表示假定	泳げ（およ）	ば
⑥	命令形	表示命令	泳げ（およ）	

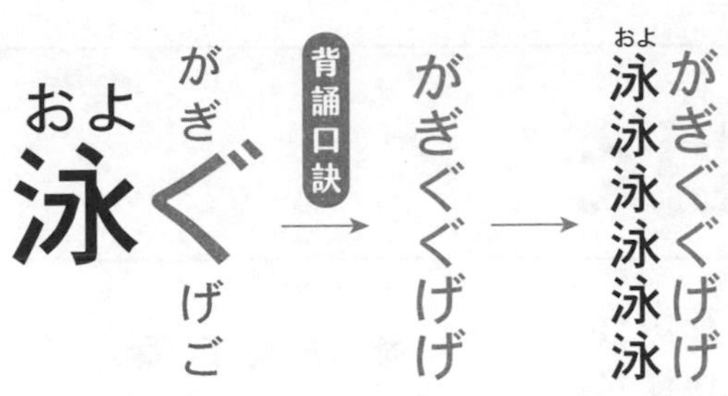

游泳

泳(およ)がない。	不游泳。
泳(およ)がなかった。	（那時）沒游泳。
(泳(およ)がう) → 泳(およ)ごう。（變音）	游泳吧！
(泳(およ)ぎて) → 泳(およ)いでください。（音便）	請游泳。
(泳(およ)ぎた) → 泳(およ)いだ。（音便）	已經游泳了。
泳(およ)ぎます。	游泳。（禮貌説法）
泳(およ)ぎますか。	要游泳嗎？（禮貌説法）
泳(およ)ぎません。	不游泳。（禮貌説法）
泳(およ)ぎました。	已經游泳了。（禮貌説法）
泳(およ)ぎませんでした。	（那時）沒游泳。（禮貌説法）
泳(およ)ぐ。	游泳。
泳(およ)ぐ時(とき)。	游泳的時候。
泳(およ)ぐ所(ところ)。	游泳的地方。
泳(およ)げば…	如果游泳的話，…
泳(およ)げ。	去游泳！

進階理解

基本形（辭書形） 脱ぐ（ぬ）

6種變化	活用形	作用	在が行作變化	後接常用語
①	未然形	否定 意志（想做…）	脱が（ぬ）	ない（普通・現在・否定） なかった（普通・過去・否定） う（普通・現在・意志）
②	連用形	接助詞て 助動詞た（表示過去） 助動詞ます（表示禮貌）	脱ぎ（ぬ）	て（ください）（請…） た（普通・過去・肯定） ます（禮貌・現在・肯定） ますか（禮貌・現在・疑問） ません（禮貌・現在・否定） ました（禮貌・過去・肯定） ませんでした（禮貌・過去・否定）
③	終止形	句子結束，用「。」表示	脱ぐ（ぬ）	。
④	連體形	下接名詞	脱ぐ（ぬ）	時（とき）/時候、事（こと）/事情、人（ひと）/人、所（ところ）/地方…等名詞。
⑤	假定形	下接ば，表示假定	脱げ（ぬ）	ば
⑥	命令形	表示命令	脱げ（ぬ）	

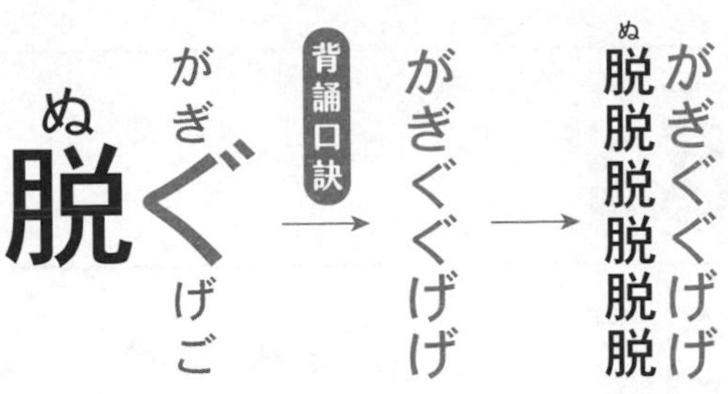

脱

脱がない。	不脱。
脱がなかった。	（那時）沒有脱。
(脱がう) → 脱ごう。（變音）	脱掉吧！
(脱ぎて) → 脱いでください。（音便）	請脱掉。
(脱ぎた) → 脱いだ。（音便）	已經脱掉了。
脱ぎます。	脱。（禮貌説法）
脱ぎますか。	要脱嗎？（禮貌説法）
脱ぎません。	不脱。（禮貌説法）
脱ぎました。	已經脱掉了。（禮貌説法）
脱ぎませんでした。	（那時）沒有脱。（禮貌説法）
脱ぐ。	脱。
脱ぐ時（とき）。	脱的時候。
脱ぐ所（ところ）。	脱的地方。
脱げば…	如果脱的話，…
脱げ。	脱下來！

進階理解

基本形（辭書形） 返す（かえす）

6種變化	活用形	作用	在さ行作變化	後接常用語
①	未然形	否定 意志（想做…）	返さ（かえさ）	ない（普通・現在・否定） なかった（普通・過去・否定） う（普通・現在・意志）
②	連用形	接助詞て 助動詞た（表示過去） 助動詞ます（表示禮貌）	返し（かえし）	て（ください）（請…） た（普通・過去・肯定） ます（禮貌・現在・肯定） ますか（禮貌・現在・疑問） ません（禮貌・現在・否定） ました（禮貌・過去・肯定） ませんでした（禮貌・過去・否定）
③	終止形	句子結束，用「。」表示	返す（かえす）	。
④	連體形	下接名詞	返す（かえす）	時（とき）/時候、事（こと）/事情、人（ひと）/人、所（ところ）/地方…等名詞。
⑤	假定形	下接ば，表示假定	返せ（かえせ）	ば
⑥	命令形	表示命令	返せ（かえせ）	

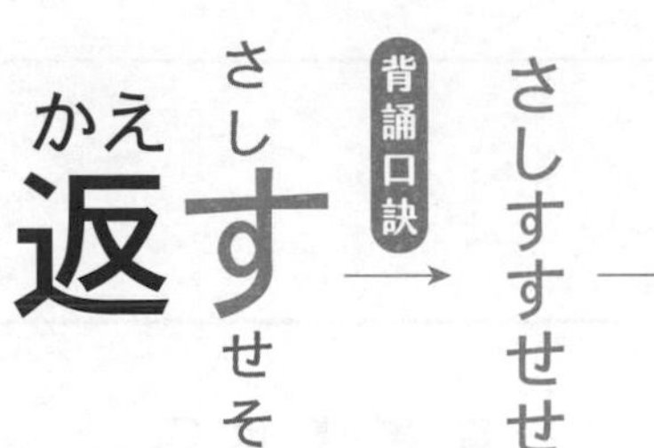

かえ
返さ
返し
返す
返す
返せ
返せ

歸還

	返(かえ)さない。	不歸還。
	返(かえ)さなかった。	（那時）沒歸還。
	(返(かえ)さう) → 返(かえ)そう。（變音）	歸還吧！
	返(かえ)してください。	請歸還。
	返(かえ)した。	已經歸還了。
	返(かえ)します。	歸還。（禮貌說法）
	返(かえ)しますか。	要歸還嗎？（禮貌說法）
	返(かえ)しません。	不歸還。（禮貌說法）
	返(かえ)しました。	已經歸還了。（禮貌說法）
	返(かえ)しませんでした。	（那時）沒歸還。（禮貌說法）
	返(かえ)す。	歸還。
	返(かえ)す時(とき)。	歸還的時候。
	返(かえ)す物(もの)。	歸還的東西。
	返(かえ)せば…	如果歸還的話，…
	返(かえ)せ。	還來！

進階理解

基本形（辭書形） 探す（さが）

6種變化	活用形	作用	在さ行作變化	後接常用語
①	未然形	否定 意志（想做…）	探さ（さが）	ない（普通・現在・否定） なかった（普通・過去・否定） う（普通・現在・意志）
②	連用形	接助詞て 助動詞た（表示過去） 助動詞ます（表示禮貌）	探し（さが）	て（ください）（請…） た（普通・過去・肯定） ます（禮貌・現在・肯定） ますか（禮貌・現在・疑問） ません（禮貌・現在・否定） ました（禮貌・過去・肯定） ませんでした（禮貌・過去・否定）
③	終止形	句子結束，用「。」表示	探す（さが）	。
④	連體形	下接名詞	探す（さが）	時（とき）/時候、事（こと）/事情、人（ひと）/人、所（ところ）/地方…等名詞。
⑤	假定形	下接ば，表示假定	探せ（さが）	ば
⑥	命令形	表示命令	探せ（さが）	

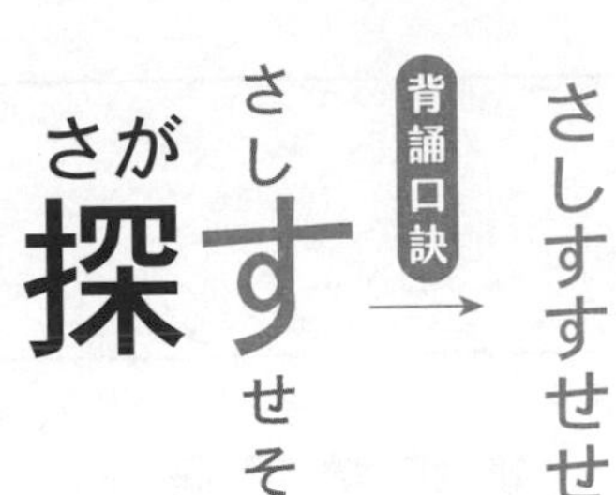

背誦口訣 → さしすすせせ → 探(さが)さ 探し 探す 探す 探せ 探せ

找

	探(さが)さない。	不找。
	探(さが)さなかった。	（那時）沒找。
	(探(さが)さう) → 探(さが)そう。（變音）	找吧！
	探(さが)してください。	請找。
	探(さが)した。	已經找了。
	探(さが)します。	尋找。（禮貌説法）
	探(さが)しますか。	要找嗎？（禮貌説法）
	探(さが)しません。	不找。（禮貌説法）
	探(さが)しました。	已經找了。（禮貌説法）
	探(さが)しませんでした。	（那時）沒找。（禮貌説法）
	探(さが)す。	尋找。
	探(さが)す時(とき)。	找的時候。
	探(さが)す物(もの)。	找的東西。
	探(さが)せば…	如果找的話，…
	探(さが)せ。	去找！

進階理解

基本形（辭書形）　はな 話す

6種變化	活用形	作用	在さ行作變化	後接常用語
①	未然形	否定 意志（想做…）	はな 話さ	ない（普通・現在・否定） なかった（普通・過去・否定） う（普通・現在・意志）
②	連用形	接助詞て 助動詞た（表示過去） 助動詞ます（表示禮貌）	はな 話し	て（ください）（請…） た（普通・過去・肯定） ます（禮貌・現在・肯定） ますか（禮貌・現在・疑問） ません（禮貌・現在・否定） ました（禮貌・過去・肯定） ませんでした（禮貌・過去・否定）
③	終止形	句子結束，用「。」表示	はな 話す	。
④	連體形	下接名詞	はな 話す	とき 時/時候、こと 事/事情、ひと 人/人、ところ 所/地方…等名詞。
⑤	假定形	下接ば，表示假定	はな 話せ	ば
⑥	命令形	表示命令	はな 話せ	

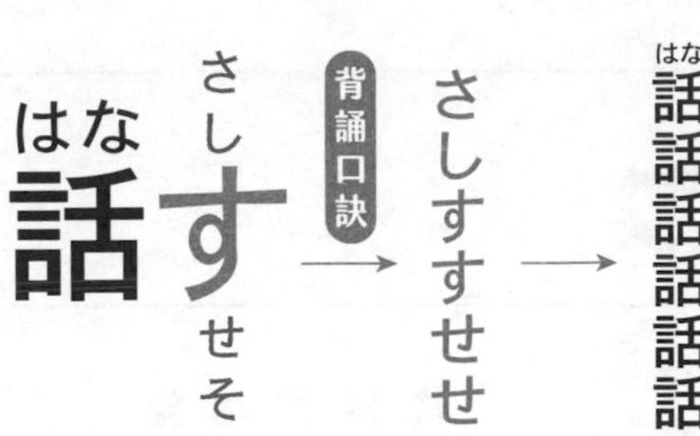

告訴・說

話(はな)さない。	不說（告訴他）。
話(はな)さなかった。	（那時）沒說（告訴他）。
(話(はな)さう) → 話(はな)そう。（變音）	說（告訴他）吧！
話(はな)してください。	請說（告訴他）。
話(はな)した。	已經說（告訴他）了。
話(はな)します。	說（告訴）。（禮貌說法）
話(はな)しますか。	要說（告訴他）嗎？（禮貌說法）
話(はな)しません。	不說（告訴他）。（禮貌說法）
話(はな)しました。	已經說（告訴他）了。（禮貌說法）
話(はな)しませんでした。	（那時）沒說（告訴他）。（禮貌說法）
話(はな)す。	說（告訴）。
話(はな)す時(とき)。	說（告訴他）的時候。
話(はな)す事(こと)。	說（告訴他）的事。
話(はな)せば…	如果說（告訴他）的話，…
話(はな)せ。	說出來！

進階理解

基本形（辭書形） 打（う）つ

6種變化	活用形	作用	在た行作變化	後接常用語
①	未然形	否定 意志（想做…）	打（う）た	ない（普通・現在・否定） なかった（普通・過去・否定） う（普通・現在・意志）
②	連用形	接助詞て 助動詞た（表示過去） 助動詞ます（表示禮貌）	打（う）ち	て（ください）（請…） た（普通・過去・肯定） ます（禮貌・現在・肯定） ますか（禮貌・現在・疑問） ません（禮貌・現在・否定） ました（禮貌・過去・肯定） ませんでした（禮貌・過去・否定）
③	終止形	句子結束，用「。」表示	打（う）つ	。
④	連體形	下接名詞	打（う）つ	時（とき）/時候、事（こと）/事情、人（ひと）/人、所（ところ）/地方…等名詞。
⑤	假定形	下接ば，表示假定	打（う）て	ば
⑥	命令形	表示命令	打（う）て	

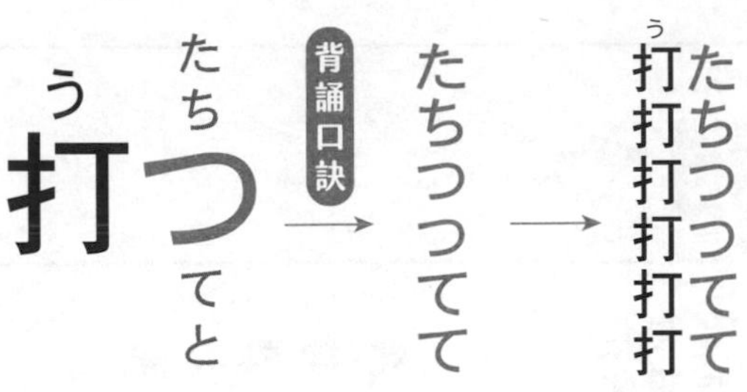

打

打たない。 打たなかった。 (打たう) → 打とう。（變音）	不打。 （那時）沒打。 打吧！
(打ちて) → 打ってください。（音便） (打ちた) → 打った。（音便） 打ちます。 打ちますか。 打ちません。 打ちました。 打ちませんでした。	請打。 已經打了。 打。（禮貌説法） 要打嗎？（禮貌説法） 不打。（禮貌説法） 已經打了。（禮貌説法） （那時）沒打。（禮貌説法）
打つ。	打。
打つ時。 打つ人。	打的時候。 打的人。
打てば…	如果打的話，…
打て。	打！

進階理解

基本形（辭書形）　勝（か）つ

6種變化	活用形	作用	在た行作變化	後接常用語
①	未然形	否定 意志（想做…）	勝（か）た	ない（普通・現在・否定） なかった（普通・過去・否定） う（普通・現在・意志）
②	連用形	接助詞て 助動詞た（表示過去） 助動詞ます（表示禮貌）	勝（か）ち	て（ください）（請…） た（普通・過去・肯定） ます（禮貌・現在・肯定） ますか（禮貌・現在・疑問） ません（禮貌・現在・否定） ました（禮貌・過去・肯定） ませんでした（禮貌・過去・否定）
③	終止形	句子結束，用「。」表示	勝（か）つ	。
④	連體形	下接名詞	勝（か）つ	時（とき）/時候、事（こと）/事情、人（ひと）/人、所（ところ）/地方…等名詞。
⑤	假定形	下接ば，表示假定	勝（か）て	ば
⑥	命令形	表示命令	勝（か）て	

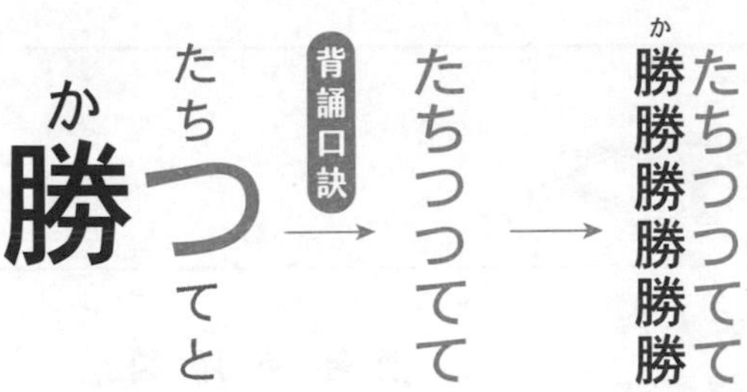

贏

(勝たない。)	（少用）
(勝たなかった。)	（少用）
(勝たう) → 勝とう。（變音）	贏吧！
(勝ちて) → 勝ってください。（音便）	請（一定要）贏。
(勝ちた) → 勝った。（音便）	已經贏了。
勝ちます。	贏。（禮貌説法）
勝ちますか。	會贏嗎？（禮貌説法）
勝ちません。	沒贏。（禮貌説法）
勝ちました。	已經贏了。（禮貌説法）
勝ちませんでした。	（那時）沒有贏。（禮貌説法）
勝つ。	贏。
勝つ時。	贏的時候。
勝つ事。	贏的事。
勝てば…	如果贏的話，…
勝て。	贏吧！

基本形（辭書形） 待(ま)つ

6種變化	活用形	作用	在た行作變化	後接常用語
①	未然形	否定	待(ま)た	ない（普通・現在・否定）
				なかった（普通・過去・否定）
		意志（想做…）		う（普通・現在・意志）
②	連用形	接助詞て	待(ま)ち	て（ください）（請…）
		助動詞た（表示過去）		た（普通・過去・肯定）
		助動詞ます（表示禮貌）		ます（禮貌・現在・肯定）
				ますか（禮貌・現在・疑問）
				ません（禮貌・現在・否定）
				ました（禮貌・過去・肯定）
				ませんでした（禮貌・過去・否定）
③	終止形	句子結束，用「。」表示	待(ま)つ	。
④	連體形	下接名詞	待(ま)つ	時(とき)/時候、事(こと)/事情、人(ひと)/人、所(ところ)/地方…等名詞。
⑤	假定形	下接ば，表示假定	待(ま)て	ば
⑥	命令形	表示命令	待(ま)て	

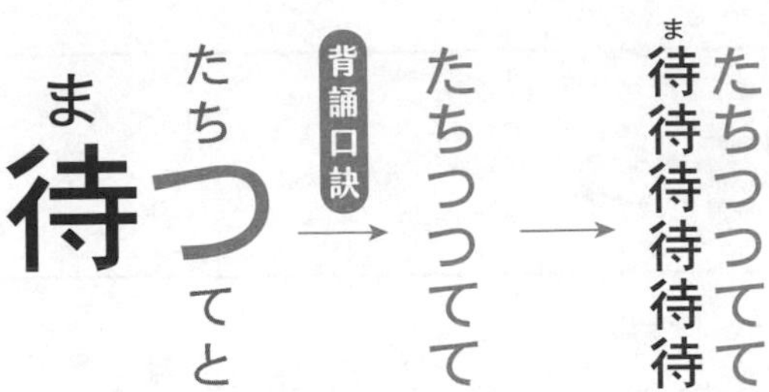

等待

待(ま)たない。	不等。
待(ま)たなかった。	（那時）沒等。
(待(ま)たう) → 待(ま)とう。（變音）	等一下吧！
(待(ま)ちて) → 待(ま)ってください。（音便）	請等一下。
(待(ま)ちた) → 待(ま)った。（音便）	已經等了。
待(ま)ちます。	等待。（禮貌說法）
待(ま)ちますか。	要等嗎？（禮貌說法）
待(ま)ちません。	不等。（禮貌說法）
待(ま)ちました。	已經等了。（禮貌說法）
待(ま)ちませんでした。	（那時）沒等。（禮貌說法）
待(ま)つ。	等待。
待(ま)つ時(とき)。	等的時候。
待(ま)つ人(ひと)。	等的人。
待(ま)てば…	如果等的話，…
待(ま)て。	等一下！

進階理解

基本形（辭書形） 持（も）つ

6種變化	活用形	作用	在た行作變化	後接常用語
①	未然形	否定 意志（想做…）	持（も）た	ない　（普通・現在・否定） なかった　（普通・過去・否定） う　（普通・現在・意志）
②	連用形	接助詞て 助動詞た（表示過去） 助動詞ます（表示禮貌）	持（も）ち	て（ください）　（請…） た　（普通・過去・肯定） ます　（禮貌・現在・肯定） ますか　（禮貌・現在・疑問） ません　（禮貌・現在・否定） ました　（禮貌・過去・肯定） ませんでした（禮貌・過去・否定）
③	終止形	句子結束，用「。」表示	持（も）つ	。
④	連體形	下接名詞	持（も）つ	時（とき）/時候、事（こと）/事情、人（ひと）/人、所（ところ）/地方…等名詞。
⑤	假定形	下接ば，表示假定	持（も）て	ば
⑥	命令形	表示命令	持（も）て	

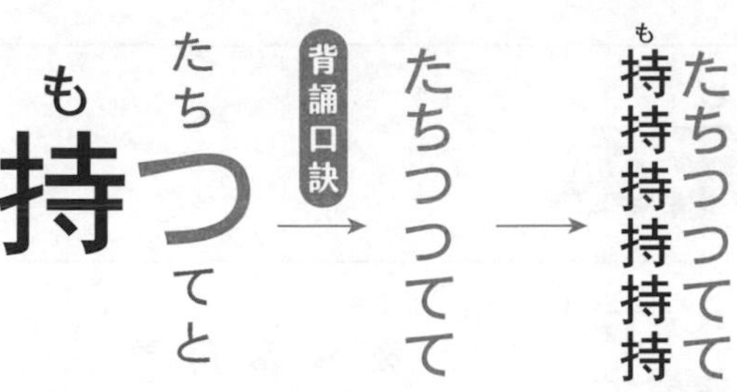

帶・持有

	持たない。	不帶。
	持たなかった。	（那時）沒帶。
	(持たう) → 持とう。（變音）	帶著吧！
	(持ちて) → 持ってください。（音便）	請帶著。
	(持ちた) → 持った。（音便）	已經帶了。
	持ちます。	攜帶。（禮貌説法）
	持ちますか。	要帶著嗎？（禮貌説法）
	持ちません。	不帶。（禮貌説法）
	持ちました。	已經帶了。（禮貌説法）
	持ちませんでした。	（那時）沒帶。（禮貌説法）
	持つ。	攜帶。
	持つ時。	帶著的時候。
	持つ物。	帶的東西。
	持てば…	如果帶的話，…
	持て。	帶著！

進階理解

基本形（辭書形）

死(し)ぬ

6種變化	活用形	作用	在な行作變化	後接常用語
①	未然形	否定 意志（想做…）	死(し)な	ない（普通・現在・否定） なかった（普通・過去・否定） う（普通・現在・意志）
②	連用形	接助詞て 助動詞た（表示過去） 助動詞ます（表示禮貌）	死(し)に	て（ください）（請…） た（普通・過去・肯定） ます（禮貌・現在・肯定） ますか（禮貌・現在・疑問） ません（禮貌・現在・否定） ました（禮貌・過去・肯定） ませんでした（禮貌・過去・否定）
③	終止形	句子結束，用「。」表示	死(し)ぬ	。
④	連體形	下接名詞	死(し)ぬ	時(とき)/時候、事(こと)/事情、人(ひと)/人、所(ところ)/地方…等名詞。
⑤	假定形	下接ば，表示假定	死(し)ね	ば
⑥	命令形	表示命令	死(し)ね	

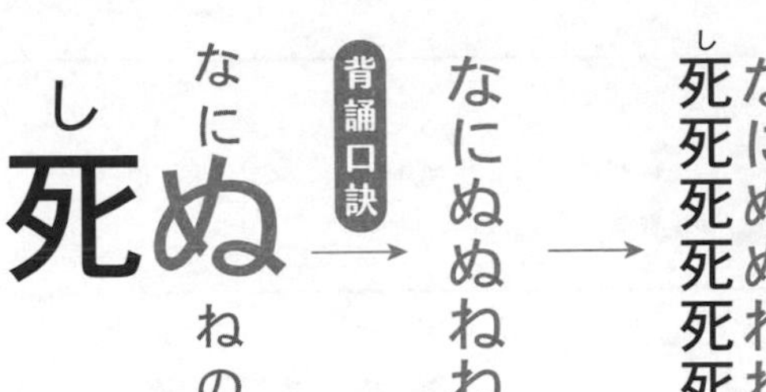

死

死なない。	不死。
死ななかった。	(那時）沒死。
(死なう) → 死のう。（變音）	死吧！
(死にて) → 死んでください。（音便）	請死。
(死にた) → 死んだ。（音便）	已經死了。
死にます。	死。（禮貌説法）
死にますか。	會死嗎？（禮貌説法）
死にません。	不死。（禮貌説法）
死にました。	已經死了。（禮貌説法）
死にませんでした。	(那時）沒死。（禮貌説法）
死ぬ。	死。
死ぬ時。	死的時候。
死ぬ事。	死（這件事）。
死ねば…	如果死的話，…
死ね。	去死！

進階理解

基本形（辭書形）

遊（あそ）ぶ

6種變化	活用形	作用	在ば行作變化	後接常用語
①	未然形	否定 意志（想做…）	遊（あそ）ば	ない（普通・現在・否定） なかった（普通・過去・否定） う（普通・現在・意志）
②	連用形	接助詞て 助動詞た（表示過去） 助動詞ます（表示禮貌）	遊（あそ）び	て（ください）（請…） た（普通・過去・肯定） ます（禮貌・現在・肯定） ますか（禮貌・現在・疑問） ません（禮貌・現在・否定） ました（禮貌・過去・肯定） ませんでした（禮貌・過去・否定）
③	終止形	句子結束，用「。」表示	遊（あそ）ぶ	。
④	連體形	下接名詞	遊（あそ）ぶ	時（とき）/時候、事（こと）/事情、人（ひと）/人、所（ところ）/地方…等名詞。
⑤	假定形	下接ば，表示假定	遊（あそ）べ	ば
⑥	命令形	表示命令	遊（あそ）べ	

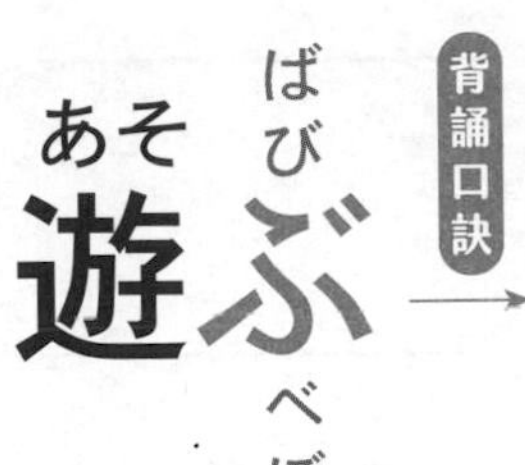

背誦口訣 → ばびぶぶべべ → 遊(あそ)ば　遊び　遊ぶ　遊ぶ　遊べ　遊べ

玩耍

遊(あそ)ばない。	不玩。
遊(あそ)ばなかった。	（那時）沒玩。
（遊(あそ)ばう）→ 遊(あそ)ぼう。（變音）	去玩吧！
（遊(あそ)びて）→ 遊(あそ)んでください。（音便）	請玩吧！
（遊(あそ)びた）→ 遊(あそ)んだ。（音便）	已經玩了。
遊(あそ)びます。	玩耍。（禮貌說法）
遊(あそ)びますか。	要玩嗎？（禮貌說法）
遊(あそ)びません。	不玩。（禮貌說法）
遊(あそ)びました。	已經玩了。（禮貌說法）
遊(あそ)びませんでした。	（那時）沒玩。（禮貌說法）
遊(あそ)ぶ。	玩耍。
遊(あそ)ぶ時(とき)。	玩耍的時候。
遊(あそ)ぶ所(ところ)。	玩耍的地方。
遊(あそ)べば…	如果玩的話，…
遊(あそ)べ。	去玩！

進階理解

基本形（辭書形）			運ぶ（はこ）	
6種變化	活用形	作用	在ば行作變化	後接常用語
①	未然形	否定 意志（想做…）	運ば（はこ）	ない（普通・現在・否定） なかった（普通・過去・否定） う（普通・現在・意志）
②	連用形	接助詞て 助動詞た（表示過去） 助動詞ます（表示禮貌）	運び（はこ）	て（ください）（請…） た（普通・過去・肯定） ます（禮貌・現在・肯定） ますか（禮貌・現在・疑問） ません（禮貌・現在・否定） ました（禮貌・過去・肯定） ませんでした（禮貌・過去・否定）
③	終止形	句子結束，用「。」表示	運ぶ（はこ）	。
④	連體形	下接名詞	運ぶ（はこ）	時（とき）/時候、事（こと）/事情、人（ひと）/人、所（ところ）/地方…等名詞。
⑤	假定形	下接ば，表示假定	運べ（はこ）	ば
⑥	命令形	表示命令	運べ（はこ）	

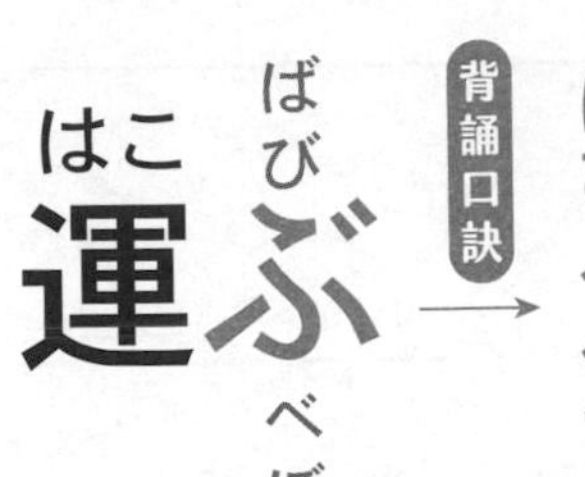

→ ばびぶぶべべ → 運(はこ)ば 運び 運ぶ 運ぶ 運べ 運べ

搬運

	運(はこ)ばない。	不搬。
	運(はこ)ばなかった。	（那時）沒搬。
	(運(はこ)ばう) → 運(はこ)ぼう。（變音）	搬吧！
	(運(はこ)びて) → 運(はこ)んでください。（音便）	請搬。
	(運(はこ)びた) → 運(はこ)んだ。（音便）	已經搬了。
	運(はこ)びます。	搬。（禮貌説法）
	運(はこ)びますか。	要搬嗎？（禮貌説法）
	運(はこ)びません。	不搬。（禮貌説法）
	運(はこ)びました。	已經搬了。（禮貌説法）
	運(はこ)びませんでした。	（那時）沒搬。（禮貌説法）
	運(はこ)ぶ。	搬運。
	運(はこ)ぶ時(とき)。	搬運的時候。
	運(はこ)ぶ物(もの)。	搬運的東西。
	運(はこ)べば…	如果搬的話，…
	運(はこ)べ。	搬吧！

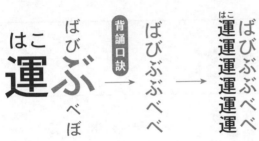

基本形（辭書形） 呼（よ）ぶ

6種變化	活用形	作用	在ば行作變化	後接常用語
①	未然形	否定 意志（想做…）	呼（よ）ば	ない　（普通・現在・否定） なかった　（普通・過去・否定） う　（普通・現在・意志）
②	連用形	接助詞て 助動詞た（表示過去） 助動詞ます（表示禮貌）	呼（よ）び	て（ください）　（請…） た　（普通・過去・肯定） ます　（禮貌・現在・肯定） ますか　（禮貌・現在・疑問） ません　（禮貌・現在・否定） ました　（禮貌・過去・肯定） ませんでした　（禮貌・過去・否定）
③	終止形	句子結束，用「。」表示	呼（よ）ぶ	。
④	連體形	下接名詞	呼（よ）ぶ	時（とき）/時候、事（こと）/事情、人（ひと）/人、所（ところ）/地方…等名詞。
⑤	假定形	下接ば，表示假定	呼（よ）べ	ば
⑥	命令形	表示命令	呼（よ）べ	

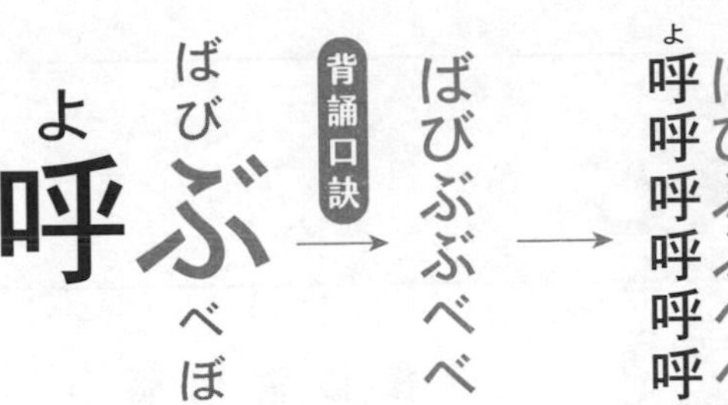
よ
呼ぶ
ばびぶべぼ
背誦口訣
ばびぶぶべべ
呼ば 呼び 呼ぶ 呼ぶ 呼べ 呼べ

よかったら来てください。
うれしい！

邀請

呼(よ)ばない。	不邀請。
呼(よ)ばなかった。	(那時) 沒有邀請。
(呼(よ)ばう) → 呼(よ)ぼう。(變音)	邀請吧！
(呼(よ)びて) → 呼(よ)んでください。(音便)	請邀請。
(呼(よ)びた) → 呼(よ)んだ。(音便)	已經邀請了。
呼(よ)びます。	邀請。（禮貌説法）
呼(よ)びますか。	要邀請嗎？（禮貌説法）
呼(よ)びません。	不邀請。（禮貌説法）
呼(よ)びました。	已經邀請了。（禮貌説法）
呼(よ)びませんでした。	(那時) 沒有邀請。（禮貌説法）
呼(よ)ぶ。	邀請。
呼(よ)ぶ時(とき)。	邀請的時候。
呼(よ)ぶ人(ひと)。	邀請的人。
呼(よ)べば…	如果邀請的話，…
呼(よ)べ。	去邀請！

進階理解

基本形（辭書形） 飲(の)む

6種變化	活用形	作用	在ま行作變化	後接常用語
①	未然形	否定 意志（想做…）	飲(の)ま	ない（普通・現在・否定） なかった（普通・過去・否定） う（普通・現在・意志）
②	連用形	接助詞て 助動詞た（表示過去） 助動詞ます（表示禮貌）	飲(の)み	て（ください）（請…） た（普通・過去・肯定） ます（禮貌・現在・肯定） ますか（禮貌・現在・疑問） ません（禮貌・現在・否定） ました（禮貌・過去・肯定） ませんでした（禮貌・過去・否定）
③	終止形	句子結束，用「。」表示	飲(の)む	。
④	連體形	下接名詞	飲(の)む	時(とき)/時候、事(こと)/事情、人(ひと)/人、所(ところ)/地方…等名詞。
⑤	假定形	下接ば，表示假定	飲(の)め	ば
⑥	命令形	表示命令	飲(の)め	

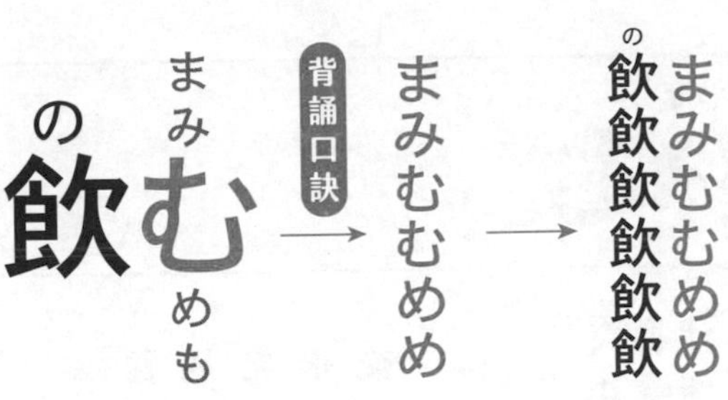

喝

飲(の)まない。	不喝。
飲(の)まなかった。	（那時）沒喝。
(飲(の)まう) → 飲(の)もう。（變音）	喝吧！
(飲(の)みて) → 飲(の)んでください。（音便）	請喝。
(飲(の)みた) → 飲(の)んだ。（音便）	已經喝了。
飲(の)みます。	喝。（禮貌説法）
飲(の)みますか。	要喝嗎？（禮貌説法）
飲(の)みません。	不喝。（禮貌説法）
飲(の)みました。	已經喝了。（禮貌説法）
飲(の)みませんでした。	（那時）沒喝。（禮貌説法）
飲(の)む。	喝。
飲(の)む時(とき)。	喝的時候。
飲(の)む物(もの)。	喝的東西。
飲(の)めば…	如果喝的話，…
飲(の)め。	喝下去！

進階理解

基本形（辭書形） 休む（やす）

6種變化	活用形	作用	在ま行作變化	後接常用語
①	未然形	否定 意志（想做…）	休ま（やす）	ない（普通・現在・否定） なかった（普通・過去・否定） う（普通・現在・意志）
②	連用形	接助詞て 助動詞た（表示過去） 助動詞ます（表示禮貌）	休み（やす）	て（ください）（請…） た（普通・過去・肯定） ます（禮貌・現在・肯定） ますか（禮貌・現在・疑問） ません（禮貌・現在・否定） ました（禮貌・過去・肯定） ませんでした（禮貌・過去・否定）
③	終止形	句子結束，用「。」表示	休む（やす）	。
④	連體形	下接名詞	休む（やす）	時（とき）/時候、事（こと）/事情、人（ひと）/人、所（ところ）/地方…等名詞。
⑤	假定形	下接ば，表示假定	休め（やす）	ば
⑥	命令形	表示命令	休め（やす）	

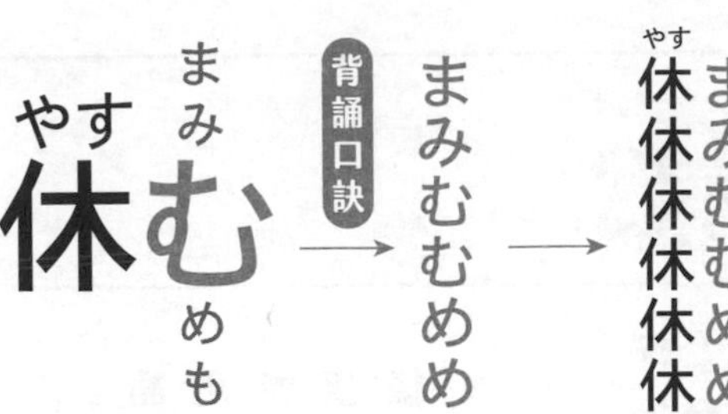

休息・休假

	休（やす）まない。	不休息。
	休（やす）まなかった。	（那時）沒休息。
	（休（やす）まう）→休（やす）もう。（變音）	休息吧！
	（休（やす）みて）→休（やす）んでください。（音便）	請去休息。
	（休（やす）みた）→休（やす）んだ。（音便）	已經休息過了。
	休（やす）みます。	休息。（禮貌説法）
	休（やす）みますか。	要休息嗎？（禮貌説法）
	休（やす）みません。	不休息。（禮貌説法）
	休（やす）みました。	已經休息過了。（禮貌説法）
	休（やす）みませんでした。	（那時）沒休息。（禮貌説法）
	休（やす）む。	休息。
	休（やす）む時（とき）。	休息的時候。
	休（やす）む所（ところ）。	休息的地方。
	休（やす）めば…	如果休息的話，…
	休（やす）め。	去休息！

進階理解

基本形（辭書形） 讀む（す）

6種變化	活用形	作用	在ま行作變化	後接常用語
①	未然形	否定 意志（想做…）	読（よ）ま	ない（普通・現在・否定） なかった（普通・過去・否定） う（普通・現在・意志）
②	連用形	接助詞て 助動詞た（表示過去） 助動詞ます（表示禮貌）	読（よ）み	て（ください）（請…） た（普通・過去・肯定） ます（禮貌・現在・肯定） ますか（禮貌・現在・疑問） ません（禮貌・現在・否定） ました（禮貌・過去・肯定） ませんでした（禮貌・過去・否定）
③	終止形	句子結束，用「。」表示	読（よ）む	。
④	連體形	下接名詞	読（よ）む	時（とき）/時候、事（こと）/事情、人（ひと）/人、所（ところ）/地方…等名詞。
⑤	假定形	下接ば，表示假定	読（よ）め	ば
⑥	命令形	表示命令	読（よ）め	

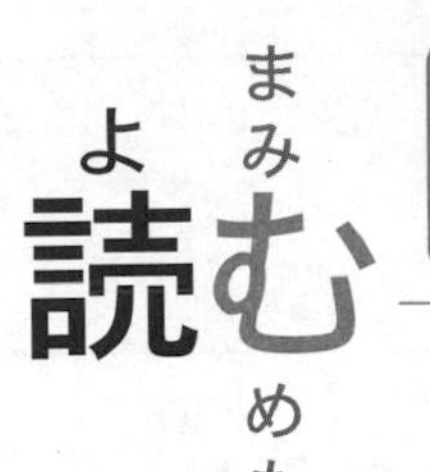

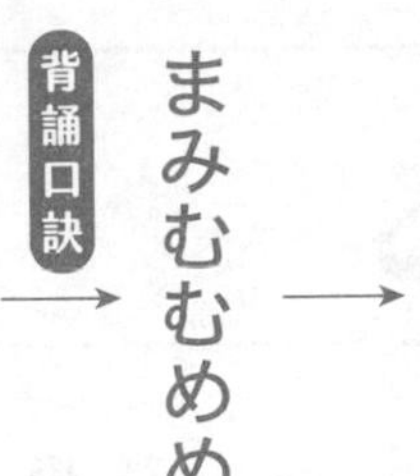

読ま 読み 読む 読む 読め 読め

唸

	読まない。	不唸。
	読まなかった。	（那時）沒唸。
	(読まう) → 読もう。（變音）	唸吧！
	(読みて) → 読んでください。（音便）	請唸。
	(読みた) → 読んだ。（音便）	已經唸了。
	読みます。	唸。（禮貌說法）
	読みますか。	要唸嗎？（禮貌說法）
	読みません。	不唸。（禮貌說法）
	読みました。	已經唸了。（禮貌說法）
	読みませんでした。	（那時）沒唸。（禮貌說法）
	読む。	唸。
	読む時。	唸的時候。
	読む人。	唸的人。
	読めば…	如果唸的話，…
	読め。	去唸！

進階理解

基本形（辭書形） 帰る（かえる）

6種變化	活用形	作用	在ら行作變化	後接常用語
①	未然形	否定	帰ら（かえら）	ない（普通・現在・否定） なかった（普通・過去・否定）
		意志（想做…）		う（普通・現在・意志）
②	連用形	接助詞て	帰り（かえり）	て（ください）（請…）
		助動詞た（表示過去）		た（普通・過去・肯定）
		助動詞ます（表示禮貌）		ます（禮貌・現在・肯定） ますか（禮貌・現在・疑問） ません（禮貌・現在・否定） ました（禮貌・過去・肯定） ませんでした（禮貌・過去・否定）
③	終止形	句子結束，用「。」表示	帰る（かえる）	。
④	連體形	下接名詞	帰る（かえる）	時（とき）/時候、事（こと）/事情、人（ひと）/人、所（ところ）/地方…等名詞。
⑤	假定形	下接ば，表示假定	帰れ（かえれ）	ば
⑥	命令形	表示命令	帰れ（かえれ）	

帰(かえ)る（ら／り／る／れ／ろ）

背誦口訣 → らりるるれ → 帰(かえ)ら　帰り　帰る　帰る　帰れ　帰れ

回去

帰(かえ)らない。	不回去。
帰(かえ)らなかった。	（那時）沒回去。
(帰(かえ)らう) → 帰(かえ)ろう。(變音)	回去吧！
(帰(かえ)りて) → 帰(かえ)ってください。(音便)	請回去。
(帰(かえ)りた) → 帰(かえ)った。(音便)	已經回去了。
帰(かえ)ります。	回去。（禮貌説法）
帰(かえ)りますか。	要回去嗎？（禮貌説法）
帰(かえ)りません。	不回去。（禮貌説法）
帰(かえ)りました。	已經回去了。（禮貌説法）
帰(かえ)りませんでした。	（那時）沒回去。（禮貌説法）
帰(かえ)る。	回去。
帰(かえ)る時(とき)。	回去的時候。
帰(かえ)る所(ところ)。	回去的地方。
帰(かえ)れば…	如果回去的話，…
帰(かえ)れ。	回去！

進階理解

基本形（辭書形） 座る（すわ）

6種變化	活用形	作用	在ら行作變化	後接常用語
①	未然形	否定 意志（想做…）	座ら	ない（普通・現在・否定） なかった（普通・過去・否定） う（普通・現在・意志）
②	連用形	接助詞て 助動詞た（表示過去） 助動詞ます（表示禮貌）	座り	て（ください）（請…） た（普通・過去・肯定） ます（禮貌・現在・肯定） ますか（禮貌・現在・疑問） ません（禮貌・現在・否定） ました（禮貌・過去・肯定） ませんでした（禮貌・過去・否定）
③	終止形	句子結束，用「。」表示	座る	。
④	連體形	下接名詞	座る	時（とき）/時候、事（こと）/事情、人（ひと）/人、所（ところ）/地方…等名詞。
⑤	假定形	下接ば，表示假定	座れ	ば
⑥	命令形	表示命令	座れ	

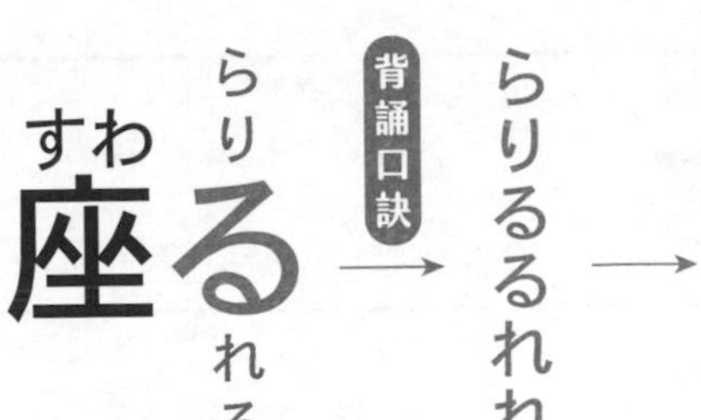

坐

	座（すわ）らない。	不坐。
	座（すわ）らなかった。	（那時）沒坐。
	(座（すわ）らう) → 座（すわ）ろう。（變音）	坐吧！
	(座（すわ）りて) → 座（すわ）ってください。（音便）	請坐。
	(座（すわ）りた) → 座（すわ）った。（音便）	已經坐下了。
	座（すわ）ります。	坐。（禮貌説法）
	座（すわ）りますか。	要坐嗎？（禮貌説法）
	座（すわ）りません。	不坐。（禮貌説法）
	座（すわ）りました。	已經坐下了。（禮貌説法）
	座（すわ）りませんでした。	（那時）沒坐。（禮貌説法）
	座（すわ）る。	坐。
	座（すわ）る時（とき）。	坐的時候。
	座（すわ）る所（ところ）。	坐的地方。
	座（すわ）れば…	如果坐的話，…
	座（すわ）れ。	坐下！

進階理解

基本形（辭書形）

取(と)る

6種變化	活用形	作用	在ら行作變化	後接常用語
①	未然形	否定 意志（想做…）	取(と)ら	ない（普通・現在・否定） なかった（普通・過去・否定） う（普通・現在・意志）
②	連用形	接助詞て 助動詞た（表示過去） 助動詞ます（表示禮貌）	取(と)り	て（ください）（請…） た（普通・過去・肯定） ます（禮貌・現在・肯定） ますか（禮貌・現在・疑問） ません（禮貌・現在・否定） ました（禮貌・過去・肯定） ませんでした（禮貌・過去・否定）
③	終止形	句子結束，用「。」表示	取(と)る	。
④	連體形	下接名詞	取(と)る	時(とき)/時候、事(こと)/事情、人(ひと)/人、所(ところ)/地方…等名詞。
⑤	假定形	下接ば，表示假定	取(と)れ	ば
⑥	命令形	表示命令	取(と)れ	

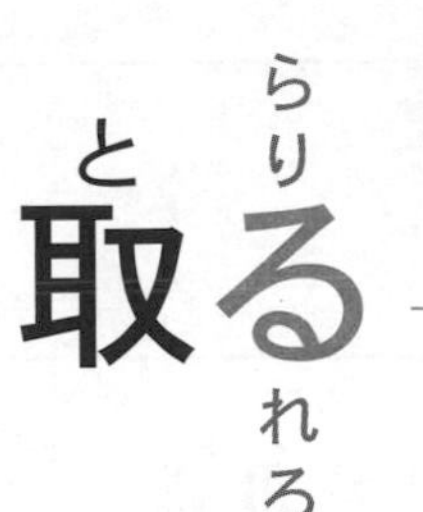

→ らりるるれれ → 取(と)ら 取り 取る 取る 取れ 取れ

拿

	取(と)らない。	不拿。
	取(と)らなかった。	（那時）沒拿。
	(取(と)らう) → 取(と)ろう。（變音）	去拿吧！
	(取(と)りて) → 取(と)ってください。（音便）	請拿。
	(取(と)りた) → 取(と)った。（音便）	已經拿了。
	取(と)ります。	拿。（禮貌説法）
	取(と)りますか。	要拿嗎？（禮貌説法）
	取(と)りません。	不拿。（禮貌説法）
	取(と)りました。	已經拿了。（禮貌説法）
	取(と)りませんでした。	（那時）沒拿。（禮貌説法）
	取(と)る。	拿。
	取(と)る時(とき)。	拿的時候。
	取(と)る物(もの)。	拿的東西。
	取(と)れば…	如果拿的話，…
	取(と)れ。	去拿！

基本形（辭書形）	入る（はいる）			
6種變化	活用形	作用	在ら行作變化	後接常用語
①	未然形	否定 意志（想做…）	入ら（はいら）	ない（普通・現在・否定） なかった（普通・過去・否定） う（普通・現在・意志）
②	連用形	接助詞て 助動詞た（表示過去） 助動詞ます（表示禮貌）	入り（はいり）	て（ください）（請…） た（普通・過去・肯定） ます（禮貌・現在・肯定） ますか（禮貌・現在・疑問） ません（禮貌・現在・否定） ました（禮貌・過去・肯定） ませんでした（禮貌・過去・否定）
③	終止形	句子結束，用「。」表示	入る（はいる）	。
④	連體形	下接名詞	入る（はいる）	時（とき）/時候、事（こと）/事情、人（ひと）/人、所（ところ）/地方…等名詞。
⑤	假定形	下接ば，表示假定	入れ（はいれ）	ば
⑥	命令形	表示命令	入れ（はいれ）	

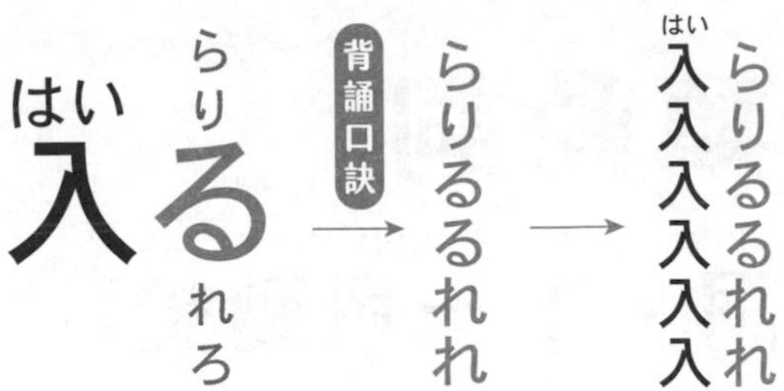

進去

入（はい）らない。	不進去。
入（はい）らなかった。	（那時）沒進去。
（入（はい）らう）→入（はい）ろう。（變音）	進去吧！
（入（はい）りて）→入（はい）ってください。（音便）	請進去。
（入（はい）りた）→入（はい）った。（音便）	已經進去了。
入（はい）ります。	進去。（禮貌説法）
入（はい）りますか。	要進去嗎？（禮貌説法）
入（はい）りません。	不進去。（禮貌説法）
入（はい）りました。	已經進去了。（禮貌説法）
入（はい）りませんでした。	（那時）沒進去。（禮貌説法）
入（はい）る。	進去。
入（はい）る時（とき）。	進去的時候。
入（はい）る所（ところ）。	進去的地方。
入（はい）れば…	如果進去的話，…
入（はい）れ。	進去！

❷ 類動詞

（上一段動詞・下一段動詞）

❶ 2類動詞的基本形語尾都是る（ru），在う段結束、ら行變化。（見右頁下方圖表）

❷ 語尾る的前一個字在い（i）段時稱為上一段動詞，在え（e）段時稱為下一段動詞。（見右頁下方圖表）

❸ 變化時前面的語幹不變，去掉語尾「る」，再加後接語。

❹ 注意有些字和1類（五段）動詞會混亂，特別是ら行る結尾的1類動詞，要特別記住。

帰（かえ）る（1類動詞基本形）　入（はい）る（1類動詞基本形）

○帰（かえ）ります　×帰（かえ）ます　○入（はい）ります　×入（はい）ます

▼ 2類動詞（上一段動詞）變化方式

落（お）ち~~る~~ → 落（お）ち ＋ 後接語

語幹不變　去掉語尾る　（請見 P.112）

▼ 下列是２類動詞（上一段動詞），る的前一個字在い（i）段。

居(い)(i)る（在）

着(き)(ki)る（穿）
生(い)き(ki)る（活）
起(お)き(ki)る（起床）
でき(ki)る（會）

過(す)ぎ(gi)る（通過・過度）

信(しん)じ(ji)る（相信）
閉(と)じ(ji)る（關）
命(めい)じ(ji)る（命令）

落(お)ち(chi)る（掉落）

煮(に)(ni)る（煮）

浴(あ)び(bi)る（洗澡）
延(の)び(bi)る（延長・伸長）
詫(わ)び(bi)る（道歉）

見(み)(mi)る（看）

降(お)り(ri)る（下車）
借(か)り(ri)る（借入）
足(た)り(ri)る（足夠）

清音

	あ行	か行	さ行	た行	な行	は行	ま行	や行	ら行	わ行	ん行
あ段	あ（わ） wa a	か ka	さ sa	た ta	な na	は ha	ま ma	や ya	ら ra	わ wa	ん n
❷ い段	い i	き ki	し shi	ち chi	に ni	ひ hi	み mi		り ri		
う段	う u	く ku	す su	つ tsu	ぬ nu	ふ fu	む mu	ゆ yu	る ❶ ru		
え段	え e	け ke	せ se	て te	ね ne	へ he	め me		れ re		
お段	お o	こ ko	そ so	と to	の no	ほ ho	も mo	よ yo	ろ ro	を wo	

濁音

	が行	ざ行	だ行	ば行
あ段	が ga	ざ za	だ da	ば ba
い段	ぎ gi	じ ji	ぢ ji	び bi
う段	ぐ gu	ず zu	づ zu	ぶ bu
え段	げ ge	ぜ ze	で de	べ be
お段	ご go	ぞ zo	ど do	ぼ bo

進階理解

基本形（辭書形）　居（い）る

6種變化	活用形	作用	在ら行作變化	後接常用語
①	未然形	否定 意志（想做…）	居（い） （將語尾る去掉）	ない（普通・現在・否定） なかった（普通・過去・否定） よう（普通・現在・意志）
②	連用形	接助詞て 助動詞た（表示過去） 助動詞ます（表示禮貌）	居（い） （將語尾る去掉）	て（ください）（請…） た（普通・過去・肯定） ます（禮貌・現在・肯定） ますか（禮貌・現在・疑問） ません（禮貌・現在・否定） ました（禮貌・過去・肯定） ませんでした（禮貌・過去・否定）
③	終止形	句子結束，用「。」表示	居（い）る	。
④	連體形	下接名詞	居（い）る	時（とき）/時候、事（こと）/事情、人（ひと）/人、所（ところ）/地方…等名詞。
⑤	假定形	下接ば，表示假定	居（い）れ	ば
⑥	命令形	表示命令	居（い）ろ	

→ ××るるれろ → 居居居居居居るるれろ

在

	居ない。	不在。
	居なかった。	（那時）不在。
	居よう。	待在（這裡）吧！
	居てください。	請待在（這裡）。
	居た。	已經在。
	居ます。	在。（禮貌說法）
	居ますか。	在嗎？（禮貌說法）
	居ません。	不在。（禮貌說法）
	居ました。	已經在。（禮貌說法）
	居ませんでした。	（那時）不在。（禮貌說法）
	居る。	在。
	居る時。	在的時候。
	居る人。	待在（這裡）的人。
	居れば…	如果在的話，…
	居ろ。	待在這裡！

進階理解

基本形（辭書形）	着る（き）			
6種變化	活用形	作用	在ら行作變化	後接常用語
①	未然形	否定 意志（想做…）	着（き）（將語尾る去掉）	ない（普通・現在・否定） なかった（普通・過去・否定） よう（普通・現在・意志）
②	連用形	接助詞て 助動詞た（表示過去） 助動詞ます（表示禮貌）	着（き）（將語尾る去掉）	て（ください）（請…） た（普通・過去・肯定） ます（禮貌・現在・肯定） ますか（禮貌・現在・疑問） ません（禮貌・現在・否定） ました（禮貌・過去・肯定） ませんでした（禮貌・過去・否定）
③	終止形	句子結束，用「。」表示	着（き）る	。
④	連體形	下接名詞	着（き）る	時（とき）/時候、事（こと）/事情、人（ひと）/人、所（ところ）/地方…等名詞。
⑤	假定形	下接ば，表示假定	着（き）れ	ば
⑥	命令形	表示命令	着（き）ろ	

着(き)る

背誦口訣 → ××るるれろ → 着着着着着着 るるれろ

穿

着(き)ない。	不穿。
着(き)なかった。	(那時) 沒穿。
着(き)よう。	穿上吧！
着(き)てください。	請穿上。
着(き)た。	已經穿了。
着(き)ます。	穿。（禮貌説法）
着(き)ますか。	要穿嗎？（禮貌説法）
着(き)ません。	不穿。（禮貌説法）
着(き)ました。	已經穿了。（禮貌説法）
着(き)ませんでした。	(那時) 沒穿。（禮貌説法）
着(き)る。	穿。
着(き)る時(とき)。	穿的時候。
着(き)る服(ふく)。	穿的衣服。
着(き)れば…	如果穿的話，…
着(き)ろ。	穿上！

進階理解

基本形（辭書形） 生(い)きる

6種變化	活用形	作用	在ら行作變化	後接常用語
①	未然形	否定 意志（想做…）	生(い)き（將語尾る去掉）	ない　（普通・現在・否定） なかった　（普通・過去・否定） よう　（普通・現在・意志）
②	連用形	接助詞て 助動詞た（表示過去） 助動詞ます（表示禮貌）	生(い)き（將語尾る去掉）	て（ください）　（請…） た　（普通・過去・肯定） ます　（禮貌・現在・肯定） ますか　（禮貌・現在・疑問） ません　（禮貌・現在・否定） ました　（禮貌・過去・肯定） ませんでした（禮貌・過去・否定）
③	終止形	句子結束，用「。」表示	生(い)きる	。
④	連體形	下接名詞	生(い)きる	時(とき)/時候、事(こと)/事情、人(ひと)/人、所(ところ)/地方…等名詞。
⑤	假定形	下接ば，表示假定	生(い)きれ	ば
⑥	命令形	表示命令	生(い)きろ	

生きる

背誦口訣 → ××る / るれ / ろ → 生き / 生き / 生きる / 生きる / 生きれ / 生きろ

活

(生きない。)	（不用）
(生きなかった。)	（不用）
生きよう。	活下去吧！
生きてください。	請活下去。
生きた。	已經活起來了。
生きます。	活。（禮貌説法）
(生きますか。)	（少用）
生きません。	不活。（禮貌説法）
生きました。	已經活起來了。（禮貌説法）
(生きませんでした。)	（少用）
生きる。	活。
生きる時。	活著的時候。
生きる事。	生存（這件事）。
生きれば…	如果活著的話，…
生きろ。	活下去！

進階理解

基本形（辭書形）	起（お）きる			
6種變化	活用形	作用	在ら行作變化	後接常用語
①	未然形	否定 意志（想做…）	起（お）き（將語尾る去掉）	ない（普通・現在・否定） なかった（普通・過去・否定） よう（普通・現在・意志）
②	連用形	接助詞て 助動詞た（表示過去） 助動詞ます（表示禮貌）	起（お）き（將語尾る去掉）	て（ください）（請…） た（普通・過去・肯定） ます（禮貌・現在・肯定） ますか（禮貌・現在・疑問） ません（禮貌・現在・否定） ました（禮貌・過去・肯定） ませんでした（禮貌・過去・否定）
③	終止形	句子結束，用「。」表示	起（お）きる	。
④	連體形	下接名詞	起（お）きる	時（とき）/時候、事（こと）/事情、人（ひと）/人、所（ところ）/地方…等名詞。
⑤	假定形	下接ば，表示假定	起（お）きれ	ば
⑥	命令形	表示命令	起（お）きろ	

起きる

背誦口訣 → ××るるれろ → 起き 起き 起きる 起きる 起きれ 起きろ

起床

起きない。	不起床。
起きなかった。	（那時）沒起床。
起きよう。	起床吧！
起きてください。	請起床。
起きた。	已經起床了。
起きます。	起床。（禮貌説法）
起きますか。	要起床嗎？（禮貌説法）
起きません。	不起床。（禮貌説法）
起きました。	已經起床了。（禮貌説法）
起きませんでした。	（那時）沒起床。（禮貌説法）
起きる。	起床。
起きる時。	起床的時候。
起きる事。	起床（這件事）。
起きれば…	如果起床的話，…
起きろ。	快起床！

進階理解

基本形（辭書形） **できる**

6種變化	活用形	作用	在ら行作變化	後接常用語
①	未然形	否定 意志（想做…）	でき（將語尾る去掉）	ない（普通・現在・否定） なかった（普通・過去・否定） よう（普通・現在・意志）
②	連用形	接助詞て 助動詞た（表示過去） 助動詞ます（表示禮貌）	でき（將語尾る去掉）	て（ください）（請…） た（普通・過去・肯定） ます（禮貌・現在・肯定） ますか（禮貌・現在・疑問） ません（禮貌・現在・否定） ました（禮貌・過去・肯定） ませんでした（禮貌・過去・否定）
③	終止形	句子結束，用「。」表示	できる	。
④	連體形	下接名詞	できる	時（とき）/時候、事（こと）/事情、人（ひと）/人、所（ところ）/地方…等名詞。
⑤	假定形	下接ば，表示假定	できれ	ば
⑥	命令形	表示命令	できろ	

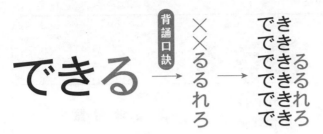

できる

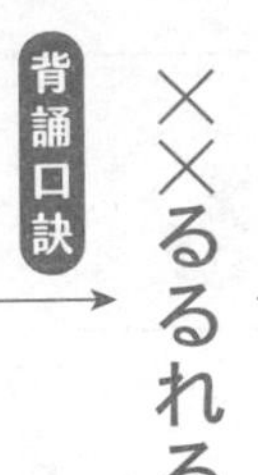

→ ××るるれろ → できるできるできれできろ

會

できない。	不會做。
できなかった。	（那時）沒做好。
（できよう。）	（不用）
（できてください。）	（少用）
できた。	已經做好了。
できます。	會做。（禮貌說法）
できますか。	會做嗎？（禮貌說法）
できません。	不會做。（禮貌說法）
できました。	已經做好了。（禮貌說法）
できませんでした。	（那時）沒做好。（禮貌說法）
できる。	會做。
できる時（とき）。	會做的時候。
できる事（こと）。	會做的事。
できれば…	儘可能的話，…
（できろ。）	（少用）

進階理解

基本形（辭書形） 過(す)ぎる

6種變化	活用形	作用	在ら行作變化	後接常用語
①	未然形	否定 意志（想做…）	過(す)ぎ（將語尾る去掉）	ない（普通・現在・否定） なかった（普通・過去・否定） よう（普通・現在・意志）
②	連用形	接助詞て 助動詞た（表示過去） 助動詞ます（表示禮貌）	過(す)ぎ（將語尾る去掉）	て（ください）（請…） た（普通・過去・肯定） ます（禮貌・現在・肯定） ますか（禮貌・現在・疑問） ません（禮貌・現在・否定） ました（禮貌・過去・肯定） ませんでした（禮貌・過去・否定）
③	終止形	句子結束，用「。」表示	過(す)ぎる	。
④	連體形	下接名詞	過(す)ぎる	時(とき)/時候、事(こと)/事情、人(ひと)/人、所(ところ)/地方…等名詞。
⑤	假定形	下接ば，表示假定	過(す)ぎれ	ば
⑥	命令形	表示命令	過(す)ぎろ	

過(す)ぎる

背誦口訣 → ××るるれろ → 過(す)ぎ 過ぎ 過ぎる 過ぎる 過ぎれ 過ぎろ

通過・過度

	過(す)ぎない。	不通過。只不過。
	過(す)ぎなかった。	（那時）沒通過。只不過。
	過(す)ぎよう。	通過吧！
	過(す)ぎてください。	請通過。
	過(す)ぎた。	已經通過了。
	過(す)ぎます。	通過。（禮貌説法）
	過(す)ぎますか。	要通過嗎？（禮貌説法）
	過(す)ぎません。	不通過。只不過。（禮貌説法）
	過(す)ぎました。	已經通過了。（禮貌説法）
	過(す)ぎませんでした。	（那時）沒通過。只不過。（禮貌説法）
	過(す)ぎる。	通過。
	過(す)ぎる時(とき)。	通過的時候。
	過(す)ぎる所(ところ)。	通過的地方。
	過(す)ぎれば…	如果通過的話，…
	過(す)ぎろ。	通過！

進階理解

基本形（辭書形） 信(しん)じる

6種變化	活用形	作用	在ら行作變化	後接常用語
①	未然形	否定 意志（想做…）	信(しん)じ（將語尾る去掉）	ない（普通・現在・否定） なかった（普通・過去・否定） よう（普通・現在・意志）
②	連用形	接助詞て 助動詞た（表示過去） 助動詞ます（表示禮貌）	信(しん)じ（將語尾る去掉）	て（ください）（請…） た（普通・過去・肯定） ます（禮貌・現在・肯定） ますか（禮貌・現在・疑問） ません（禮貌・現在・否定） ました（禮貌・過去・肯定） ませんでした（禮貌・過去・否定）
③	終止形	句子結束，用「。」表示	信(しん)じる	。
④	連體形	下接名詞	信(しん)じる	時(とき)/時候、事(こと)/事情、人(ひと)/人、所(ところ)/地方…等名詞。
⑤	假定形	下接ば，表示假定	信(しん)じれ	ば
⑥	命令形	表示命令	信(しん)じろ	

信（しん）じる

→ ××るるれろ → 信（しん）じ 信じ 信じる 信じる 信じれ 信じろ

相信

	信（しん）じない。	不相信。
	信（しん）じなかった。	（那時）不相信。
	信（しん）じよう。	相信（他）吧！
	信（しん）じてください。	請相信（他）。
	信（しん）じた。	已經相信了。
	信（しん）じます。	相信。（禮貌説法）
	信（しん）じますか。	會相信嗎？（禮貌説法）
	信（しん）じません。	不相信。（禮貌説法）
	信（しん）じました。	已經相信了。（禮貌説法）
	信（しん）じませんでした。	（那時）不相信。（禮貌説法）
	信（しん）じる。	相信。
	信（しん）じる時（とき）。	相信的時候。
	信（しん）じる事（こと）。	相信的事。
	信（しん）じれば…	如果相信的話，…
	信（しん）じろ。	相信（他）！

進階理解

基本形（辭書形）

閉（と）じる

6種變化	活用形	作用	在ら行作變化	後接常用語
①	未然形	否定 意志（想做…）	閉（と）じ（將語尾る去掉）	ない （普通・現在・否定） なかった （普通・過去・否定） よう （普通・現在・意志）
②	連用形	接助詞て 助動詞た（表示過去） 助動詞ます（表示禮貌）	閉（と）じ（將語尾る去掉）	て（ください） （請…） た （普通・過去・肯定） ます （禮貌・現在・肯定） ますか （禮貌・現在・疑問） ません （禮貌・現在・否定） ました （禮貌・過去・肯定） ませんでした （禮貌・過去・否定）
③	終止形	句子結束，用「。」表示	閉（と）じる	。
④	連體形	下接名詞	閉（と）じる	時（とき）/時候、事（こと）/事情、人（ひと）/人、所（ところ）/地方…等名詞。
⑤	假定形	下接ば，表示假定	閉（と）じれ	ば
⑥	命令形	表示命令	閉（と）じろ	

閉じる

背誦口訣 → ××るるれろ → 閉じ 閉じ 閉じる 閉じる 閉じれ 閉じろ

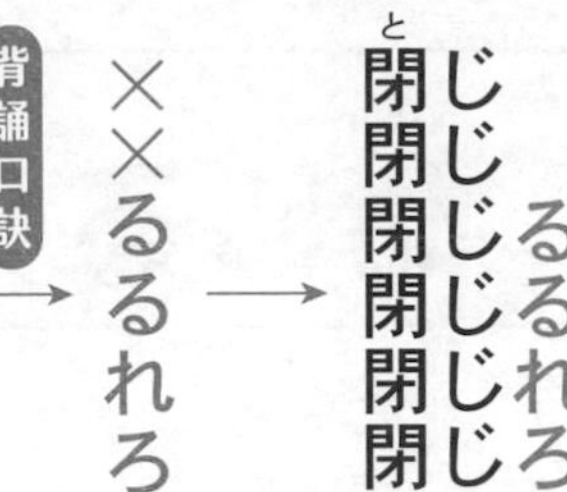

關

	閉じない。	沒關上。
	閉じなかった。	（那時）沒關上。
	閉じよう。	關上吧！
	閉じてください。	請關上。
	閉じた。	已經關上了。
	閉じます。	關上。（禮貌説法）
	閉じますか。	要關上嗎？（禮貌説法）
	閉じません。	不關上。（禮貌説法）
	閉じました。	已經關上了。（禮貌説法）
	閉じませんでした。	（那時）沒關上。（禮貌説法）
	閉じる。	關上。
	閉じる時。	關上的時候。
	閉じる店。	關（結束營業）的店。
	閉じれば…	如果關上的話，…
	閉じろ。	關起來！

進階理解

基本形（辭書形） 命(めい)じる

6種變化	活用形	作用	在ら行作變化	後接常用語
①	未然形	否定 意志（想做…）	命(めい)じ（將語尾る去掉）	ない（普通・現在・否定） なかった（普通・過去・否定） よう（普通・現在・意志）
②	連用形	接助詞て 助動詞た（表示過去） 助動詞ます（表示禮貌）	命(めい)じ（將語尾る去掉）	て（ください）（請…） た（普通・過去・肯定） ます（禮貌・現在・肯定） ますか（禮貌・現在・疑問） ません（禮貌・現在・否定） ました（禮貌・過去・肯定） ませんでした（禮貌・過去・否定）
③	終止形	句子結束，用「。」表示	命(めい)じる	。
④	連體形	下接名詞	命(めい)じる	時(とき)/時候、事(こと)/事情、人(ひと)/人、所(ところ)/地方…等名詞。
⑤	假定形	下接ば，表示假定	命(めい)じれ	ば
⑥	命令形	表示命令	命(めい)じろ	

めい
命じ
命じ
命じる
命じる
命じれ
命じろ

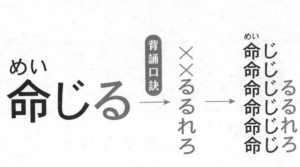

命(めい)じない。	沒命令。
命(めい)じなかった。	（那時）沒命令（他）。
命(めい)じよう。	命令（他）吧！
命(めい)じてください。	請下命令。
命(めい)じた。	已經命令了。
命(めい)じます。	命令。（禮貌説法）
命(めい)じますか。	要命令（他）嗎？（禮貌説法）
命(めい)じません。	不命令。（禮貌説法）
命(めい)じました。	已經命令了。（禮貌説法）
命(めい)じませんでした。	（那時）沒命令（他）。（禮貌説法）
命(めい)じる。	命令。
命(めい)じる時(とき)。	命令的時候。
命(めい)じる事(こと)。	命令的事。
命(めい)じれば…	如果命令（他）的話，…
命(めい)じろ。	下命令！

進階理解

基本形（辭書形）　落ちる（お）

6種變化	活用形	作用	在ら行作變化	後接常用語
①	未然形	否定 意志（想做…）	落ち（お） （將語尾る去掉）	ない（普通・現在・否定） なかった（普通・過去・否定） よう（普通・現在・意志）
②	連用形	接助詞て 助動詞た（表示過去） 助動詞ます（表示禮貌）	落ち（お） （將語尾る去掉）	て（ください）（請…） た（普通・過去・肯定） ます（禮貌・現在・肯定） ますか（禮貌・現在・疑問） ません（禮貌・現在・否定） ました（禮貌・過去・肯定） ませんでした（禮貌・過去・否定）
③	終止形	句子結束，用「。」表示	落ちる（お）	。
④	連體形	下接名詞	落ちる（お）	時（とき）/時候、事（こと）/事情、人（ひと）/人、所（ところ）/地方…等名詞。
⑤	假定形	下接ば，表示假定	落ちれ（お）	ば
⑥	命令形	表示命令	落ちろ（お）	

落（お）ちる

背誦口訣 → ××るるれろ → 落ち／落ち／落ちる／落ちる／落ちれ／落ちろ

掉落

落（お）ちない。	不會掉落。
落（お）ちなかった。	（那時）沒掉落。
（落（お）ちよう。）	（少用）
（落（お）ちてください。）	（少用）
落（お）ちた。	已經掉落了。
落（お）ちます。	掉落。（禮貌説法）
落（お）ちますか。	會掉落嗎？（禮貌説法）
落（お）ちません。	不會掉落。（禮貌説法）
落（お）ちました。	已經掉落了。（禮貌説法）
落（お）ちませんでした。	（那時）沒掉落。（禮貌説法）
落（お）ちる。	掉落。
落（お）ちる時（とき）。	掉落的時候。
落（お）ちる事（こと）。	掉落（這件事）。
落（お）ちれば…	如果掉落的話，…
落（お）ちろ。	掉下去吧！

進階理解

基本形（辭書形） 煮（に）る

6種變化	活用形	作用	在ら行作變化	後接常用語
①	未然形	否定 意志 （想做…）	煮（に） （將語尾る去掉）	ない　（普通・現在・否定） なかった　（普通・過去・否定） よう　（普通・現在・意志）
②	連用形	接助詞て 助動詞た （表示過去） 助動詞ます （表示禮貌）	煮（に） （將語尾る去掉）	て（ください）　（請…） た　（普通・過去・肯定） ます　（禮貌・現在・肯定） ますか　（禮貌・現在・疑問） ません　（禮貌・現在・否定） ました　（禮貌・過去・肯定） ませんでした（禮貌・過去・否定）
③	終止形	句子結束，用「。」表示	煮（に）る	。
④	連體形	下接名詞	煮（に）る	時（とき）/時候、事（こと）/事情、人（ひと）/人、所（ところ）/地方…等名詞。
⑤	假定形	下接ば，表示假定	煮（に）れ	ば
⑥	命令形	表示命令	煮（に）ろ	

煮（に）る

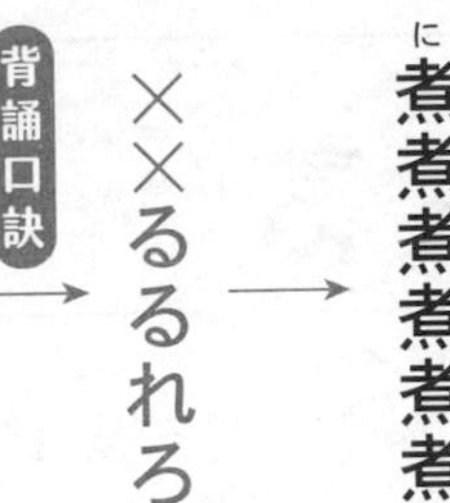

煮

煮（に）ない。	不煮。
煮（に）なかった。	（那時）沒煮。
煮（に）よう。	煮吧！
煮（に）てください。	請煮吧！
煮（に）た。	已經煮了。
煮（に）ます。	烹煮。（禮貌説法）
煮（に）ますか。	要煮嗎？（禮貌説法）
煮（に）ません。	不煮。（禮貌説法）
煮（に）ました。	已經煮了。（禮貌説法）
煮（に）ませんでした。	（那時）沒煮。（禮貌説法）
煮（に）る。	烹煮。
煮（に）る時（とき）。	烹煮的時候。
煮（に）る物（もの）。	烹煮的東西。
煮（に）れば…	如果煮的話，…
煮（に）ろ。	煮！

進階理解

基本形（辭書形） 浴(あ)びる

6種變化	活用形	作用	在ら行作變化	後接常用語
①	未然形	否定 意志（想做…）	浴(あ)び（將語尾る去掉）	ない（普通・現在・否定） なかった（普通・過去・否定） よう（普通・現在・意志）
②	連用形	接助詞て 助動詞た（表示過去） 助動詞ます（表示禮貌）	浴(あ)び（將語尾る去掉）	て（ください）（請…） た（普通・過去・肯定） ます（禮貌・現在・肯定） ますか（禮貌・現在・疑問） ません（禮貌・現在・否定） ました（禮貌・過去・肯定） ませんでした（禮貌・過去・否定）
③	終止形	句子結束，用「。」表示	浴(あ)びる	。
④	連體形	下接名詞	浴(あ)びる	時(とき)/時候、事(こと)/事情、人(ひと)/人、所(ところ)/地方…等名詞。
⑤	假定形	下接ば，表示假定	浴(あ)びれ	ば
⑥	命令形	表示命令	浴(あ)びろ	

浴（あ）びる

背誦口訣

××るるれろ → 浴（あ）び 浴び 浴び 浴びる 浴びる 浴びれ 浴びろ

洗澡

浴（あ）びない。	不洗澡。
浴（あ）びなかった。	（那時）沒洗澡。
浴（あ）びよう。	洗澡吧！
浴（あ）びてください。	請去洗澡。
浴（あ）びた。	已經洗完澡了。
浴（あ）びます。	洗澡。（禮貌説法）
浴（あ）びますか。	要洗澡嗎？（禮貌説法）
浴（あ）びません。	不洗澡。（禮貌説法）
浴（あ）びました。	已經洗完澡了。（禮貌説法）
浴（あ）びませんでした。	（那時）沒洗澡。（禮貌説法）
浴（あ）びる。	洗澡。
浴（あ）びる時（とき）。	洗澡的時候。
浴（あ）びる所（ところ）。	洗澡的地方。
浴（あ）びれば…	如果洗澡的話，…
浴（あ）びろ。	去洗澡！

進階理解

基本形（辭書形） 延（の）びる

6種變化	活用形	作用	在ら行作變化	後接常用語
①	未然形	否定 意志（想做…）	延（の）び（將語尾る去掉）	ない（普通・現在・否定） なかった（普通・過去・否定） よう（普通・現在・意志）
②	連用形	接助詞て 助動詞た（表示過去） 助動詞ます（表示禮貌）	延（の）び（將語尾る去掉）	て（ください）（請…） た（普通・過去・肯定） ます（禮貌・現在・肯定） ますか（禮貌・現在・疑問） ません（禮貌・現在・否定） ました（禮貌・過去・肯定） ませんでした（禮貌・過去・否定）
③	終止形	句子結束，用「。」表示	延（の）びる	。
④	連體形	下接名詞	延（の）びる	時（とき）/時候、事（こと）/事情、人（ひと）/人、所（ところ）/地方…等名詞。
⑤	假定形	下接ば，表示假定	延（の）びれ	ば
⑥	命令形	表示命令	延（の）びろ	

延(の)びる

背誦口訣 → ××るるれろ → 延(の)び 延び 延びる 延びる 延びれ 延びろ

延長・伸長

延(の)びない。	不延長。
延(の)びなかった。	（那時）沒延長。
（延(の)びよう。）	（不用）
（延(の)びてください。）	（不用）
延(の)びた。	已經延長了。
延(の)びます。	延長。（禮貌說法）
延(の)びますか。	會延長嗎？（禮貌說法）
延(の)びません。	不延長。（禮貌說法）
延(の)びました。	已經延長了。（禮貌說法）
延(の)びませんでした。	（那時）沒延長。（禮貌說法）
延(の)びる。	延長。
延(の)びる時(とき)。	延長的時候。
（延(の)びる事(こと)。）	（少用）
延(の)びれば…	如果延長的話，…
（延(の)びろ。）	（少用）

進階理解

基本形（辭書形） 詫(わ)びる

6種變化	活用形	作用	在ら行作變化	後接常用語
①	未然形	否定 意志（想做…）	詫(わ)び（將語尾る去掉）	ない（普通・現在・否定） なかった（普通・過去・否定） よう（普通・現在・意志）
②	連用形	接助詞て 助動詞た（表示過去） 助動詞ます（表示禮貌）	詫(わ)び（將語尾る去掉）	て（ください）（請…） た（普通・過去・肯定） ます（禮貌・現在・肯定） ますか（禮貌・現在・疑問） ません（禮貌・現在・否定） ました（禮貌・過去・肯定） ませんでした（禮貌・過去・否定）
③	終止形	句子結束，用「。」表示	詫(わ)びる	。
④	連體形	下接名詞	詫(わ)びる	時(とき)/時候、事(こと)/事情、人(ひと)/人、所(ところ)/地方…等名詞。
⑤	假定形	下接ば，表示假定	詫(わ)びれ	ば
⑥	命令形	表示命令	詫(わ)びろ	

詫(わ)びる

背誦口訣 → ××るるれろ → 詫(わ)び／詫び／詫びる／詫びる／詫びれ／詫びろ

道歉

詫(わ)びない。	不道歉。
詫(わ)びなかった。	（那時）沒道歉。
詫(わ)びよう。	道歉吧！
詫(わ)びてください。	請道歉。
詫(わ)びた。	已經道歉了。
詫(わ)びます。	道歉。（禮貌說法）
詫(わ)びますか。	要道歉嗎？（禮貌說法）
詫(わ)びません。	不道歉。（禮貌說法）
詫(わ)びました。	已經道歉了。（禮貌說法）
詫(わ)びませんでした。	（那時）沒道歉。（禮貌說法）
詫(わ)びる。	道歉。
詫(わ)びる時(とき)。	道歉的時候。
詫(わ)びる事(こと)。	道歉的事。
詫(わ)びれば…	如果道歉的話，…
詫(わ)びろ。	快道歉！

進階理解

基本形（辭書形）			見る	
6種變化	活用形	作用	在ら行作變化	後接常用語
①	未然形	否定 意志（想做…）	見（將語尾る去掉）	ない（普通・現在・否定） なかった（普通・過去・否定） よう（普通・現在・意志）
②	連用形	接助詞て 助動詞た（表示過去） 助動詞ます（表示禮貌）	見（將語尾る去掉）	て（ください）（請…） た（普通・過去・肯定） ます（禮貌・現在・肯定） ますか（禮貌・現在・疑問） ません（禮貌・現在・否定） ました（禮貌・過去・肯定） ませんでした（禮貌・過去・否定）
③	終止形	句子結束，用「。」表示	見る	。
④	連體形	下接名詞	見る	時（とき）/時候、事（こと）/事情、人（ひと）/人、所（ところ）/地方…等名詞。
⑤	假定形	下接ば，表示假定	見れ	ば
⑥	命令形	表示命令	見ろ	

見（み）る

背誦口訣 → ××るるれろ → 見（み）見見見見 るるれろ

看

見（み）ない。	不看。
見（み）なかった。	（那時）沒看。
見（み）よう。	來看吧！
見（み）てください。	請看。
見（み）た。	已經看了。
見（み）ます。	看。（禮貌説法）
見（み）ますか。	要看嗎？（禮貌説法）
見（み）ません。	不看。（禮貌説法）
見（み）ました。	已經看了。（禮貌説法）
見（み）ませんでした。	（那時）沒看。（禮貌説法）
見（み）る。	看。
見（み）る時（とき）。	看的時候。
見（み）る物（もの）。	看的東西。
見（み）れば…	如果看的話，…
見（み）ろ。	看！

基本形（辭書形） 降(お)りる

6種變化	活用形	作用	在ら行作變化	後接常用語
①	未然形	否定 意志（想做…）	降(お)り（將語尾る去掉）	ない（普通・現在・否定） なかった（普通・過去・否定） よう（普通・現在・意志）
②	連用形	接助詞て 助動詞た（表示過去） 助動詞ます（表示禮貌）	降(お)り（將語尾る去掉）	て（ください）（請…） た（普通・過去・肯定） ます（禮貌・現在・肯定） ますか（禮貌・現在・疑問） ません（禮貌・現在・否定） ました（禮貌・過去・肯定） ませんでした（禮貌・過去・否定）
③	終止形	句子結束，用「。」表示	降(お)りる	。
④	連體形	下接名詞	降(お)りる	時(とき)/時候、事(こと)/事情、人(ひと)/人、所(ところ)/地方…等名詞。
⑤	假定形	下接ば，表示假定	降(お)りれ	ば
⑥	命令形	表示命令	降(お)りろ	

降りる

背誦口訣 → ××るるれろ → 降り 降り 降りる 降りる 降りれ 降りろ

下車

降りない。	不下車。
降りなかった。	（那時）沒下車。
降りよう。	下車吧！
降りてください。	請下車。
降りた。	已經下車了。
降ります。	下車。（禮貌說法）
降りますか。	要下車嗎？（禮貌說法）
降りません。	不下車。（禮貌說法）
降りました。	已經下車了。（禮貌說法）
降りませんでした。	（那時）沒下車。（禮貌說法）
降りる。	下車。
降りる時。	下車的時候。
降りる所。	下車的地方。
降りれば…	如果下車的話，…
降りろ。	下車！

基本形（辭書形） 借（か）りる

6種變化	活用形	作用	在ら行作變化	後接常用語
①	未然形	否定 意志（想做…）	借（か）り（將語尾る去掉）	ない（普通・現在・否定） なかった（普通・過去・否定） よう（普通・現在・意志）
②	連用形	接助詞て 助動詞た（表示過去） 助動詞ます（表示禮貌）	借（か）り（將語尾る去掉）	て（ください）（請…） た（普通・過去・肯定） ます（禮貌・現在・肯定） ますか（禮貌・現在・疑問） ません（禮貌・現在・否定） ました（禮貌・過去・肯定） ませんでした（禮貌・過去・否定）
③	終止形	句子結束，用「。」表示	借（か）りる	。
④	連體形	下接名詞	借（か）りる	時（とき）/時候、事（こと）/事情、人（ひと）/人、所（ところ）/地方…等名詞。
⑤	假定形	下接ば，表示假定	借（か）りれ	ば
⑥	命令形	表示命令	借（か）りろ	

借りる

背誦口訣 → ××るるれろ → 借り 借り 借りる 借りる 借りれ 借りろ

借（入）

借りない。	不借（入）。
借りなかった。	（那時）沒借（入）。
借りよう。	借（入）吧！
借りてください。	請借（入）。
借りた。	已經借（入）了。
借ります。	借（入）。（禮貌說法）
借りますか。	要借（入）嗎？（禮貌說法）
借りません。	不借（入）。（禮貌說法）
借りました。	已經借（入）了。（禮貌說法）
借りませんでした。	（那時）沒借（入）。（禮貌說法）
借りる。	借（入）。
借りる時。	借（入）的時候。
借りる物。	借（入）的東西。
借りれば…	如果借（入）的話，…
借りろ。	去借！

進階理解

基本形（辭書形） 足（た）りる

6種變化	活用形	作用	在ら行作變化	後接常用語
①	未然形	否定 意志（想做…）	足（た）り（將語尾る去掉）	ない（普通・現在・否定） なかった（普通・過去・否定） よう（普通・現在・意志）
②	連用形	接助詞て 助動詞た（表示過去） 助動詞ます（表示禮貌）	足（た）り（將語尾る去掉）	て（ください）（請…） た（普通・過去・肯定） ます（禮貌・現在・肯定） ますか（禮貌・現在・疑問） ません（禮貌・現在・否定） ました（禮貌・過去・肯定） ませんでした（禮貌・過去・否定）
③	終止形	句子結束，用「。」表示	足（た）りる	。
④	連體形	下接名詞	足（た）りる	時（とき）/時候、事（こと）/事情、人（ひと）/人、所（ところ）/地方…等名詞。
⑤	假定形	下接ば，表示假定	足（た）りれ	ば
⑥	命令形	表示命令	足（た）りろ	

足(た)りる

背誦口訣

××るるれろ → 足(た)り 足り 足りる 足りる 足りれ 足りろ

足夠

	足(た)りない。 足(た)りなかった。 （足(た)りよう。）	不夠。 （那時）不夠。 （不用）
	（足(た)りてください。） 足(た)りた。 足(た)ります。 足(た)りますか。 足(た)りません。 足(た)りました。 足(た)りませんでした。	（不用） 已經夠了。 足夠。（禮貌說法） 夠嗎？（禮貌說法） 不夠。（禮貌說法） 已經夠了。（禮貌說法） （那時）不夠。（禮貌說法）
	足(た)りる。	足夠。
	足(た)りる時(とき)。 足(た)りる事(こと)。	足夠的時候。 足夠（這件事）。
	足(た)りれば…	如果足夠的話，…
	（足(た)りろ。）	（少用）

▼ 2類動詞（下一段動詞）變化方式

語幹不變　去掉語尾る　（請見 P.188）

▼ 下列是2類動詞（下一段動詞），る的前一個字在え（e）段。

- 覚(おぼ)え(e)る（記得）
- 数(かぞ)え(e)る（數・算）
- 考(かんが)え(e)る（考慮）
- 答(こた)え(e)る（回答）

- 受(う)け(ke)る（接受）
- 避(さ)け(ke)る（避開）
- 続(つづ)け(ke)る（繼續）
- 分(わ)け(ke)る（分開・分配）

- 挙(あ)げ(ge)る（舉起）
- 投(な)げ(ge)る（投・擲）
- 逃(に)げ(ge)る（逃跑）

- 載(の)せ(se)る（放上・放置）
- 任(まか)せ(se)る（委託・託付）
- 見(み)せ(se)る（出示）
- 痩(や)せ(se)る（瘦）

- 混(ま)ぜ(ze)る（加入・摻入）

- 捨(す)て(te)る（扔掉）
- 育(そだ)て(te)る（培育）
- 建(た)て(te)る（蓋・建）

出(de)る（出去）
撫で(de)る（撫摸）
茹で(de)る（水煮）

寝(ne)る（睡覺）
重ね(ne)る（重疊）
訪ね(ne)る（拜訪）
真似(ne)る（模仿）

比べ(be)る（比較）
調べ(be)る（調查）
食べ(be)る（吃）

集め(me)る（收集）
決め(me)る（決定）
辞め(me)る（辭職）

入れ(re)る（放進去）
遅れ(re)る（遲到）
別れ(re)る（分手）
忘れ(re)る（忘記）

清音

	あ行	か行	さ行	た行	な行	は行	ま行	や行	ら行	わ行	ん行
あ段	あ(わ) wa a	か ka	さ sa	た ta	な na	は ha	ま ma	や ya	ら ra	わ wa	ん n
い段	い i	き ki	し shi	ち chi	に ni	ひ hi	み mi		り ri		
う段	う u	く ku	す su	つ tsu	ぬ nu	ふ fu	む mu	ゆ yu	る ❶ ru		
❷ え段	え e	け ke	せ se	て te	ね ne	へ he	め me		れ re		
お段	お o	こ ko	そ so	と to	の no	ほ ho	も mo	よ yo	ろ ro	を wo	

濁音

が行	ざ行	だ行	ば行
が ga	ざ za	だ da	ば ba
ぎ gi	じ ji	ぢ ji	び bi
ぐ gu	ず zu	づ zu	ぶ bu
げ ge	ぜ ze	で de	べ be
ご go	ぞ zo	ど do	ぼ bo

進階理解

基本形（辭書形）		覚（おぼ）える		
6種變化	活用形	作用	在ら行作變化	後接常用語
①	未然形	否定 意志（想做…）	覚（おぼ）え（將語尾る去掉）	ない（普通・現在・否定） なかった（普通・過去・否定） よう（普通・現在・意志）
②	連用形	接助詞て 助動詞た（表示過去） 助動詞ます（表示禮貌）	覚（おぼ）え（將語尾る去掉）	て（ください）（請…） た（普通・過去・肯定） ます（禮貌・現在・肯定） ますか（禮貌・現在・疑問） ません（禮貌・現在・否定） ました（禮貌・過去・肯定） ませんでした（禮貌・過去・否定）
③	終止形	句子結束，用「。」表示	覚（おぼ）える	。
④	連體形	下接名詞	覚（おぼ）える	時（とき）/時候、事（こと）/事情、人（ひと）/人、所（ところ）/地方…等名詞。
⑤	假定形	下接ば，表示假定	覚（おぼ）えれ	ば
⑥	命令形	表示命令	覚（おぼ）えろ	

覚える（おぼ）

背誦口訣 ××るるれろ → 覚え／覚え／覚える／覚える／覚えれ／覚えろ（おぼ）

記得

	覚（おぼ）えない。	不記得。
	覚（おぼ）えなかった。	（那時）不記得。
	覚（おぼ）えよう。	記起來吧！
	覚（おぼ）えてください。	請記起來。
	覚（おぼ）えた。	已經記住了。
	覚（おぼ）えます。	記得。（禮貌說法）
	覚（おぼ）えますか。	記得嗎？（禮貌說法）
	覚（おぼ）えません。	不記得。（禮貌說法）
	覚（おぼ）えました。	已經記住了。（禮貌說法）
	覚（おぼ）えませんでした。	（那時）不記得。（禮貌說法）
	覚（おぼ）える。	記得。
	覚（おぼ）える時（とき）。	記得的時候。
	覚（おぼ）える事（こと）。	記得的事。
	覚（おぼ）えれば…	如果記得的話，…
	覚（おぼ）えろ。	記住！

進階理解

基本形（辭書形）　数える（かぞ）

6種變化	活用形	作 用	在ら行作變化	後接常用語
①	未然形	否定 意志（想做…）	数え（かぞ） （將語尾る去掉）	ない（普通・現在・否定） なかった（普通・過去・否定） よう（普通・現在・意志）
②	連用形	接助詞て 助動詞た（表示過去） 助動詞ます（表示禮貌）	数え（かぞ） （將語尾る去掉）	て（ください）（請…） た（普通・過去・肯定） ます（禮貌・現在・肯定） ますか（禮貌・現在・疑問） ません（禮貌・現在・否定） ました（禮貌・過去・肯定） ませんでした（禮貌・過去・否定）
③	終止形	句子結束，用「。」表示	数える（かぞ）	。
④	連體形	下接名詞	数える（かぞ）	時（とき）/時候、事（こと）/事情、人（ひと）/人、所（ところ）/地方…等名詞。
⑤	假定形	下接ば，表示假定	数えれ（かぞ）	ば
⑥	命令形	表示命令	数えろ（かぞ）	

数える（かぞ）

背誦口訣

××るるれろ → 数え 数え 数える 数える 数えれ 数えろ

數・算

	数えない。	不數。
	数えなかった。	（那時）沒數。
	数えよう。	數一下吧！
	数えてください。	請數一下。
	数えた。	已經數了。
	数えます。	數。（禮貌說法）
	数えますか。	要數嗎？（禮貌說法）
	数えません。	不數。（禮貌說法）
	数えました。	已經數了。（禮貌說法）
	数えませんでした。	（那時）沒數。（禮貌說法）
	数える。	數。
	数える時。	數的時候。
	数える事。	數（這件事）。
	数えれば…	如果數的話，…
	数えろ。	快數！

進階理解

基本形（辭書形）			かんが 考える	
6種變化	活用形	作用	在ら行作變化	後接常用語
①	未然形	否定 意志（想做…）	かんが 考え （將語尾る去掉）	ない（普通・現在・否定） なかった（普通・過去・否定） よう（普通・現在・意志）
②	連用形	接助詞て 助動詞た（表示過去） 助動詞ます（表示禮貌）	かんが 考え （將語尾る去掉）	て（ください）（請…） た（普通・過去・肯定） ます（禮貌・現在・肯定） ますか（禮貌・現在・疑問） ません（禮貌・現在・否定） ました（禮貌・過去・肯定） ませんでした（禮貌・過去・否定）
③	終止形	句子結束，用「。」表示	かんが 考える	。
④	連體形	下接名詞	かんが 考える	とき 時/時候、こと 事/事情、ひと 人/人、ところ 所/地方…等名詞。
⑤	假定形	下接ば，表示假定	かんが 考えれ	ば
⑥	命令形	表示命令	かんが 考えろ	

考（かんが）える

背誦口訣

××る → ××る／るれ／ろ

考（かんが）え
考え
考える
考える
考えれ
考えろ

考慮

考（かんが）えない。	不考慮。
考（かんが）えなかった。	（那時）沒考慮。
考（かんが）えよう。	考慮一下吧！
考（かんが）えてください。	請考慮。
考（かんが）えた。	已經考慮了。
考（かんが）えます。	考慮。（禮貌説法）
考（かんが）えますか。	會考慮嗎？（禮貌説法）
考（かんが）えません。	不考慮。（禮貌説法）
考（かんが）えました。	已經考慮了。（禮貌説法）
考（かんが）えませんでした。	（那時）沒考慮。（禮貌説法）
考（かんが）える。	考慮。
考（かんが）える時（とき）。	考慮的時候。
考（かんが）える事（こと）。	考慮的事。
考（かんが）えれば…	如果考慮的話，…
考（かんが）えろ。	好好考慮！

進階理解

基本形（辭書形） 答(こた)える

6種變化	活用形	作用	在ら行作變化	後接常用語
①	未然形	否定 意志（想做…）	答(こた)え（將語尾る去掉）	ない（普通・現在・否定） なかった（普通・過去・否定） よう（普通・現在・意志）
②	連用形	接助詞て 助動詞た（表示過去） 助動詞ます（表示禮貌）	答(こた)え（將語尾る去掉）	て（ください）（請…） た（普通・過去・肯定） ます（禮貌・現在・肯定） ますか（禮貌・現在・疑問） ません（禮貌・現在・否定） ました（禮貌・過去・肯定） ませんでした（禮貌・過去・否定）
③	終止形	句子結束，用「。」表示	答(こた)える	。
④	連體形	下接名詞	答(こた)える	時(とき)/時候、事(こと)/事情、人(ひと)/人、所(ところ)/地方…等名詞。
⑤	假定形	下接ば，表示假定	答(こた)えれ	ば
⑥	命令形	表示命令	答(こた)えろ	

答（こた）える

背誦口訣 → ××るるれろ → 答（こた）え 答え 答える 答える 答えれ 答えろ

回答

答（こた）えない。	不回答。
答（こた）えなかった。	（那時）沒回答。
答（こた）えよう。	回答吧！
答（こた）えてください。	請回答。
答（こた）えた。	已經回答了。
答（こた）えます。	回答。（禮貌說法）
答（こた）えますか。	要回答嗎？（禮貌說法）
答（こた）えません。	不回答。（禮貌說法）
答（こた）えました。	已經回答了。（禮貌說法）
答（こた）えませんでした。	（那時）沒回答。（禮貌說法）
答（こた）える。	回答。
答（こた）える時（とき）。	回答的時候。
答（こた）える事（こと）。	回答的事。
答（こた）えれば…	如果回答的話，…
答（こた）えろ。	快回答！

進階理解

基本形（辭書形） 受(う)ける

6種變化	活用形	作用	在ら行作變化	後接常用語
①	未然形	否定 意志（想做…）	受(う)け（將語尾る去掉）	ない（普通・現在・否定） なかった（普通・過去・否定） よう（普通・現在・意志）
②	連用形	接助詞て 助動詞た（表示過去） 助動詞ます（表示禮貌）	受(う)け（將語尾る去掉）	て（ください）（請…） た（普通・過去・肯定） ます（禮貌・現在・肯定） ますか（禮貌・現在・疑問） ません（禮貌・現在・否定） ました（禮貌・過去・肯定） ませんでした（禮貌・過去・否定）
③	終止形	句子結束，用「。」表示	受(う)ける	。
④	連體形	下接名詞	受(う)ける	時(とき)/時候、事(こと)/事情、人(ひと)/人、所(ところ)/地方…等名詞。
⑤	假定形	下接ば，表示假定	受(う)けれ	ば
⑥	命令形	表示命令	受(う)けろ	

受(う)ける

背誦口訣 → ××るるれろ → 受け 受け 受ける 受ける 受けれ 受けろ

接受

受(う)けない。	不接受。
受(う)けなかった。	（那時）沒接受。
受(う)けよう。	接受吧！
受(う)けてください。	請接受。
受(う)けた。	已經接受了。
受(う)けます。	接受。（禮貌說法）
受(う)けますか。	會接受嗎？（禮貌說法）
受(う)けません。	不接受。（禮貌說法）
受(う)けました。	已經接受了。（禮貌說法）
受(う)けませんでした。	（那時）沒接受。（禮貌說法）
受(う)ける。	接受。
受(う)ける時(とき)。	接受的時候。
受(う)ける事(こと)。	接受的事。
受(う)ければ…	如果接受的話，…
受(う)けろ。	接受！

進階理解

基本形（辭書形） 避(さ)ける

6種變化	活用形	作用	在ら行作變化	後接常用語
①	未然形	否定 意志（想做…）	避(さ)け（將語尾る去掉）	ない（普通・現在・否定） なかった（普通・過去・否定） よう（普通・現在・意志）
②	連用形	接助詞て 助動詞た（表示過去） 助動詞ます（表示禮貌）	避(さ)け（將語尾る去掉）	て（ください）（請…） た（普通・過去・肯定） ます（禮貌・現在・肯定） ますか（禮貌・現在・疑問） ません（禮貌・現在・否定） ました（禮貌・過去・肯定） ませんでした（禮貌・過去・否定）
③	終止形	句子結束，用「。」表示	避(さ)ける	。
④	連體形	下接名詞	避(さ)ける	時(とき)/時候、事(こと)/事情、人(ひと)/人、所(ところ)/地方…等名詞。
⑤	假定形	下接ば，表示假定	避(さ)けれ	ば
⑥	命令形	表示命令	避(さ)けろ	

避(さ)ける

背誦口訣

→ 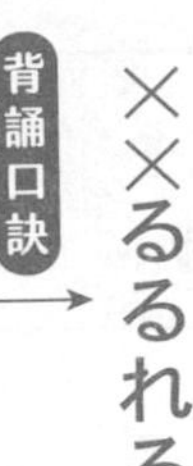
××
る
る
れ
ろ

→ 避(さ)け
避け
避ける
避ける
避けれ
避けろ

避開

避(さ)けない。	不避開。
避(さ)けなかった。	（那時）沒避開。
避(さ)けよう。	避開吧！
避(さ)けてください。	請避開。
避(さ)けた。	已經避開了。
避(さ)けます。	避開。（禮貌説法）
避(さ)けますか。	要避開嗎？（禮貌説法）
避(さ)けません。	不避開。（禮貌説法）
避(さ)けました。	已經避開了。（禮貌説法）
避(さ)けませんでした。	（那時）沒避開。（禮貌説法）
避(さ)ける。	避開。
避(さ)ける時(とき)。	避開的時候。
避(さ)ける所(ところ)。	避開的地方。
避(さ)ければ…	如果避開的話，…
避(さ)けろ。	避開！

進階理解

基本形（辭書形）	続(つづ)ける			
6種變化	活用形	作用	在ら行作變化	後接常用語
①	未然形	否定 意志（想做…）	続(つづ)け（將語尾る去掉）	ない（普通・現在・否定） なかった（普通・過去・否定） よう（普通・現在・意志）
②	連用形	接助詞て 助動詞た（表示過去） 助動詞ます（表示禮貌）	続(つづ)け（將語尾る去掉）	て（ください）（請…） た（普通・過去・肯定） ます（禮貌・現在・肯定） ますか（禮貌・現在・疑問） ません（禮貌・現在・否定） ました（禮貌・過去・肯定） ませんでした（禮貌・過去・否定）
③	終止形	句子結束，用「。」表示	続(つづ)ける	。
④	連體形	下接名詞	続(つづ)ける	時(とき)/時候、事(こと)/事情、人(ひと)/人、所(ところ)/地方…等名詞。
⑤	假定形	下接ば，表示假定	続(つづ)けれ	ば
⑥	命令形	表示命令	続(つづ)けろ	

続（つづ）ける

背誦口訣

→ ××る るる れ ろ → 続け 続け 続ける 続ける 続けれ 続けろ

繼續

	続（つづ）けない。	不繼續。
	続（つづ）けなかった。	（那時）沒繼續。
	続（つづ）けよう。	繼續吧！
	続（つづ）けてください。	請繼續。
	続（つづ）けた。	已經繼續了。
	続（つづ）けます。	繼續。（禮貌説法）
	続（つづ）けますか。	會繼續嗎？（禮貌説法）
	続（つづ）けません。	不繼續。（禮貌説法）
	続（つづ）けました。	已經繼續了。（禮貌説法）
	続（つづ）けませんでした。	（那時）沒繼續。（禮貌説法）
	続（つづ）ける。	繼續。
	続（つづ）ける時（とき）。	繼續的時候。
	続（つづ）ける事（こと）。	持續的事。
	続（つづ）ければ…	如果繼續的話，…
	続（つづ）けろ。	繼續！

進階理解

基本形（辭書形） 分(わ)ける

6種變化	活用形	作用	在ら行作變化	後接常用語
①	未然形	否定 意志（想做…）	分(わ)け（將語尾る去掉）	ない（普通・現在・否定） なかった（普通・過去・否定） よう（普通・現在・意志）
②	連用形	接助詞て 助動詞た（表示過去） 助動詞ます（表示禮貌）	分(わ)け（將語尾る去掉）	て（ください）（請…） た（普通・過去・肯定） ます（禮貌・現在・肯定） ますか（禮貌・現在・疑問） ません（禮貌・現在・否定） ました（禮貌・過去・肯定） ませんでした（禮貌・過去・否定）
③	終止形	句子結束，用「。」表示	分(わ)ける	。
④	連體形	下接名詞	分(わ)ける	時(とき)/時候、事(こと)/事情、人(ひと)/人、所(ところ)/地方…等名詞。
⑤	假定形	下接ば，表示假定	分(わ)けれ	ば
⑥	命令形	表示命令	分(わ)けろ	

分ける

背誦口訣

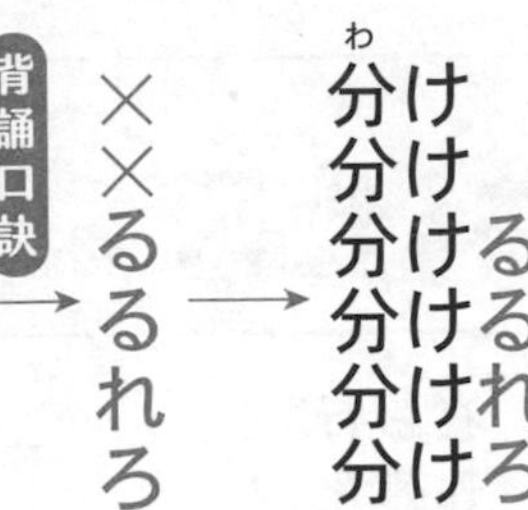

分開・分配

分けない。	不分。
分けなかった。	（那時）沒分好。
分けよう。	分一分吧！
分けてください。	請分好。
分けた。	已經分好了。
分けます。	分開。（禮貌說法）
分けますか。	會分嗎？（禮貌說法）
分けません。	不分。（禮貌說法）
分けました。	已經分好了。（禮貌說法）
分けませんでした。	（那時）沒分好。（禮貌說法）
分ける。	分。
分ける時。	分的時候。
分ける物。	分的東西。
分ければ…	如果分的話，…
分けろ。	分！

進階理解

基本形（辭書形）　<ruby>舉<rt>あ</rt></ruby>げる

6種變化	活用形	作用	在ら行作變化	後接常用語
①	未然形	否定 意志（想做…）	舉(あ)げ（將語尾る去掉）	ない（普通・現在・否定） なかった（普通・過去・否定） よう（普通・現在・意志）
②	連用形	接助詞て 助動詞た（表示過去） 助動詞ます（表示禮貌）	舉(あ)げ（將語尾る去掉）	て（ください）（請…） た（普通・過去・肯定） ます（禮貌・現在・肯定） ますか（禮貌・現在・疑問） ません（禮貌・現在・否定） ました（禮貌・過去・肯定） ませんでした（禮貌・過去・否定）
③	終止形	句子結束，用「。」表示	舉(あ)げる	。
④	連體形	下接名詞	舉(あ)げる	時(とき)/時候、事(こと)/事情、人(ひと)/人、所(ところ)/地方…等名詞。
⑤	假定形	下接ば，表示假定	舉(あ)げれ	ば
⑥	命令形	表示命令	舉(あ)げろ	

挙(あ)げる

背誦口訣 → ××るるれろ → 挙(あ)げ 挙げ 挙げる 挙げる 挙げれ 挙げろ

舉起

	挙(あ)げない。	不舉起。
	挙(あ)げなかった。	（那時）沒舉起。
	挙(あ)げよう。	舉起來吧！
	挙(あ)げてください。	請舉起來。
	挙(あ)げた。	已經舉起了。
	挙(あ)げます。	舉起。（禮貌說法）
	挙(あ)げますか。	要舉起嗎？（禮貌說法）
	挙(あ)げません。	不舉起。（禮貌說法）
	挙(あ)げました。	已經舉起了。（禮貌說法）
	挙(あ)げませんでした。	（那時）沒舉起。（禮貌說法）
	挙(あ)げる。	舉起。
	挙(あ)げる時(とき)。	舉起的時候。
	挙(あ)げる物(もの)。	舉起的東西。
	挙(あ)げれば…	如果舉起的話，…
	挙(あ)げろ。	舉起！

基本形（辭書形）	投(な)げる			
6種變化	**活用形**	**作用**	**在ら行作變化**	**後接常用語**
①	未然形	否定 意志（想做…）	投(な)げ（將語尾る去掉）	ない（普通・現在・否定） なかった（普通・過去・否定） よう（普通・現在・意志）
②	連用形	接助詞て 助動詞た（表示過去） 助動詞ます（表示禮貌）	投(な)げ（將語尾る去掉）	て（ください）（請…） た（普通・過去・肯定） ます（禮貌・現在・肯定） ますか（禮貌・現在・疑問） ません（禮貌・現在・否定） ました（禮貌・過去・肯定） ませんでした（禮貌・過去・否定）
③	終止形	句子結束，用「。」表示	投(な)げる	。
④	連體形	下接名詞	投(な)げる	時(とき)/時候、事(こと)/事情、人(ひと)/人、所(ところ)/地方…等名詞。
⑤	假定形	下接ば，表示假定	投(な)げれ	ば
⑥	命令形	表示命令	投(な)げろ	

投げる

背誦口訣

→ ××る る れ ろ → 投げ 投げ 投げる 投げる 投げれ 投げろ

投・擲

投げない。	不投。
投げなかった。	（那時）沒投。
投げよう。	投吧！
投げてください。	請投。
投げた。	已經投了。
投げます。	投。（禮貌説法）
投げますか。	要投嗎？（禮貌説法）
投げません。	不投。（禮貌説法）
投げました。	已經投了。（禮貌説法）
投げませんでした。	（那時）沒投。（禮貌説法）
投げる。	投。
投げる時。	投的時候。
投げる人。	投的人。
投げれば…	如果投的話，…
投げろ。	投！

進階理解

基本形（辭書形） 逃（に）げる

6種變化	活用形	作用	在ら行作變化	後接常用語
①	未然形	否定 意志（想做…）	逃（に）げ（將語尾る去掉）	ない（普通・現在・否定） なかった（普通・過去・否定） よう（普通・現在・意志）
②	連用形	接助詞て 助動詞た（表示過去） 助動詞ます（表示禮貌）	逃（に）げ（將語尾る去掉）	て（ください）（請…） た（普通・過去・肯定） ます（禮貌・現在・肯定） ますか（禮貌・現在・疑問） ません（禮貌・現在・否定） ました（禮貌・過去・肯定） ませんでした（禮貌・過去・否定）
③	終止形	句子結束，用「。」表示	逃（に）げる	。
④	連體形	下接名詞	逃（に）げる	時（とき）/時候、事（こと）/事情、人（ひと）/人、所（ところ）/地方…等名詞。
⑤	假定形	下接ば，表示假定	逃（に）げれ	ば
⑥	命令形	表示命令	逃（に）げろ	

逃(に)げる

背誦口訣

逃げる → ××る / ××るる / ××るれ / ××ろ → 逃げ / 逃げ / 逃げる / 逃げるる / 逃げれ / 逃げろ

逃跑

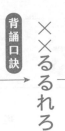

	逃(に)げない。	不逃跑。
	逃(に)げなかった。	（那時）沒逃跑。
	逃(に)げよう。	逃吧！
	逃(に)げてください。	請快逃。
	逃(に)げた。	已經逃跑了。
	逃(に)げます。	逃跑。（禮貌說法）
	逃(に)げますか。	會逃跑嗎？（禮貌說法）
	逃(に)げません。	不逃跑。（禮貌說法）
	逃(に)げました。	已經逃跑了。（禮貌說法）
	逃(に)げませんでした。	（那時）沒逃跑。（禮貌說法）
	逃(に)げる。	逃跑。
	逃(に)げる時(とき)。	逃跑的時候。
	逃(に)げる所(ところ)。	逃跑的地方。
	逃(に)げれば…	如果逃跑的話，…
	逃(に)げろ。	快逃！

進階理解

基本形（辭書形） 載(の)せる

6種變化	活用形	作用	在ら行作變化	後接常用語
①	未然形	否定 意志（想做…）	載(の)せ（將語尾る去掉）	ない（普通・現在・否定） なかった（普通・過去・否定） よう（普通・現在・意志）
②	連用形	接助詞て 助動詞た（表示過去） 助動詞ます（表示禮貌）	載(の)せ（將語尾る去掉）	て（ください）（請…） た（普通・過去・肯定） ます（禮貌・現在・肯定） ますか（禮貌・現在・疑問） ません（禮貌・現在・否定） ました（禮貌・過去・肯定） ませんでした（禮貌・過去・否定）
③	終止形	句子結束，用「。」表示	載(の)せる	。
④	連體形	下接名詞	載(の)せる	時(とき)/時候、事(こと)/事情、人(ひと)/人、所(ところ)/地方…等名詞。
⑤	假定形	下接ば，表示假定	載(の)せれ	ば
⑥	命令形	表示命令	載(の)せろ	

載せる

背誦口訣

載せる → ××るるれろ → 載せ 載せ 載せる 載せる 載せれ 載せろ

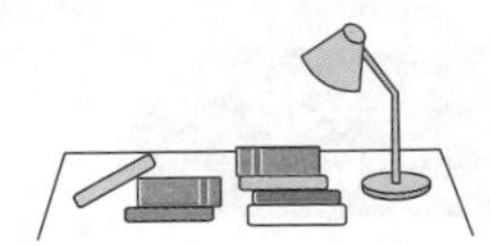

放上・放置

	載せない。	不放上去。
	載せなかった。	（那時）沒放上去。
	載せよう。	放上去吧！
	載せてください。	請放上去。
	載せた。	已經放上去了。
	載せます。	放上去。（禮貌說法）
	載せますか。	要放上去嗎？（禮貌說法）
	載せません。	不放上去。（禮貌說法）
	載せました。	已經放上去了。（禮貌說法）
	載せませんでした。	（那時）沒放上去。（禮貌說法）
	載せる。	放上去。
	載せる時。	放上去的時候。
	載せる物。	放上去的東西。
	載せれば…	如果放上去的話，…
	載せろ。	放上去！

進階理解

基本形（辭書形） 任せる（まか）

6種變化	活用形	作用	在ら行作變化	後接常用語
①	未然形	否定 意志（想做…）	任せ（まか） （將語尾る去掉）	ない（普通・現在・否定） なかった（普通・過去・否定） よう（普通・現在・意志）
②	連用形	接助詞て 助動詞た（表示過去） 助動詞ます（表示禮貌）	任せ（まか） （將語尾る去掉）	て（ください）（請…） た（普通・過去・肯定） ます（禮貌・現在・肯定） ますか（禮貌・現在・疑問） ません（禮貌・現在・否定） ました（禮貌・過去・肯定） ませんでした（禮貌・過去・否定）
③	終止形	句子結束，用「。」表示	任せる（まか）	。
④	連體形	下接名詞	任せる（まか）	時（とき）/時候、事（こと）/事情、人（ひと）/人、所（ところ）/地方…等名詞。
⑤	假定形	下接ば，表示假定	任せれ（まか）	ば
⑥	命令形	表示命令	任せろ（まか）	

任(まか)せる

背誦口訣

任せる → ××るるれろ → 任せ／任せ／任せる／任せる／任せれ／任せろ

委託・託付

任(まか)せない。	不委託。
任(まか)せなかった。	（那時）沒委託。
任(まか)せよう。	委託吧！
任(まか)せてください。	請委託。
任(まか)せた。	已經委託了。
任(まか)せます。	委託。（禮貌說法）
任(まか)せますか。	要委託嗎？（禮貌說法）
任(まか)せません。	不委託。（禮貌說法）
任(まか)せました。	已經委託了。（禮貌說法）
任(まか)せませんでした。	（那時）沒委託。（禮貌說法）
任(まか)せる。	委託。
任(まか)せる時(とき)。	委託的時候。
任(まか)せる事(こと)。	委託的事。
任(まか)せれば…	如果委託的話，…
任(まか)せろ。	委託吧！

進階理解

基本形（辭書形） 見せる（み）

6種變化	活用形	作用	在ら行作變化	後接常用語
①	未然形	否定 意志（想做…）	見せ（み） （將語尾る去掉）	ない（普通・現在・否定） なかった（普通・過去・否定） よう（普通・現在・意志）
②	連用形	接助詞て 助動詞た（表示過去） 助動詞ます（表示禮貌）	見せ（み） （將語尾る去掉）	て（ください）（請…） た（普通・過去・肯定） ます（禮貌・現在・肯定） ますか（禮貌・現在・疑問） ません（禮貌・現在・否定） ました（禮貌・過去・肯定） ませんでした（禮貌・過去・否定）
③	終止形	句子結束，用「。」表示	見せる（み）	。
④	連體形	下接名詞	見せる（み）	時（とき）/時候、事（こと）/事情、人（ひと）/人、所（ところ）/地方…等名詞。
⑤	假定形	下接ば，表示假定	見せれ（み）	ば
⑥	命令形	表示命令	見せろ（み）	

見(み)せる

背誦口訣

××るるれろ → 見(み)せ 見せ 見せる 見せる 見せれ 見せろ

出示

見(み)せない。	不出示。
見(み)せなかった。	（那時）沒出示。
見(み)せよう。	出示吧！
見(み)せてください。	請出示。
見(み)せた。	已經出示了。
見(み)せます。	出示。（禮貌説法）
見(み)せますか。	要出示嗎？（禮貌説法）
見(み)せません。	不出示。（禮貌説法）
見(み)せました。	已經出示了。（禮貌説法）
見(み)せませんでした。	（那時）沒出示。（禮貌説法）
見(み)せる。	出示。
見(み)せる時(とき)。	出示的時候。
見(み)せる物(もの)。	出示的東西。
見(み)せれば…	如果出示的話，…
見(み)せろ。	快出示！

進階理解

基本形（辭書形）	痩（や）せる			
6種變化	活用形	作用	在ら行作變化	後接常用語
①	未然形	否定 意志（想做…）	痩（や）せ（將語尾る去掉）	ない（普通・現在・否定） なかった（普通・過去・否定） よう（普通・現在・意志）
②	連用形	接助詞て 助動詞た（表示過去） 助動詞ます（表示禮貌）	痩（や）せ（將語尾る去掉）	て（ください）（請…） た（普通・過去・肯定） ます（禮貌・現在・肯定） ますか（禮貌・現在・疑問） ません（禮貌・現在・否定） ました（禮貌・過去・肯定） ませんでした（禮貌・過去・否定）
③	終止形	句子結束，用「。」表示	痩（や）せる	。
④	連體形	下接名詞	痩（や）せる	時（とき）/時候、事（こと）/事情、人（ひと）/人、所（ところ）/地方…等名詞。
⑤	假定形	下接ば，表示假定	痩（や）せれ	ば
⑥	命令形	表示命令	痩（や）せろ	

痩(や)せる

××るるれろ

痩(や)せ
痩せ
痩せる
痩せる
痩せれ
痩せろ

瘦

痩(や)せない。	不會瘦。
痩(や)せなかった。	（那時）沒瘦下來。
痩(や)せよう。	變瘦一點吧！
痩(や)せてください。	請瘦下來。
痩(や)せた。	已經瘦了。
痩(や)せます。	瘦。（禮貌説法）
痩(や)せますか。	會瘦嗎？（禮貌説法）
痩(や)せません。	不會瘦。（禮貌説法）
痩(や)せました。	已經瘦了。（禮貌説法）
痩(や)せませんでした。	（那時）沒瘦下來。（禮貌説法）
痩(や)せる。	瘦。
痩(や)せる時(とき)。	瘦的時候。
痩(や)せる事(こと)。	瘦（這件事）。
痩(や)せれば…	如果瘦下來的話，…
痩(や)せろ。	瘦下來！

進階理解

基本形（辭書形） 混ぜる（ま）

6種變化	活用形	作用	在ら行作變化	後接常用語
①	未然形	否定 意志（想做…）	混ぜ（ま） （將語尾る去掉）	ない（普通・現在・否定） なかった（普通・過去・否定） よう（普通・現在・意志）
②	連用形	接助詞て 助動詞た（表示過去） 助動詞ます（表示禮貌）	混ぜ（ま） （將語尾る去掉）	て（ください）（請…） た（普通・過去・肯定） ます（禮貌・現在・肯定） ますか（禮貌・現在・疑問） ません（禮貌・現在・否定） ました（禮貌・過去・肯定） ませんでした（禮貌・過去・否定）
③	終止形	句子結束，用「。」表示	混ぜる（ま）	。
④	連體形	下接名詞	混ぜる（ま）	時（とき）/時候、事（こと）/事情、人（ひと）/人、所（ところ）/地方…等名詞。
⑤	假定形	下接ば，表示假定	混ぜれ（ま）	ば
⑥	命令形	表示命令	混ぜろ（ま）	

混ぜる（まぜる）

背誦口訣

××るるれろ → 混ぜ 混ぜ 混ぜる 混ぜる 混ぜれ 混ぜろ

加入・摻入

混ぜない。	不加進去。
混ぜなかった。	（那時）沒加入。
混ぜよう。	加進去吧！
混ぜてください。	請加進去。
混ぜた。	已經加進去了。
混ぜます。	加入。（禮貌說法）
混ぜますか。	要加進去嗎？（禮貌說法）
混ぜません。	不加進去。（禮貌說法）
混ぜました。	已經加進去了。（禮貌說法）
混ぜませんでした。	（那時）沒加進去。（禮貌說法）
混ぜる。	加入。
混ぜる時（とき）。	加進去的時候。
混ぜる物（もの）。	加進去的東西。
混ぜれば…	如果加進去的話，…
混ぜろ。	加進去！

進階理解

基本形（辭書形）　捨(す)てる

6種變化	活用形	作用	在ら行作變化	後接常用語
①	未然形	否定 意志（想做…）	捨(す)て（將語尾る去掉）	ない　（普通・現在・否定） なかった　（普通・過去・否定） よう　（普通・現在・意志）
②	連用形	接助詞て 助動詞た（表示過去） 助動詞ます（表示禮貌）	捨(す)て（將語尾る去掉）	て（ください）　（請…） た　（普通・過去・肯定） ます　（禮貌・現在・肯定） ますか　（禮貌・現在・疑問） ません　（禮貌・現在・否定） ました　（禮貌・過去・肯定） ませんでした（禮貌・過去・否定）
③	終止形	句子結束，用「。」表示	捨(す)てる	。
④	連體形	下接名詞	捨(す)てる	時(とき)/時候、事(こと)/事情、人(ひと)/人、所(ところ)/地方…等名詞。
⑤	假定形	下接ば，表示假定	捨(す)てれ	ば
⑥	命令形	表示命令	捨(す)てろ	

捨(す)てる

背誦口訣 → ××るるれろ → 捨(す)て 捨て 捨てる 捨てる 捨てれ 捨てろ

扔掉

	捨(す)てない。	不扔掉。
	捨(す)てなかった。	（那時）沒扔掉。
	捨(す)てよう。	扔掉吧！
	捨(す)ててください。	請扔掉。
	捨(す)てた。	已經扔掉了。
	捨(す)てます。	扔掉。（禮貌説法）
	捨(す)てますか。	要扔掉嗎？（禮貌説法）
	捨(す)てません。	不扔掉。（禮貌説法）
	捨(す)てました。	已經扔掉了。（禮貌説法）
	捨(す)てませんでした。	（那時）沒扔掉。（禮貌説法）
	捨(す)てる。	扔掉。
	捨(す)てる時(とき)。	扔掉的時候。
	捨(す)てる物(もの)。	扔掉的東西。
	捨(す)てれば…	如果扔掉的話，…
	捨(す)てろ。	扔掉！

進階理解

基本形（辭書形） 育(そだ)てる

6種變化	活用形	作用	在ら行作變化	後接常用語
①	未然形	否定 意志（想做…）	育(そだ)て（將語尾る去掉）	ない（普通・現在・否定） なかった（普通・過去・否定） よう（普通・現在・意志）
②	連用形	接助詞て 助動詞た（表示過去） 助動詞ます（表示禮貌）	育(そだ)て（將語尾る去掉）	て（ください）（請…） た（普通・過去・肯定） ます（禮貌・現在・肯定） ますか（禮貌・現在・疑問） ません（禮貌・現在・否定） ました（禮貌・過去・肯定） ませんでした（禮貌・過去・否定）
③	終止形	句子結束，用「。」表示	育(そだ)てる	。
④	連體形	下接名詞	育(そだ)てる	時(とき)/時候、事(こと)/事情、人(ひと)/人、所(ところ)/地方…等名詞。
⑤	假定形	下接ば，表示假定	育(そだ)てれ	ば
⑥	命令形	表示命令	育(そだ)てろ	

育（そだ）てる

背誦口訣 → ××るるれろ → 育（そだ）て／育て／育てる／育てる／育てれ／育てろ

培育

育（そだ）てない。	不培育。
育（そだ）てなかった。	（那時）沒培育。
育（そだ）てよう。	培育吧！
育（そだ）ててください。	請培育。
育（そだ）てた。	已經培育了。
育（そだ）てます。	培育。（禮貌説法）
育（そだ）てますか。	要培育嗎？（禮貌説法）
育（そだ）てません。	不培育。（禮貌説法）
育（そだ）てました。	已經培育了。（禮貌説法）
育（そだ）てませんでした。	（那時）沒培育。（禮貌説法）
育（そだ）てる。	培育。
育（そだ）てる時（とき）。	培育的時候。
育（そだ）てる事（こと）。	培育（這件事）。
育（そだ）てれば…	如果培育的話，…
育（そだ）てろ。	好好培育！

進階理解

基本形（辭書形） 建(た)てる

6種變化	活用形	作用	在ら行作變化	後接常用語
①	未然形	否定 意志（想做…）	建(た)て（將語尾る去掉）	ない（普通・現在・否定） なかった（普通・過去・否定） よう（普通・現在・意志）
②	連用形	接助詞て 助動詞た（表示過去） 助動詞ます（表示禮貌）	建(た)て（將語尾る去掉）	て（ください）（請…） た（普通・過去・肯定） ます（禮貌・現在・肯定） ますか（禮貌・現在・疑問） ません（禮貌・現在・否定） ました（禮貌・過去・肯定） ませんでした（禮貌・過去・否定）
③	終止形	句子結束，用「。」表示	建(た)てる	。
④	連體形	下接名詞	建(た)てる	時(とき)/時候、事(こと)/事情、人(ひと)/人、所(ところ)/地方…等名詞。
⑤	假定形	下接ば，表示假定	建(た)てれ	ば
⑥	命令形	表示命令	建(た)てろ	

建(た)てる

背誦口訣 → ××る る れ ろ → 建て 建て 建てる 建てる 建てれ 建てろ

蓋・建

建(た)てない。	不蓋。
建(た)てなかった。	（那時）沒蓋。
建(た)てよう。	蓋吧！
建(た)ててください。	請蓋。
建(た)てた。	已經蓋了。
建(た)てます。	建造。（禮貌説法）
建(た)てますか。	會蓋嗎？（禮貌説法）
建(た)てません。	不蓋。（禮貌説法）
建(た)てました。	已經蓋了。（禮貌説法）
建(た)てませんでした。	（那時）沒蓋。（禮貌説法）
建(た)てる。	建造。
建(た)てる時(とき)。	蓋的時候。
建(た)てる所(ところ)。	蓋的地方。
建(た)てれば…	如果蓋的話，…
建(た)てろ。	蓋！

進階理解

基本形（辭書形）				出る（で）
6種變化	活用形	作用	在ら行作變化	後接常用語
①	未然形	否定 意志（想做…）	出（で）（將語尾る去掉）	ない（普通・現在・否定） なかった（普通・過去・否定） よう（普通・現在・意志）
②	連用形	接助詞て 助動詞た（表示過去） 助動詞ます（表示禮貌）	出（で）（將語尾る去掉）	て（ください）（請…） た（普通・過去・肯定） ます（禮貌・現在・肯定） ますか（禮貌・現在・疑問） ません（禮貌・現在・否定） ました（禮貌・過去・肯定） ませんでした（禮貌・過去・否定）
③	終止形	句子結束，用「。」表示	出る（で）	。
④	連體形	下接名詞	出る（で）	時（とき）/時候、事（こと）/事情、人（ひと）/人、所（ところ）/地方…等名詞。
⑤	假定形	下接ば，表示假定	出れ（で）	ば
⑥	命令形	表示命令	出ろ（で）	

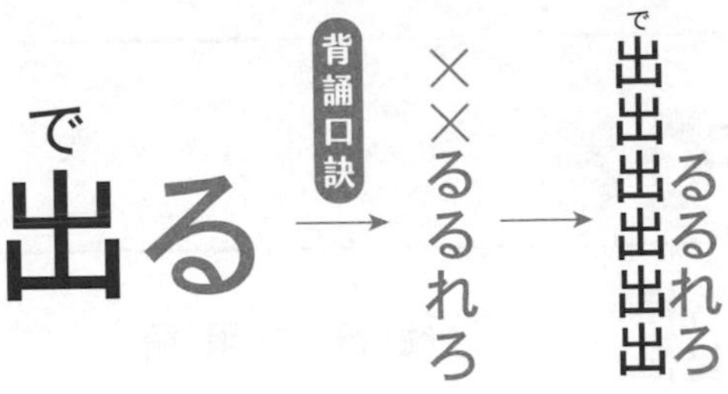

出去

	出ない。	不出去。
	出なかった。	（那時）沒出去。
	出よう。	出去吧！
	出てください。	請出去。
	出た。	已經出去了。
	出ます。	出去。（禮貌說法）
	出ますか。	要出去嗎？（禮貌說法）
	出ません。	不出去。（禮貌說法）
	出ました。	已經出去了。（禮貌說法）
	出ませんでした。	（那時）沒出去。（禮貌說法）
	出る。	出去。
	出る時。	出去的時候。
	出る事。	出去（這件事）。
	出れば…	如果出去的話，…
	出ろ。	出去！

進階理解

基本形（辭書形） 撫(な)でる

6種變化	活用形	作用	在ら行作變化	後接常用語
①	未然形	否定 意志（想做…）	撫(な)で（將語尾る去掉）	ない（普通・現在・否定） なかった（普通・過去・否定） よう（普通・現在・意志）
②	連用形	接助詞て 助動詞た（表示過去） 助動詞ます（表示禮貌）	撫(な)で（將語尾る去掉）	て（ください）（請…） た（普通・過去・肯定） ます（禮貌・現在・肯定） ますか（禮貌・現在・疑問） ません（禮貌・現在・否定） ました（禮貌・過去・肯定） ませんでした（禮貌・過去・否定）
③	終止形	句子結束，用「。」表示	撫(な)でる	。
④	連體形	下接名詞	撫(な)でる	時(とき)/時候、事(こと)/事情、人(ひと)/人、所(ところ)/地方…等名詞。
⑤	假定形	下接ば，表示假定	撫(な)でれ	ば
⑥	命令形	表示命令	撫(な)でろ	

撫(な)でる

背誦口訣

→ ××るるれろ → 撫(な)で 撫で 撫でる 撫でる 撫でれ 撫でろ

撫摸

撫(な)でない。	不摸。
撫(な)でなかった。	（那時）沒摸。
撫(な)でよう。	摸吧！
撫(な)でてください。	請摸。
撫(な)でた。	已經摸了。
撫(な)でます。	撫摸。（禮貌説法）
撫(な)でますか。	要摸嗎？（禮貌説法）
撫(な)でません。	不摸。（禮貌説法）
撫(な)でました。	已經摸了。（禮貌説法）
撫(な)でませんでした。	（那時）沒摸。（禮貌説法）
撫(な)でる。	撫摸。
撫(な)でる時(とき)。	摸的時候。
撫(な)でる物(もの)。	摸的東西。
撫(な)でれば…	如果摸的話，…
撫(な)でろ。	摸！

進階理解

基本形（辭書形） 茹(ゆ)でる

6種變化	活用形	作用	在ら行作變化	後接常用語
①	未然形	否定 意志（想做…）	茹(ゆ)で（將語尾る去掉）	ない（普通・現在・否定） なかった（普通・過去・否定） よう（普通・現在・意志）
②	連用形	接助詞て 助動詞た（表示過去） 助動詞ます（表示禮貌）	茹(ゆ)で（將語尾る去掉）	て（ください）（請…） た（普通・過去・肯定） ます（禮貌・現在・肯定） ますか（禮貌・現在・疑問） ません（禮貌・現在・否定） ました（禮貌・過去・肯定） ませんでした（禮貌・過去・否定）
③	終止形	句子結束，用「。」表示	茹(ゆ)でる	。
④	連體形	下接名詞	茹(ゆ)でる	時(とき)/時候、事(こと)/事情、人(ひと)/人、所(ところ)/地方…等名詞。
⑤	假定形	下接ば，表示假定	茹(ゆ)でれ	ば
⑥	命令形	表示命令	茹(ゆ)でろ	

茹(ゆ)でる

背誦口訣 → ××る / るれろ → 茹(ゆ)で / 茹で / 茹でる / 茹でる / 茹でれ / 茹でろ

水煮

	茹(ゆ)でない。	不用水煮。
	茹(ゆ)でなかった。	（那時）沒用水煮。
	茹(ゆ)でよう。	用水煮吧！
	茹(ゆ)でてください。	請用水煮。
	茹(ゆ)でた。	已經用水煮過了。
	茹(ゆ)でます。	水煮。（禮貌說法）
	茹(ゆ)でますか。	要用水煮嗎？（禮貌說法）
	茹(ゆ)でません。	不用水煮。（禮貌說法）
	茹(ゆ)でました。	已經用水煮過了。（禮貌說法）
	茹(ゆ)でませんでした。	（那時）沒用水煮。（禮貌說法）
	茹(ゆ)でる。	水煮。
	茹(ゆ)でる時(とき)。	用水煮的時候。
	茹(ゆ)でる物(もの)。	用水煮的東西。
	茹(ゆ)でれば…	如果用水煮的話，…
	茹(ゆ)でろ。	用水煮！

(進階理解)

基本形（辭書形） 寝(ね)る

6種變化	活用形	作用	在ら行作變化	後接常用語
①	未然形	否定 意志（想做…）	寝(ね) （將語尾る去掉）	ない（普通・現在・否定） なかった（普通・過去・否定） よう（普通・現在・意志）
②	連用形	接助詞て 助動詞た（表示過去） 助動詞ます（表示禮貌）	寝(ね) （將語尾る去掉）	て（ください）（請…） た（普通・過去・肯定） ます（禮貌・現在・肯定） ますか（禮貌・現在・疑問） ません（禮貌・現在・否定） ました（禮貌・過去・肯定） ませんでした（禮貌・過去・否定）
③	終止形	句子結束，用「。」表示	寝(ね)る	。
④	連體形	下接名詞	寝(ね)る	時(とき)/時候、事(こと)/事情、人(ひと)/人、所(ところ)/地方…等名詞。
⑤	假定形	下接ば，表示假定	寝(ね)れ	ば
⑥	命令形	表示命令	寝(ね)ろ	

寝る

背誦口訣

××るるれろ → 寝 寝 寝る 寝る 寝れ 寝ろ

睡覺

寝ない。	不睡。
寝なかった。	（那時）沒睡。
寝よう。	睡吧！
寝てください。	請睡吧！
寝た。	已經睡著了。
寝ます。	睡。（禮貌說法）
寝ますか。	要睡嗎？（禮貌說法）
寝ません。	不睡。（禮貌說法）
寝ました。	已經睡著了。（禮貌說法）
寝ませんでした。	（那時）沒睡。（禮貌說法）
寝る。	睡。
寝る時。	睡的時候。
寝る所。	睡的地方。
寝れば…	如果睡的話，…
寝ろ。	快睡！

進階理解

基本形（辭書形）

かさ
重ねる

6種變化	活用形	作用	在ら行作變化	後接常用語
①	未然形	否定	かさ 重ね （將語尾る去掉）	ない（普通・現在・否定）
				なかった（普通・過去・否定）
		意志（想做…）		よう（普通・現在・意志）
②	連用形	接助詞て	かさ 重ね （將語尾る去掉）	て（ください）（請…）
		助動詞た（表示過去）		た（普通・過去・肯定）
		助動詞ます（表示禮貌）		ます（禮貌・現在・肯定）
				ますか（禮貌・現在・疑問）
				ません（禮貌・現在・否定）
				ました（禮貌・過去・肯定）
				ませんでした（禮貌・過去・否定）
③	終止形	句子結束，用「。」表示	かさ 重ねる	。
④	連體形	下接名詞	かさ 重ねる	とき 時/時候、こと 事/事情、ひと 人/人、ところ 所/地方…等名詞。
⑤	假定形	下接ば，表示假定	かさ 重ねれ	ば
⑥	命令形	表示命令	かさ 重ねろ	

重(かさ)ねる

背誦口訣

重(かさ)ねる → ××るれろ → 重(かさ)ね / 重ね / 重ねる / 重ねる / 重ねれ / 重ねろ

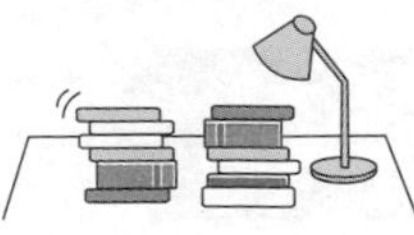

重疊

	重(かさ)ねない。	不疊。
	重(かさ)ねなかった。	(那時)沒疊起來。
	重(かさ)ねよう。	疊起來吧！
	重(かさ)ねてください。	請疊起來。
	重(かさ)ねた。	已經疊了。
	重(かさ)ねます。	疊。（禮貌説法）
	重(かさ)ねますか。	要疊起來嗎？（禮貌説法）
	重(かさ)ねません。	不疊。（禮貌説法）
	重(かさ)ねました。	已經疊了。（禮貌説法）
	重(かさ)ねませんでした。	(那時)沒疊起來。（禮貌説法）
	重(かさ)ねる。	疊。
	重(かさ)ねる時(とき)。	疊的時候。
	重(かさ)ねる物(もの)。	疊的東西。
	重(かさ)ねれば…	如果疊的話，…
	重(かさ)ねろ。	疊起來！

進階理解

基本形（辭書形） 訪ねる（たずねる）

6種變化	活用形	作用	在ら行作變化	後接常用語
①	未然形	否定 意志（想做…）	訪ね（たず） （將語尾る去掉）	ない（普通・現在・否定） なかった（普通・過去・否定） よう（普通・現在・意志）
②	連用形	接助詞て 助動詞た（表示過去） 助動詞ます（表示禮貌）	訪ね（たず） （將語尾る去掉）	て（ください）（請…） た（普通・過去・肯定） ます（禮貌・現在・肯定） ますか（禮貌・現在・疑問） ません（禮貌・現在・否定） ました（禮貌・過去・肯定） ませんでした（禮貌・過去・否定）
③	終止形	句子結束，用「。」表示	訪ねる（たず）	。
④	連體形	下接名詞	訪ねる（たず）	時（とき）/時候、事（こと）/事情、人（ひと）/人、所（ところ）/地方…等名詞。
⑤	假定形	下接ば，表示假定	訪ねれ（たず）	ば
⑥	命令形	表示命令	訪ねろ（たず）	

訪(たず)ねる

訪ねる → ×、×、る、る、れ、ろ → 訪(たず)ね、訪ね、訪ねる、訪ねる、訪ねれ、訪ねろ

拜訪

訪(たず)ねない。	不去拜訪。
訪(たず)ねなかった。	（那時）沒去拜訪。
訪(たず)ねよう。	去拜訪吧！
訪(たず)ねてください。	請去拜訪。
訪(たず)ねた。	已經去拜訪了。
訪(たず)ねます。	拜訪。（禮貌説法）
訪(たず)ねますか。	要去拜訪嗎？（禮貌説法）
訪(たず)ねません。	不去拜訪。（禮貌説法）
訪(たず)ねました。	已經去拜訪了。（禮貌説法）
訪(たず)ねませんでした。	（那時）沒去拜訪。（禮貌説法）
訪(たず)ねる。	拜訪。
訪(たず)ねる時(とき)。	拜訪的時候。
訪(たず)ねる事(こと)。	拜訪（這件事）。
訪(たず)ねれば…	如果去拜訪的話，…
訪(たず)ねろ。	去拜訪！

進階理解

基本形（辭書形） 真似（まね）る

6種變化	活用形	作用	在ら行作變化	後接常用語
①	未然形	否定 意志（想做…）	真似（まね） （將語尾る去掉）	ない（普通・現在・否定） なかった（普通・過去・否定） よう（普通・現在・意志）
②	連用形	接助詞て 助動詞た（表示過去） 助動詞ます（表示禮貌）	真似（まね） （將語尾る去掉）	て（ください）（請…） た（普通・過去・肯定） ます（禮貌・現在・肯定） ますか（禮貌・現在・疑問） ません（禮貌・現在・否定） ました（禮貌・過去・肯定） ませんでした（禮貌・過去・否定）
③	終止形	句子結束，用「。」表示	真似（まね）る	。
④	連體形	下接名詞	真似（まね）る	時（とき）/時候、事（こと）/事情、人（ひと）/人、所（ところ）/地方…等名詞。
⑤	假定形	下接ば，表示假定	真似（まね）れ	ば
⑥	命令形	表示命令	真似（まね）ろ	

真似る（まねる）

背誦口訣 → ××る／るれ／ろ → 真似（まね）／真似／真似る／真似るれ／真似れ／真似ろ

模仿

真似（まね）ない。	不模仿。
真似（まね）なかった。	（那時）沒模仿。
真似（まね）よう。	模仿吧！
真似（まね）てください。	請模仿（他）。
真似（まね）た。	已經模仿了。
真似（まね）ます。	模仿。（禮貌說法）
真似（まね）ますか。	要模仿嗎？（禮貌說法）
真似（まね）ません。	不模仿。（禮貌說法）
真似（まね）ました。	已經模仿了。（禮貌說法）
真似（まね）ませんでした。	（那時）沒模仿。（禮貌說法）
真似（まね）る。	模仿。
真似（まね）る時（とき）。	模仿的時候。
真似（まね）る所（ところ）。	模仿的地方。
真似（まね）れば…	如果模仿的話，…
真似（まね）ろ。	去模仿！

進階理解

基本形（辭書形）			比べる（くら）	
6種變化	活用形	作用	在ら行作變化	後接常用語
①	未然形	否定 意志（想做…）	比べ（くら） （將語尾る去掉）	ない（普通・現在・否定） なかった（普通・過去・否定） よう（普通・現在・意志）
②	連用形	接助詞て 助動詞た（表示過去） 助動詞ます（表示禮貌）	比べ（くら） （將語尾る去掉）	て（ください）（請…） た（普通・過去・肯定） ます（禮貌・現在・肯定） ますか（禮貌・現在・疑問） ません（禮貌・現在・否定） ました（禮貌・過去・肯定） ませんでした（禮貌・過去・否定）
③	終止形	句子結束，用「。」表示	比べる（くら）	。
④	連體形	下接名詞	比べる（くら）	時（とき）/時候、事（こと）/事情、人（ひと）/人、所（ところ）/地方…等名詞。
⑤	假定形	下接ば，表示假定	比べれ（くら）	ば
⑥	命令形	表示命令	比べろ（くら）	

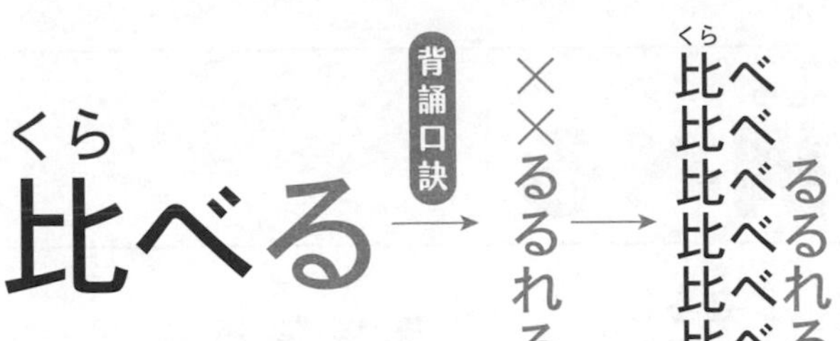
くら
比べる
背誦口訣
××るるれろ
くら
比べ
比べ
比べる
比べる
比べれ
比べろ

すごいね！
92
95

比較

	比（くら）べない。	不比較。
	比（くら）べなかった。	（那時）沒比較。
	比（くら）べよう。	比較看看吧！
	比（くら）べてください。	請比較。
	比（くら）べた。	已經比較過了。
	比（くら）べます。	比較。（禮貌説法）
	比（くら）べますか。	要比較嗎？（禮貌説法）
	比（くら）べません。	不比較。（禮貌説法）
	比（くら）べました。	已經比較過了。（禮貌説法）
	比（くら）べませんでした。	（那時）沒比較。（禮貌説法）
	比（くら）べる。	比較。
	比（くら）べる時（とき）。	比較的時候。
	比（くら）べる物（もの）。	比較的東西。
	比（くら）べれば…	如果（跟…）比較的話，…
	比（くら）べろ。	比較一下！

進階理解

基本形（辭書形）　調（しら）べる

6種變化	活用形	作用	在ら行作變化	後接常用語
①	未然形	否定 意志（想做…）	調（しら）べ（將語尾る去掉）	ない（普通・現在・否定） なかった（普通・過去・否定） よう（普通・現在・意志）
②	連用形	接助詞て 助動詞た（表示過去） 助動詞ます（表示禮貌）	調（しら）べ（將語尾る去掉）	て（ください）（請…） た（普通・過去・肯定） ます（禮貌・現在・肯定） ますか（禮貌・現在・疑問） ません（禮貌・現在・否定） ました（禮貌・過去・肯定） ませんでした（禮貌・過去・否定）
③	終止形	句子結束，用「。」表示	調（しら）べる	。
④	連體形	下接名詞	調（しら）べる	時（とき）/時候、事（こと）/事情、人（ひと）/人、所（ところ）/地方…等名詞。
⑤	假定形	下接ば，表示假定	調（しら）べれ	ば
⑥	命令形	表示命令	調（しら）べろ	

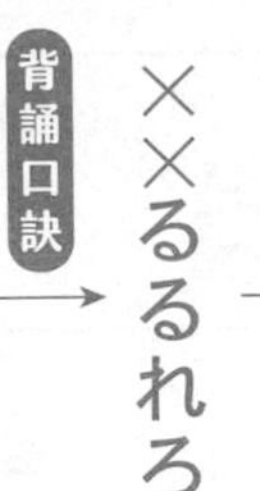

調(しら)べ
調べ
調べる
調べる
調べれ
調べろ

調査

調(しら)べない。	不調查。
調(しら)べなかった。	（那時）沒調查。
調(しら)べよう。	調查吧！
調(しら)べてください。	請調查。
調(しら)べた。	已經調查了。
調(しら)べます。	調查。（禮貌說法）
調(しら)べますか。	要調查嗎？（禮貌說法）
調(しら)べません。	不調查。（禮貌說法）
調(しら)べました。	已經調查了。（禮貌說法）
調(しら)べませんでした。	（那時）沒調查。（禮貌說法）
調(しら)べる。	調查。
調(しら)べる時(とき)。	調查的時候。
調(しら)べる物(もの)。	調查的東西。
調(しら)べれば…	如果調查的話，…
調(しら)べろ。	查一下！

進階理解

基本形（辭書形）	食(た)べる			
6種變化	活用形	作用	在ら行作變化	後接常用語
①	未然形	否定 意志（想做…）	食(た)べ（將語尾る去掉）	ない（普通・現在・否定） なかった（普通・過去・否定） よう（普通・現在・意志）
②	連用形	接助詞て 助動詞た（表示過去） 助動詞ます（表示禮貌）	食(た)べ（將語尾る去掉）	て（ください）（請…） た（普通・過去・肯定） ます（禮貌・現在・肯定） ますか（禮貌・現在・疑問） ません（禮貌・現在・否定） ました（禮貌・過去・肯定） ませんでした（禮貌・過去・否定）
③	終止形	句子結束，用「。」表示	食(た)べる	。
④	連體形	下接名詞	食(た)べる	時(とき)/時候、事(こと)/事情、人(ひと)/人、所(ところ)/地方…等名詞。
⑤	假定形	下接ば，表示假定	食(た)べれ	ば
⑥	命令形	表示命令	食(た)べろ	

食(た)べる

背誦口訣 → ××るるれろ → 食(た)べ 食べ 食べる 食べる 食べれ 食べろ

吃

食(た)べない。	不吃。
食(た)べなかった。	（那時）沒吃。
食(た)べよう。	吃吧！
食(た)べてください。	請吃。
食(た)べた。	已經吃了。
食(た)べます。	吃。（禮貌説法）
食(た)べますか。	要吃嗎？（禮貌説法）
食(た)べません。	不吃。（禮貌説法）
食(た)べました。	已經吃了。（禮貌説法）
食(た)べませんでした。	（那時）沒吃。（禮貌説法）
食(た)べる。	吃。
食(た)べる時(とき)。	吃的時候。
食(た)べる物(もの)。	吃的東西。
食(た)べれば…	如果吃的話，…
食(た)べろ。	吃！

進階理解

基本形（辭書形） 集める（あつ）

6種變化	活用形	作用	在ら行作變化	後接常用語
①	未然形	否定 意志（想做…）	集め（あつ）（將語尾る去掉）	ない（普通・現在・否定） なかった（普通・過去・否定） よう（普通・現在・意志）
②	連用形	接助詞て 助動詞た（表示過去） 助動詞ます（表示禮貌）	集め（あつ）（將語尾る去掉）	て（ください）（請…） た（普通・過去・肯定） ます（禮貌・現在・肯定） ますか（禮貌・現在・疑問） ません（禮貌・現在・否定） ました（禮貌・過去・肯定） ませんでした（禮貌・過去・否定）
③	終止形	句子結束，用「。」表示	集める（あつ）	。
④	連體形	下接名詞	集める（あつ）	時（とき）/時候、事（こと）/事情、人（ひと）/人、所（ところ）/地方…等名詞。
⑤	假定形	下接ば，表示假定	集めれ（あつ）	ば
⑥	命令形	表示命令	集めろ（あつ）	

集（あつ）める

背誦口訣 → ××るるれろ → 集め 集め 集める 集めるれ 集めれ 集めろ

收集

	集（あつ）めない。	不收集。
	集（あつ）めなかった。	（那時）沒收集。
	集（あつ）めよう。	收集吧！
	集（あつ）めてください。	請收集。
	集（あつ）めた。	已經收集了。
	集（あつ）めます。	收集。（禮貌説法）
	集（あつ）めますか。	要收集嗎？（禮貌説法）
	集（あつ）めません。	不收集。（禮貌説法）
	集（あつ）めました。	已經收集了。（禮貌説法）
	集（あつ）めませんでした。	（那時）沒收集。（禮貌説法）
	集（あつ）める。	收集。
	集（あつ）める時（とき）。	收集的時候。
	集（あつ）める物（もの）。	收集的東西。
	集（あつ）めれば…	如果收集的話，…
	集（あつ）めろ。	去收集！

進階理解

基本形（辭書形） 決める

6種變化	活用形	作用	在ら行作變化	後接常用語
①	未然形	否定 意志（想做…）	決め（將語尾る去掉）	ない（普通・現在・否定） なかった（普通・過去・否定） よう（普通・現在・意志）
②	連用形	接助詞て 助動詞た（表示過去） 助動詞ます（表示禮貌）	決め（將語尾る去掉）	て（ください）（請…） た（普通・過去・肯定） ます（禮貌・現在・肯定） ますか（禮貌・現在・疑問） ません（禮貌・現在・否定） ました（禮貌・過去・肯定） ませんでした（禮貌・過去・否定）
③	終止形	句子結束，用「。」表示	決める	。
④	連體形	下接名詞	決める	時/時候、事/事情、人/人、所/地方…等名詞。
⑤	假定形	下接ば，表示假定	決めれ	ば
⑥	命令形	表示命令	決めろ	

決(き)める

→ ××
るるれろ
→ 決(き)め
決め
決める
決める
決めれ
決めろ

決定

	決(き)めない。	不決定。
	決(き)めなかった。	（那時）沒決定。
	決(き)めよう。	決定吧！
	決(き)めてください。	請決定。
	決(き)めた。	已經決定了。
	決(き)めます。	決定。（禮貌說法）
	決(き)めますか。	要決定嗎？（禮貌說法）
	決(き)めません。	不決定。（禮貌說法）
	決(き)めました。	已經決定了。（禮貌說法）
	決(き)めませんでした。	（那時）沒決定。（禮貌說法）
	決(き)める。	決定。
	決(き)める時(とき)。	決定的時候。
	決(き)める事(こと)。	決定的事。
	決(き)めれば…	如果決定的話，…
	決(き)めろ。	快決定！

進階理解

基本形（辭書形）	辭める			
6種變化	活用形	作用	在ら行作變化	後接常用語
①	未然形	否定 意志（想做…）	辭め（將語尾る去掉）	ない（普通・現在・否定） なかった（普通・過去・否定） よう（普通・現在・意志）
②	連用形	接助詞て 助動詞た（表示過去） 助動詞ます（表示禮貌）	辭め（將語尾る去掉）	て（ください）（請…） た（普通・過去・肯定） ます（禮貌・現在・肯定） ますか（禮貌・現在・疑問） ません（禮貌・現在・否定） ました（禮貌・過去・肯定） ませんでした（禮貌・過去・否定）
③	終止形	句子結束，用「。」表示	辭める	。
④	連體形	下接名詞	辭める	時/時候、事/事情、人/人、所/地方…等名詞。
⑤	假定形	下接ば，表示假定	辭めれ	ば
⑥	命令形	表示命令	辭めろ	

辞(や)める

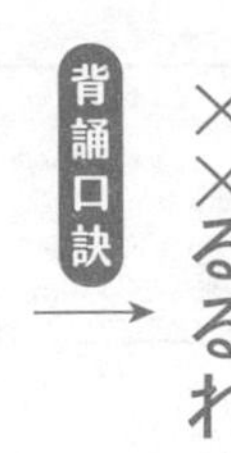

→ 辞(や)め
辞め
辞める
辞める
辞めれ
辞めろ

辭職

辞(や)めない。	不辭職。
辞(や)めなかった。	（那時）沒辭職。
辞(や)めよう。	辭職吧！
辞(や)めてください。	請辭職。
辞(や)めた。	已經辭職了。
辞(や)めます。	辭職。（禮貌說法）
辞(や)めますか。	要辭職嗎？（禮貌說法）
辞(や)めません。	不辭職。（禮貌說法）
辞(や)めました。	已經辭職了。（禮貌說法）
辞(や)めませんでした。	（那時）沒辭職。（禮貌說法）
辞(や)める。	辭職。
辞(や)める時(とき)。	辭職的時候。
辞(や)める人(ひと)。	辭職的人。
辞(や)めれば…	如果辭職的話，…
辞(や)めろ。	快辭職！

進階理解

基本形（辭書形） 入(い)れる

6種變化	活用形	作用	在ら行作變化	後接常用語
①	未然形	否定 意志（想做…）	入(い)れ （將語尾る去掉）	ない（普通・現在・否定） なかった（普通・過去・否定） よう（普通・現在・意志）
②	連用形	接助詞て 助動詞た（表示過去） 助動詞ます（表示禮貌）	入(い)れ （將語尾る去掉）	て（ください）（請…） た（普通・過去・肯定） ます（禮貌・現在・肯定） ますか（禮貌・現在・疑問） ません（禮貌・現在・否定） ました（禮貌・過去・肯定） ませんでした（禮貌・過去・否定）
③	終止形	句子結束，用「。」表示	入(い)れる	。
④	連體形	下接名詞	入(い)れる	時(とき)/時候、事(こと)/事情、人(ひと)/人、所(ところ)/地方…等名詞。
⑤	假定形	下接ば，表示假定	入(い)れれ	ば
⑥	命令形	表示命令	入(い)れろ	

入(い)れる

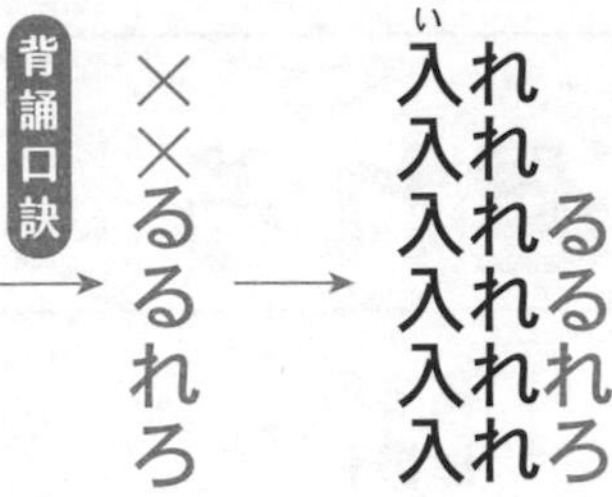

放進去

入(い)れない。	不放進去。
入(い)れなかった。	（那時）沒放進去。
入(い)れよう。	放進去吧！
入(い)れてください。	請放進去。
入(い)れた。	已經放進去了。
入(い)れます。	放進去。（禮貌說法）
入(い)れますか。	要放進去嗎？（禮貌說法）
入(い)れません。	不放進去。（禮貌說法）
入(い)れました。	已經放進去了。（禮貌說法）
入(い)れませんでした。	（那時）沒放進去。（禮貌說法）
入(い)れる。	放進去。
入(い)れる時(とき)。	放進去的時候。
入(い)れる物(もの)。	放進去的東西。
入(い)れれば…	如果放進去的話，…
入(い)れろ。	放進去！

進階理解

基本形（辭書形） 遅れる（おく）

6種變化	活用形	作用	在ら行作變化	後接常用語	
①	未然形	否定 意志（想做…）	遅れ（おく）（將語尾る去掉）	ない なかった よう	（普通・現在・否定） （普通・過去・否定） （普通・現在・意志）
②	連用形	接助詞て 助動詞た（表示過去） 助動詞ます（表示禮貌）	遅れ（おく）（將語尾る去掉）	て（ください） た ます ますか ません ました ませんでした	（請…） （普通・過去・肯定） （禮貌・現在・肯定） （禮貌・現在・疑問） （禮貌・現在・否定） （禮貌・過去・肯定） （禮貌・過去・否定）
③	終止形	句子結束，用「。」表示	遅れる（おく）	。	
④	連體形	下接名詞	遅れる（おく）	時（とき）/時候、事（こと）/事情、人（ひと）/人、所（ところ）/地方…等名詞。	
⑤	假定形	下接ば，表示假定	遅れれ（おく）	ば	
⑥	命令形	表示命令	遅れろ（おく）		

遅(おく)れる

背誦口訣 → ××る／る／れ／ろ → 遅(おく)れ／遅れ／遅れる／遅れる／遅れれ／遅れろ

遲到

	遅(おく)れない。	不遲到。
	遅(おく)れなかった。	（那時）沒遲到。
	遅(おく)れよう。	遲一點到吧！
	遅(おく)れてください。	請遲一點到。
	遅(おく)れた。	已經遲到了。
	遅(おく)れます。	遲到。（禮貌説法）
	遅(おく)れますか。	會遲到嗎？（禮貌説法）
	遅(おく)れません。	不遲到。（禮貌説法）
	遅(おく)れました。	已經遲到了。（禮貌説法）
	遅(おく)れませんでした。	（那時）沒遲到。（禮貌説法）
	遅(おく)れる。	遲到。
	遅(おく)れる時(とき)。	遲到的時候。
	遅(おく)れる人(ひと)。	遲到的人。
	遅(おく)れれば…	如果遲到的話，…
	遅(おく)れろ。	遲一點到吧！

進階理解

基本形（辭書形） 別(わか)れる

6種變化	活用形	作用	在ら行作變化	後接常用語
①	未然形	否定	別(わか)れ（將語尾る去掉）	ない（普通・現在・否定）
				なかった（普通・過去・否定）
		意志（想做…）		よう（普通・現在・意志）
②	連用形	接助詞て	別(わか)れ（將語尾る去掉）	て（ください）（請…）
		助動詞た（表示過去）		た（普通・過去・肯定）
		助動詞ます（表示禮貌）		ます（禮貌・現在・肯定）
				ますか（禮貌・現在・疑問）
				ません（禮貌・現在・否定）
				ました（禮貌・過去・肯定）
				ませんでした（禮貌・過去・否定）
③	終止形	句子結束，用「。」表示	別(わか)れる	。
④	連體形	下接名詞	別(わか)れる	時(とき)/時候、事(こと)/事情、人(ひと)/人、所(ところ)/地方…等名詞。
⑤	假定形	下接ば，表示假定	別(わか)れれ	ば
⑥	命令形	表示命令	別(わか)れろ	

別(わか)れる

→ 別(わか)れ
別れ
別れる
別れる
別れれ
別れろ

分手

別(わか)れない。	不分手。
別(わか)れなかった。	（那時）沒分手。
別(わか)れよう。	分手吧！
別(わか)れてください。	請分手。
別(わか)れた。	已經分手了。
別(わか)れます。	分手。（禮貌說法）
別(わか)れますか。	會分手嗎？（禮貌說法）
別(わか)れません。	不分手。（禮貌說法）
別(わか)れました。	已經分手了。（禮貌說法）
別(わか)れませんでした。	（那時）沒分手。（禮貌說法）
別(わか)れる。	分手。
別(わか)れる時(とき)。	分手的時候。
別(わか)れる所(ところ)。	分手的地方。
別(わか)れれば…	如果分手的話，…
別(わか)れろ。	快分手！

進階理解

基本形（辭書形）			忘（わす）れる	
6種變化	活用形	作用	在ら行作變化	後接常用語
①	未然形	否定 意志（想做…）	忘（わす）れ（將語尾る去掉）	ない（普通・現在・否定） なかった（普通・過去・否定） よう（普通・現在・意志）
②	連用形	接助詞て 助動詞た（表示過去） 助動詞ます（表示禮貌）	忘（わす）れ（將語尾る去掉）	て（ください）（請…） た（普通・過去・肯定） ます（禮貌・現在・肯定） ますか（禮貌・現在・疑問） ません（禮貌・現在・否定） ました（禮貌・過去・肯定） ませんでした（禮貌・過去・否定）
③	終止形	句子結束，用「。」表示	忘（わす）れる	。
④	連體形	下接名詞	忘（わす）れる	時（とき）/時候、事（こと）/事情、人（ひと）/人、所（ところ）/地方…等名詞。
⑤	假定形	下接ば，表示假定	忘（わす）れれ	ば
⑥	命令形	表示命令	忘（わす）れろ	

忘(わす)れる

背誦口訣 → ××るるれろ → 忘(わす)れ / 忘れ / 忘れる / 忘れる / 忘れれ / 忘れろ

忘記

忘(わす)れない。	不會忘記。
忘(わす)れなかった。	（那時）沒忘記。
忘(わす)れよう。	忘掉吧！
忘(わす)れてください。	請忘掉。
忘(わす)れた。	已經忘記了。
忘(わす)れます。	忘記。（禮貌說法）
忘(わす)れますか。	會忘記嗎？（禮貌說法）
忘(わす)れません。	不會忘記。（禮貌說法）
忘(わす)れました。	已經忘記了。（禮貌說法）
忘(わす)れませんでした。	（那時）沒忘記。（禮貌說法）
忘(わす)れる。	忘記。
忘(わす)れる時(とき)。	忘記的時候。
忘(わす)れる事(こと)。	忘記的事。
忘(わす)れれば…	如果忘記的話，…
忘(わす)れろ。	忘掉！

❸類動詞

(サ行變格・カ行變格動詞)

する：

❶ 這個動詞在さ行做不規則變化，當作「做」的意思單獨存在時，沒有語幹。直接用さ・し・せ・し・する・する・すれ・しろ・せよ的變化。（見右頁下方圖表）

❷ 另一種在する的前面用兩個漢字當作語幹。如：**賛成**（さんせい）する、**結婚**（けっこん）する、**連絡**（れんらく）する…等。可延伸好幾十個至幾百個する的動詞。

▼ 3類動詞（サ行變格動詞）變化方式

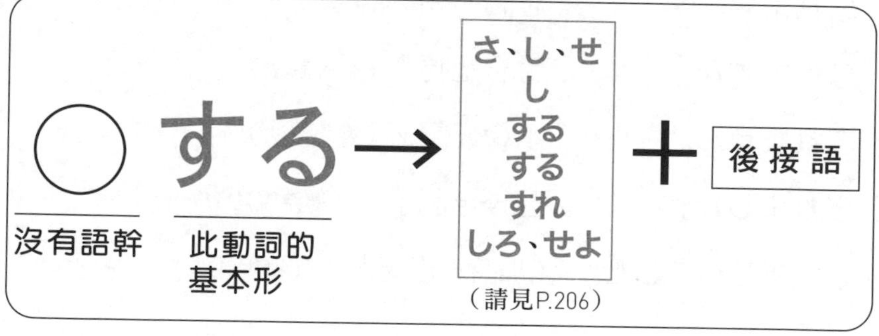

（請見P.206）

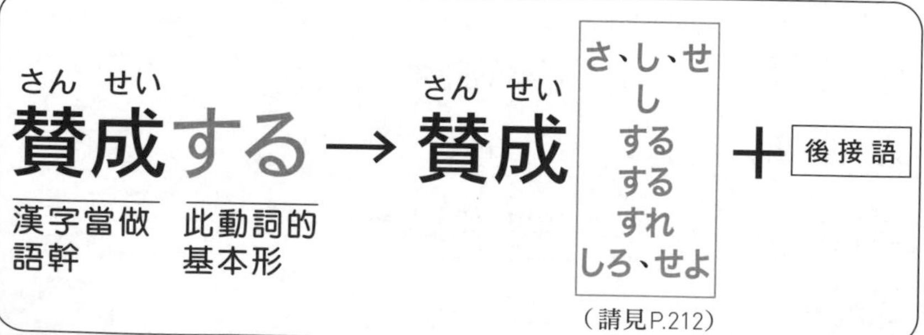

（請見P.212）

▼ 下列是3類動詞（サ行變格），する做不規則變化。

する（做）

- 我慢（がまん）する（忍耐）
- 結婚（けっこん）する（結婚）
- 賛成（さんせい）する（贊成）
- 心配（しんぱい）する（擔心）
- 勉強（べんきょう）する（唸書）
- 練習（れんしゅう）する（練習）
- 連絡（れんらく）する（聯絡）

はっきりする（弄清楚）

- デートする（約會）
- ノックする（敲門）

清音

❶

	あ行	か行	さ行	た行	な行	は行	ま行	や行	ら行	わ行	ん行
あ段	あ（わ wa） a	か ka	さ sa	た ta	な na	は ha	ま ma	や ya	ら ra	わ wa	ん n
い段	い i	き ki	し shi	ち chi	に ni	ひ hi	み mi		り ri		
う段	う u	く ku	す su	つ tsu	ぬ nu	ふ fu	む mu	ゆ yu	る ru		
え段	え e	け ke	せ se	て te	ね ne	へ he	め me		れ re		
お段	お o	こ ko	そ so	と to	の no	ほ ho	も mo	よ yo	ろ ro	を wo	

濁音

が行	ざ行	だ行	ば行
が ga	ざ za	だ da	ば ba
ぎ gi	じ ji	ぢ ji	び bi
ぐ gu	ず zu	づ zu	ぶ bu
げ ge	ぜ ze	で de	べ be
ご go	ぞ zo	ど do	ぼ bo

進階理解

基本形（辭書形）			する	
6種變化	活用形	作用	在さ行作不規則變化	後接常用語
①	未然形	否定 意志（想做…）	(さ) し (せ)	ない（普通・現在・否定） なかった（普通・過去・否定） よう（普通・現在・意志）
②	連用形	接助詞て 助動詞た（表示過去） 助動詞ます（表示禮貌）	し	て（ください）（請…） た（普通・過去・肯定） ます（禮貌・現在・肯定） ますか（禮貌・現在・疑問） ません（禮貌・現在・否定） ました（禮貌・過去・肯定） ませんでした（禮貌・過去・否定）
③	終止形	句子結束，用「。」表示	する	。
④	連體形	下接名詞	する	時(とき)/時候、事(こと)/事情、人(ひと)/人、所(ところ)/地方…等名詞。
⑤	假定形	下接ば，表示假定	すれ	ば
⑥	命令形	表示命令	しろ せよ	

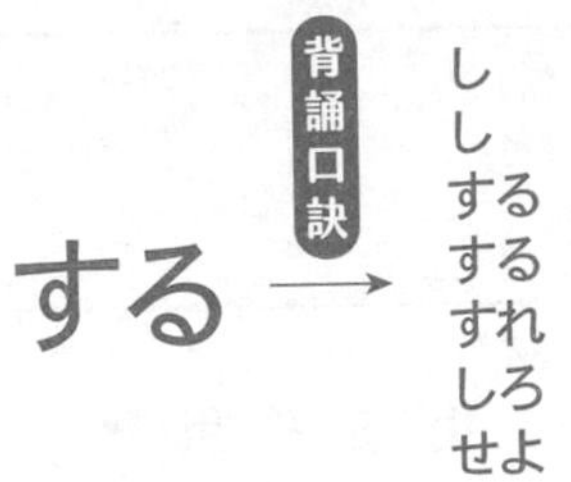

做

しない。	不做。
しなかった。	（那時）沒做。
しよう。	做吧！
してください。	請做。
した。	已經做了。
します。	做。（禮貌説法）
しますか。	要做嗎？（禮貌説法）
しません。	不做。（禮貌説法）
しました。	已經做了。（禮貌説法）
しませんでした。	（那時）沒做。（禮貌説法）
する。	做。
する時（とき）。	做的時候。
する事（こと）。	做的事。
すれば…	如果做的話，…
しろ。	去做！

進階理解

基本形（辭書形） 我慢（がまん）する

6種變化	活用形	作用	在さ行作不規則變化	後接常用語
①	未然形	否定 意志（想做…）	我慢（がまん）し	ない（普通・現在・否定） なかった（普通・過去・否定） よう（普通・現在・意志）
②	連用形	接助詞て 助動詞た（表示過去） 助動詞ます（表示禮貌）	我慢（がまん）し	て(ください)（請…） た（普通・過去・肯定） ます（禮貌・現在・肯定） ますか（禮貌・現在・疑問） ません（禮貌・現在・否定） ました（禮貌・過去・肯定） ませんでした（禮貌・過去・否定）
③	終止形	句子結束，用「。」表示	我慢（がまん）する	。
④	連體形	下接名詞	我慢（がまん）する	時（とき）/時候、事（こと）/事情、人（ひと）/人、所（ところ）/地方…等名詞。
⑤	假定形	下接ば，表示假定	我慢（がまん）すれ	ば
⑥	命令形	表示命令	我慢（がまん）しろ 我慢（がまん）せよ	

我慢(がまん)**する**

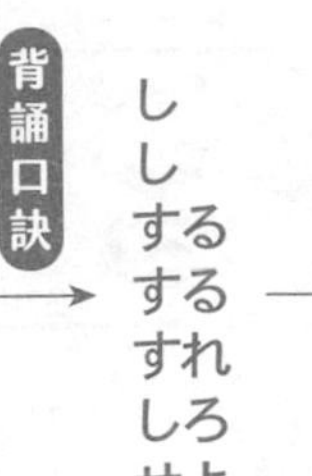

忍耐

	我慢(がまん)しない。	不忍耐。
	我慢しなかった。	（那時）沒忍住。
	我慢しよう。	忍耐一下吧！
	我慢してください。	請忍耐一下。
	我慢した。	已經忍住了。
	我慢します。	忍耐。（禮貌說法）
	我慢しますか。	要忍耐嗎？（禮貌說法）
	我慢しません。	不忍耐。（禮貌說法）
	我慢しました。	已經忍住了。（禮貌說法）
	我慢しませんでした。	（那時）沒忍住。（禮貌說法）
	我慢する。	忍耐。
	我慢する時(とき)。	忍耐的時候。
	我慢する事(こと)。	忍耐的事。
	我慢すれば…	如果忍住的話，…
	我慢しろ。	忍住！

進階理解

基本形（辭書形） 結婚（けっこん）する

6種變化	活用形	作用	在さ行作不規則變化	後接常用語
①	未然形	否定 意志（想做…）	結婚（けっこん）し	ない（普通・現在・否定） なかった（普通・過去・否定） よう（普通・現在・意志）
②	連用形	接助詞て 助動詞た（表示過去） 助動詞ます（表示禮貌）	結婚（けっこん）し	て（ください）（請…） た（普通・過去・肯定） ます（禮貌・現在・肯定） ますか（禮貌・現在・疑問） ません（禮貌・現在・否定） ました（禮貌・過去・肯定） ませんでした（禮貌・過去・否定）
③	終止形	句子結束，用「。」表示	結婚（けっこん）する	。
④	連體形	下接名詞	結婚（けっこん）する	時（とき）/時候、事（こと）/事情、人（ひと）/人、所（ところ）/地方…等名詞。
⑤	假定形	下接ば，表示假定	結婚（けっこん）すれ	ば
⑥	命令形	表示命令	結婚（けっこん）しろ せよ	

結婚(けっこん)する

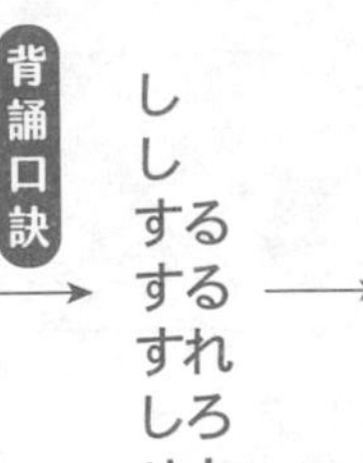

結婚(けっこん)し
結婚し
結婚する
結婚する
結婚すれ
結婚しろ
結婚せよ

結婚

結婚(けっこん)しない。	不結婚。
結婚(けっこん)しなかった。	（那時）沒結婚。
結婚(けっこん)しよう。	結婚吧！
結婚(けっこん)してください。	請結婚。
結婚(けっこん)した。	已經結婚了。
結婚(けっこん)します。	結婚。（禮貌說法）
結婚(けっこん)しますか。	會結婚嗎？（禮貌說法）
結婚(けっこん)しません。	不結婚。（禮貌說法）
結婚(けっこん)しました。	已經結婚了。（禮貌說法）
結婚(けっこん)しませんでした。	（那時）沒結婚。（禮貌說法）
結婚(けっこん)する。	結婚。
結婚(けっこん)する時(とき)。	結婚的時候。
結婚(けっこん)する人(ひと)。	結婚的人。
結婚(けっこん)すれば…	如果結婚的話，…
結婚(けっこん)しろ。	快結婚！

進階理解

基本形（辭書形） 賛成（さんせい）する

6種變化	活用形	作用	在さ行作不規則變化	後接常用語
①	未然形	否定 意志（想做…）	賛成（さんせい）し	ない　（普通・現在・否定） なかった　（普通・過去・否定） よう　（普通・現在・意志）
②	連用形	接助詞て 助動詞た（表示過去） 助動詞ます（表示禮貌）	賛成（さんせい）し	て（ください）　（請…） た　（普通・過去・肯定） ます　（禮貌・現在・肯定） ますか　（禮貌・現在・疑問） ません　（禮貌・現在・否定） ました　（禮貌・過去・肯定） ませんでした（禮貌・過去・否定）
③	終止形	句子結束，用「。」表示	賛成（さんせい）する	。
④	連體形	下接名詞	賛成（さんせい）する	時（とき）/時候、事（こと）/事情、人（ひと）/人、所（ところ）/地方…等名詞。
⑤	假定形	下接ば，表示假定	賛成（さんせい）すれ	ば
⑥	命令形	表示命令	賛成（さんせい）しろ せよ	

賛成（さんせい）する →

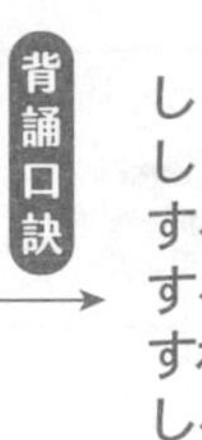

背誦口訣

し
し
する
する
すれ
しろ
せよ

→

賛成（さんせい）し
賛成し
賛成する
賛成する
賛成すれ
賛成しろ
賛成せよ

賛成

	賛成（さんせい）しない。	不贊成。
	賛成（さんせい）しなかった。	（那時）沒贊成。
	賛成（さんせい）しよう。	贊成吧！
	賛成（さんせい）してください。	請贊成。
	賛成（さんせい）した。	已經贊成了。
	賛成（さんせい）します。	贊成。（禮貌説法）
	賛成（さんせい）しますか。	贊成嗎？（禮貌説法）
	賛成（さんせい）しません。	不贊成。（禮貌説法）
	賛成（さんせい）しました。	已經贊成了。（禮貌説法）
	賛成（さんせい）しませんでした。	（那時）沒贊成。（禮貌説法）
	賛成（さんせい）する。	贊成。
	賛成（さんせい）する時（とき）。	贊成的時候。
	賛成（さんせい）する事（こと）。	贊成的事。
	賛成（さんせい）すれば…	如果贊成的話，…
	賛成（さんせい）しろ。	贊成！

進階理解

基本形（辭書形） 心配（しんぱい）する

6種變化	活用形	作用	在さ行作不規則變化	後接常用語
①	未然形	否定 意志（想做…）	心配（しんぱい）し	ない（普通・現在・否定） なかった（普通・過去・否定） よう（普通・現在・意志）
②	連用形	接助詞て 助動詞た（表示過去） 助動詞ます（表示禮貌）	心配（しんぱい）し	て（ください）（請…） た（普通・過去・肯定） ます（禮貌・現在・肯定） ますか（禮貌・現在・疑問） ません（禮貌・現在・否定） ました（禮貌・過去・肯定） ませんでした（禮貌・過去・否定）
③	終止形	句子結束，用「。」表示	心配（しんぱい）する	。
④	連體形	下接名詞	心配（しんぱい）する	時（とき）/時候、事（こと）/事情、人（ひと）/人、所（ところ）/地方…等名詞。
⑤	假定形	下接ば，表示假定	心配（しんぱい）すれ	ば
⑥	命令形	表示命令	心配（しんぱい）しろ 心配（しんぱい）せよ	

心配（しんぱい）する

背誦口訣

し	心配（しんぱい）し
し	心配し
する	心配する
する	心配する
すれ	心配すれ
しろ	心配しろ
せよ	心配せよ

擔心

心配（しんぱい）しない。	不擔心。
心配（しんぱい）しなかった。	（那時）沒擔心。
心配（しんぱい）しよう。	擔心一下吧！
心配（しんぱい）してください。	請擔心一下吧！
心配（しんぱい）した。	（那時很）擔心。
心配（しんぱい）します。	擔心。（禮貌說法）
心配（しんぱい）しますか。	會擔心嗎？（禮貌說法）
心配（しんぱい）しません。	不擔心。（禮貌說法）
心配（しんぱい）しました。	（那時很）擔心。（禮貌說法）
心配（しんぱい）しませんでした。	（那時）沒擔心。（禮貌說法）
心配（しんぱい）する。	擔心。
心配（しんぱい）する時（とき）。	擔心的時候。
心配（しんぱい）する事（こと）。	擔心的事。
心配（しんぱい）すれば…	如果擔心的話，…
心配（しんぱい）しろ。	擔心一下！

進階理解

基本形（辭書形）　勉強（べんきょう）する

6種變化	活用形	作用	在さ行作不規則變化	後接常用語
①	未然形	否定 意志（想做…）	勉強（べんきょう）し	ない（普通・現在・否定） なかった（普通・過去・否定） よう（普通・現在・意志）
②	連用形	接助詞て 助動詞た（表示過去） 助動詞ます（表示禮貌）	勉強（べんきょう）し	て（ください）（請…） た（普通・過去・肯定） ます（禮貌・現在・肯定） ますか（禮貌・現在・疑問） ません（禮貌・現在・否定） ました（禮貌・過去・肯定） ませんでした（禮貌・過去・否定）
③	終止形	句子結束，用「。」表示	勉強（べんきょう）する	。
④	連體形	下接名詞	勉強（べんきょう）する	時（とき）/時候、事（こと）/事情、人（ひと）/人、所（ところ）/地方…等名詞。
⑤	假定形	下接ば，表示假定	勉強（べんきょう）すれ	ば
⑥	命令形	表示命令	勉強（べんきょう）しろ せよ	

勉強（べんきょう）する

背誦口訣 → し／し／する／する／すれ／しろ／せよ → 勉強（べんきょう）し／勉強し／勉強する／勉強する／勉強すれ／勉強しろ／勉強せよ

唸書

勉強（べんきょう）しない。	不唸書。
勉強（べんきょう）しなかった。	（那時）沒唸書。
勉強（べんきょう）しよう。	唸書吧！
勉強（べんきょう）してください。	請唸書。
勉強（べんきょう）した。	已經唸書了。
勉強（べんきょう）します。	唸書。（禮貌説法）
勉強（べんきょう）しますか。	要唸書嗎？（禮貌説法）
勉強（べんきょう）しません。	不唸書。（禮貌説法）
勉強（べんきょう）しました。	已經唸書了。（禮貌説法）
勉強（べんきょう）しませんでした。	（那時）沒唸書。（禮貌説法）
勉強（べんきょう）する。	唸書。
勉強（べんきょう）する時（とき）。	唸書的時候。
勉強（べんきょう）する事（こと）。	唸書（這件事）。
勉強（べんきょう）すれば…	如果唸書的話，…
勉強（べんきょう）しろ。	快去唸書！

進階理解

基本形（辭書形） 練習(れんしゅう)する

6種變化	活用形	作用	在さ行作不規則變化	後接常用語
①	未然形	否定 意志（想做…）	練習(れんしゅう)し	ない（普通・現在・否定） なかった（普通・過去・否定） よう（普通・現在・意志）
②	連用形	接助詞て 助動詞た（表示過去） 助動詞ます（表示禮貌）	練習(れんしゅう)し	て（ください）（請…） た（普通・過去・肯定） ます（禮貌・現在・肯定） ますか（禮貌・現在・疑問） ません（禮貌・現在・否定） ました（禮貌・過去・肯定） ませんでした（禮貌・過去・否定）
③	終止形	句子結束，用「。」表示	練習(れんしゅう)する	。
④	連體形	下接名詞	練習(れんしゅう)する	時(とき)/時候、事(こと)/事情、人(ひと)/人、所(ところ)/地方…等名詞。
⑤	假定形	下接ば，表示假定	練習(れんしゅう)すれ	ば
⑥	命令形	表示命令	練習(れんしゅう)しろ 練習せよ	

練習（れんしゅう）する

背誦口訣

→ し / し / する / する / すれ / しろ / せよ

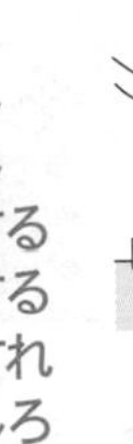

→ 練習（れんしゅう）し / 練習し / 練習する / 練習する / 練習すれ / 練習しろ / 練習せよ

練習

練習（れんしゅう）しない。	不練習。
練習（れんしゅう）しなかった。	（那時）沒練習。
練習（れんしゅう）しよう。	練習吧！
練習（れんしゅう）してください。	請練習。
練習（れんしゅう）した。	已經練習了。
練習（れんしゅう）します。	練習。（禮貌說法）
練習（れんしゅう）しますか。	要練習嗎？（禮貌說法）
練習（れんしゅう）しません。	不練習。（禮貌說法）
練習（れんしゅう）しました。	已經練習了。（禮貌說法）
練習（れんしゅう）しませんでした。	（那時）沒練習。（禮貌說法）
練習（れんしゅう）する。	練習。
練習（れんしゅう）する時（とき）。	練習的時候。
練習（れんしゅう）する事（こと）。	練習的事。
練習（れんしゅう）すれば…	如果練習的話，…
練習（れんしゅう）しろ。	去練習！

基本形（辭書形） 連絡（れんらく）する

6種變化	活用形	作用	在さ行作不規則變化	後接常用語
①	未然形	否定 意志（想做…）	連絡（れんらく）し	ない（普通・現在・否定） なかった（普通・過去・否定） よう（普通・現在・意志）
②	連用形	接助詞て 助動詞た（表示過去） 助動詞ます（表示禮貌）	連絡（れんらく）し	て（ください）（請…） た（普通・過去・肯定） ます（禮貌・現在・肯定） ますか（禮貌・現在・疑問） ません（禮貌・現在・否定） ました（禮貌・過去・肯定） ませんでした（禮貌・過去・否定）
③	終止形	句子結束，用「。」表示	連絡（れんらく）する	。
④	連體形	下接名詞	連絡（れんらく）する	時（とき）/時候、事（こと）/事情、人（ひと）/人、所（ところ）/地方…等名詞。
⑤	假定形	下接ば，表示假定	連絡（れんらく）すれ	ば
⑥	命令形	表示命令	連絡（れんらく）しろ 連絡（れんらく）せよ	

連絡（れんらく）する

背誦口訣

し	連絡（れんらく）し
し	連絡し
する	連絡する
する	連絡する
すれ	連絡すれ
しろ	連絡しろ
せよ	連絡せよ

聯絡

連絡（れんらく）しない。	不聯絡。
連絡（れんらく）しなかった。	（那時）沒聯絡。
連絡（れんらく）しよう。	聯絡吧！
連絡（れんらく）してください。	請聯絡。
連絡（れんらく）した。	已經聯絡了。
連絡（れんらく）します。	聯絡。（禮貌說法）
連絡（れんらく）しますか。	要聯絡嗎？（禮貌說法）
連絡（れんらく）しません。	不聯絡。（禮貌說法）
連絡（れんらく）しました。	已經聯絡了。（禮貌說法）
連絡（れんらく）しませんでした。	（那時）沒聯絡。（禮貌說法）
連絡（れんらく）する。	聯絡。
連絡（れんらく）する時（とき）。	聯絡的時候。
連絡（れんらく）する事（こと）。	聯絡的事。
連絡（れんらく）すれば…	如果聯絡的話，…
連絡（れんらく）しろ。	去聯絡！

進階理解

基本形（辭書形） **はっきりする**

6種變化	活用形	作用	在さ行作不規則變化	後接常用語
①	未然形	否定	はっきりし	ない（普通・現在・否定）
				なかった（普通・過去・否定）
		意志（想做…）		よう（普通・現在・意志）
②	連用形	接助詞て	はっきりし	て（ください）（請…）
		助動詞た（表示過去）		た（普通・過去・肯定）
		助動詞ます（表示禮貌）		ます（禮貌・現在・肯定）
				ますか（禮貌・現在・疑問）
				ません（禮貌・現在・否定）
				ました（禮貌・過去・肯定）
				ませんでした（禮貌・過去・否定）
③	終止形	句子結束，用「。」表示	はっきりする	。
④	連體形	下接名詞	はっきりする	時（とき）/時候、事（こと）/事情、人（ひと）/人、所（ところ）/地方…等名詞。
⑤	假定形	下接ば，表示假定	はっきりすれ	ば
⑥	命令形	表示命令	はっきりしろ はっきりせよ	

背誦口訣

はっきりする → し / し / する / する / すれ / しろ / せよ → はっきりし / はっきりし / はっきりする / はっきりする / はっきりすれ / はっきりしろ / はっきりせよ

弄清楚

	はっきりしない。	不清楚。
	はっきりしなかった。	（那時）沒弄清楚。
	はっきりしよう。	弄清楚吧！
	はっきりしてください。	請弄清楚。
	はっきりした。	已經弄清楚了。
	はっきりします。	弄清楚。（禮貌說法）
	はっきりしますか。	弄得清楚嗎？（禮貌說法）
	はっきりしません。	不清楚。（禮貌說法）
	はっきりしました。	已經弄清楚了。（禮貌說法）
	はっきりしませんでした。	（那時）沒弄清楚。（禮貌說法）
	はっきりする。	弄清楚。
	はっきりする時（とき）。	清楚的時候。
	はっきりする事（こと）。	清楚的事。
	はっきりすれば…	如果弄清楚的話，…
	はっきりしろ。	弄清楚！

基本形（辭書形）	デートする			
6種變化	活用形	作用	在さ行作不規則變化	後接常用語
①	未然形	否定 意志（想做…）	デートし	ない（普通・現在・否定） なかった（普通・過去・否定） よう（普通・現在・意志）
②	連用形	接助詞て 助動詞た（表示過去） 助動詞ます（表示禮貌）	デートし	て(ください)（請…） た（普通・過去・肯定） ます（禮貌・現在・肯定） ますか（禮貌・現在・疑問） ません（禮貌・現在・否定） ました（禮貌・過去・肯定） ませんでした（禮貌・過去・否定）
③	終止形	句子結束，用「。」表示	デートする	。
④	連體形	下接名詞	デートする	時(とき)/時候、事(こと)/事情、人(ひと)/人、所(ところ)/地方…等名詞。
⑤	假定形	下接ば，表示假定	デートすれ	ば
⑥	命令形	表示命令	デートしろ デートせよ	

デートする → 背誦口訣 → 約會

背誦口訣	
し	デートし
し	デートし
する	デートする
する	デートする
すれ	デートすれ
しろ	デートしろ
せよ	デートせよ

デートしない。	不去約會。
デートしなかった。	（那時）沒去約會。
デートしよう。	去約會吧！
デートしてください。	請去約會。
デートした。	已經去約會。
デートします。	約會。（禮貌說法）
デートしますか。	要去約會嗎？（禮貌說法）
デートしません。	不去約會。（禮貌說法）
デートしました。	已經去約會。（禮貌說法）
デートしませんでした。	（那時）沒去約會。（禮貌說法）
デートする。	約會。
デートする時（とき）。	約會的時候。
デートする所（ところ）。	約會的地方。
デートすれば…	如果約會的話，…
デートしろ。	去約會！

進階理解

基本形（辭書形）　ノックする

6種變化	活用形	作用	在さ行作不規則變化	後接常用語
①	未然形	否定 意志（想做…）	ノックし	ない（普通・現在・否定） なかった（普通・過去・否定） よう（普通・現在・意志）
②	連用形	接助詞て 助動詞た（表示過去） 助動詞ます（表示禮貌）	ノックし	て（ください）（請…） た（普通・過去・肯定） ます（禮貌・現在・肯定） ますか（禮貌・現在・疑問） ません（禮貌・現在・否定） ました（禮貌・過去・肯定） ませんでした（禮貌・過去・否定）
③	終止形	句子結束，用「。」表示	ノックする	。
④	連體形	下接名詞	ノックする	時（とき）/時候、事（こと）/事情、人（ひと）/人、所（ところ）/地方…等名詞。
⑤	假定形	下接ば，表示假定	ノックすれ	ば
⑥	命令形	表示命令	ノックしろ ノックせよ	

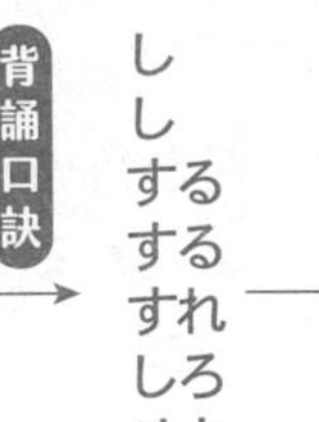

背誦口訣

ノックする →	し し する する すれ しろ せよ	→	ノックし ノックし ノックする ノックする ノックすれ ノックしろ ノックせよ

敲門

ノックしない。	不敲門。
ノックしなかった。	（那時）沒敲門。
ノックしよう。	敲門吧！
ノックしてください。	請敲門。
ノックした。	已經敲門了。
ノックします。	敲門。（禮貌説法）
ノックしますか。	要敲門嗎？（禮貌説法）
ノックしません。	不敲門。（禮貌説法）
ノックしました。	已經敲門了。（禮貌説法）
ノックしませんでした。	（那時）沒敲門。（禮貌説法）
ノックする。	敲門。
ノックする時（とき）。	敲門的時候。
ノックする人（ひと）。	敲門的人。
ノックすれば…	如果敲門的話，…
ノックしろ。	去敲門！

くる：

❶ 這種動詞在日語中只有一個，在か行做不規則變化，是「來」的意思，沒有語幹，直接用こ・き・くる・くる・くれ・こい的變化。（見右頁圖表）

▼ 3類動詞（カ行變格動詞）變化方式

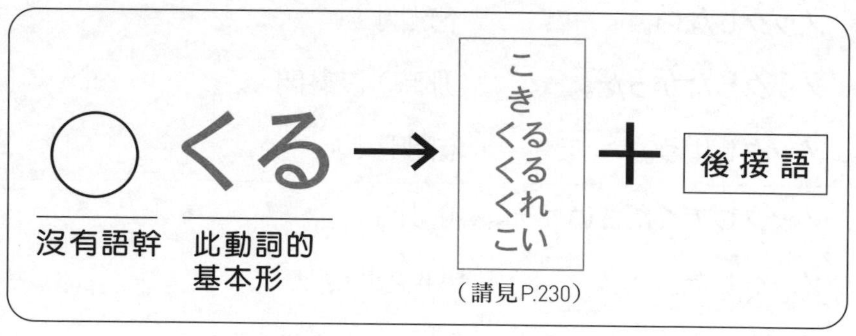

▼ 下列是日語中唯一一個３類動詞（カ行變格），くる做不規則變化。

〔くる（來）

清音 / 濁音

	あ行	❶ か行	さ行	た行	な行	は行	ま行	や行	ら行	わ行	ん行
あ段	あ(わ) a (wa)	か ka	さ sa	た ta	な na	は ha	ま ma	や ya	ら ra	わ wa	ん n
い段	い i	き ki	し shi	ち chi	に ni	ひ hi	み mi		り ri		
う段	う u	く ku	す su	つ tsu	ぬ nu	ふ fu	む mu	ゆ yu	る ru		
え段	え e	け ke	せ se	て te	ね ne	へ he	め me		れ re		
お段	お o	こ ko	そ so	と to	の no	ほ ho	も mo	よ yo	ろ ro	を wo	

	が行	ざ行	だ行	ば行
あ段	が ga	ざ za	だ da	ば ba
い段	ぎ gi	じ ji	ぢ ji	び bi
う段	ぐ gu	ず zu	づ zu	ぶ bu
え段	げ ge	ぜ ze	で de	べ be
お段	ご go	ぞ zo	ど do	ぼ bo

進階理解

基本形（辭書形） **くる**

＊くる沒有語幹

6種變化	活用形	作用	在か行作不規則變化	後接常用語
①	未然形	否定 意志（想做…）	こ	ない（普通・現在・否定） なかった（普通・過去・否定） よう（普通・現在・意志）
②	連用形	接助詞て 助動詞た（表示過去） 助動詞ます（表示禮貌）	き	て（ください）（請…） た（普通・過去・肯定） ます（禮貌・現在・肯定） ますか（禮貌・現在・疑問） ません（禮貌・現在・否定） ました（禮貌・過去・肯定） ませんでした（禮貌・過去・否定）
③	終止形	句子結束，用「。」表示	くる	。
④	連體形	下接名詞	くる	時（とき）/時候、事（こと）/事情、人（ひと）/人、所（ところ）/地方…等名詞。
⑤	假定形	下接ば，表示假定	くれ	ば
⑥	命令形	表示命令	こい	

來

	こない。	不來。
	こなかった。	（那時）沒來。
	こよう。	來吧！
	きてください。	請來。
	きた。	已經來了。
	きます。	來。
	きますか。	要來嗎？（禮貌説法）
	きません。	不來。（禮貌説法）
	きました。	已經來了。（禮貌説法）
	きませんでした。	（那時）沒來。（禮貌説法）
	くる。	來。
	くる時(とき)。	來的時候。
	くる人(ひと)。	來的人。
	くれば…	如果來的話，…
	こい。	來！

自我測驗

1

下列動詞是1類動詞（五段動詞）呢？2類動詞（上·下一段動詞）呢？還是3類動詞（サ行·カ行變格動詞）呢？

- 買(か)う　1　2　3
- 運(あそ)ぶ　1　2　3
- する　1　2　3
- 食(た)べる　1　2　3
- くる　1　2　3
- 会(あ)う　1　2　3
- 浴(あ)びる　1　2　3
- 勉強(べんきょう)する　1　2　3
- 数(かぞ)える　1　2　3
- 死(し)ぬ　1　2　3
- 泳(およ)ぐ　1　2　3
- 集(あつ)める　1　2　3

2

將下列1類動詞（五段動詞）改成否定「ない」的形式（第1變化）。例：

会(あ)う → 会(あ)わ ＋ ない → 会(あ)わない 不見面

- 使(つか)う → ＿＿＿ ＋ ＿＿＿ → ＿＿＿＿＿ 不使用
- 待(ま)つ → ＿＿＿ ＋ ＿＿＿ → ＿＿＿＿＿ 不等待
- 買(か)う → ＿＿＿ ＋ ＿＿＿ → ＿＿＿＿＿ 不買
- 取(と)る → ＿＿＿ ＋ ＿＿＿ → ＿＿＿＿＿ 不拿
- 遊(あそ)ぶ → ＿＿＿ ＋ ＿＿＿ → ＿＿＿＿＿ 不玩
- 歩(ある)く → ＿＿＿ ＋ ＿＿＿ → ＿＿＿＿＿ 不走
- 呼(よ)ぶ → ＿＿＿ ＋ ＿＿＿ → ＿＿＿＿＿ 不邀請
- 泣(な)く → ＿＿＿ ＋ ＿＿＿ → ＿＿＿＿＿ 不哭
- 行(い)く → ＿＿＿ ＋ ＿＿＿ → ＿＿＿＿＿ 不去
- 探(さが)す → ＿＿＿ ＋ ＿＿＿ → ＿＿＿＿＿ 不找

3

將下列1類動詞（五段動詞）改成禮貌說法的「ます」(第2變化)形式吧！例：

会(あ)う → 会(あ)い ＋ ます → 会(あ)います　見面

- 書(か)く → ＿＿＿ ＋ ＿＿＿ → ＿＿＿＿＿＿　寫
- 入(はい)る → ＿＿＿ ＋ ＿＿＿ → ＿＿＿＿＿＿　進去
- 思(おも)う → ＿＿＿ ＋ ＿＿＿ → ＿＿＿＿＿＿　認為
- 帰(かえ)る → ＿＿＿ ＋ ＿＿＿ → ＿＿＿＿＿＿　回去
- 使(つか)う → ＿＿＿ ＋ ＿＿＿ → ＿＿＿＿＿＿　使用
- 泣(な)く → ＿＿＿ ＋ ＿＿＿ → ＿＿＿＿＿＿　哭
- 返(かえ)す → ＿＿＿ ＋ ＿＿＿ → ＿＿＿＿＿＿　歸還
- 言(い)う → ＿＿＿ ＋ ＿＿＿ → ＿＿＿＿＿＿　說

4

將下列2類動詞（上·下一段動詞）改成過去「た」(第2變化)的形式吧！例：

煮(に)る → 煮(に)た 已經煮了

- 信(しん)じる → ________ 已經相信了
- 閉(と)じる → ________ 已經關上了
- 見(み)る → ________ 已經看了
- 降(お)りる → ________ 已經下車了
- 起(お)きる → ________ 已經起床了
- 食(た)べる → ________ 已經吃了
- 別(わか)れる → ________ 已經分手了
- 忘(わす)れる → ________ 已經忘記了
- 寝(ね)る → ________ 已經睡著了
- 決(き)める → ________ 已經決定了

5

將下列3類動詞（サ行・カ行變格動詞）改成「假定形」（第6變化）吧！例：

勉強（べんきょう）する → 勉強（べんきょう）すれば　如果唸書的話

- 結婚（けっこん）する → ＿＿＿＿＿＿　如果結婚的話
- 連絡（れんらく）する → ＿＿＿＿＿＿　如果聯絡的話
- 心配（しんぱい）する → ＿＿＿＿＿＿　如果擔心的話
- 賛成（さんせい）する → ＿＿＿＿＿＿　如果贊成的話
- くる → ＿＿＿＿＿＿　如果來的話

自我測驗解答

1

- 買（か）う　① 2 3
- 運（はこ）ぶ　① 2 3
- する　1 2 ③
- 食（た）べる　1 ② 3
- くる　1 2 ③
- 会（あ）う　① 2 3
- 浴（あ）びる　1 ② 3
- 勉強（べんきょう）する　1 2 ③
- 数（かぞ）える　1 ② 3
- 死（し）ぬ　① 2 3
- 泳（およ）ぐ　① 2 3
- 集（あつ）める　1 ② 3

2

- 使(つか)う → 使(つか)わ + ない → 使(つか)わない 不使用
- 待(ま)つ → 待(ま)た + ない → 待(ま)たない 不等待
- 買(か)う → 買(か)わ + ない → 買(か)わない 不買
- 取(と)る → 取(と)ら + ない → 取(と)らない 不拿
- 遊(あそ)ぶ → 遊(あそ)ば + ない → 遊(あそ)ばない 不玩
- 歩(ある)く → 歩(ある)か + ない → 歩(ある)かない 不走
- 呼(よ)ぶ → 呼(よ)ば + ない → 呼(よ)ばない 不邀請
- 泣(な)く → 泣(な)か + ない → 泣(な)かない 不哭
- 行(い)く → 行(い)か + ない → 行(い)かない 不去
- 探(さが)す → 探(さが)さ + ない → 探(さが)さない 不找

3

- 書(か)く → 書(か)き + ます → 書(か)きます 寫
- 入(はい)る → 入(はい)り + ます → 入(はい)ります 進去
- 思(おも)う → 思(おも)い + ます → 思(おも)います 認為
- 帰(かえ)る → 帰(かえ)り + ます → 帰(かえ)ります 回去
- 使(つか)う → 使(つか)い + ます → 使(つか)います 使用
- 泣(な)く → 泣(な)き + ます → 泣(な)きます 哭
- 返(かえ)す → 返(かえ)し + ます → 返(かえ)します 歸還
- 言(い)う → 言(い)い + ます → 言(い)います 說

4

- 信(しん)じる → 信(しん)じた 已經相信了
- 閉(と)じる → 閉(と)じた 已經關上了
- 見(み)る → 見(み)た 已經看了
- 降(お)りる → 降(お)りた 已經下車了
- 起(お)きる → 起(お)きた 已經起床了
- 食(た)べる → 食(た)べた 已經吃了
- 別(わか)れる → 別(わか)れた 已經分手了
- 忘(わす)れる → 忘(わす)れた 已經忘記了
- 寝(ね)る → 寝(ね)た 已經睡著了
- 決(き)める → 決(き)めた 已經決定了

5

- 結婚(けっこん)する → 結婚(けっこん)すれば 如果結婚的話，…
- 連絡(れんらく)する → 連絡(れんらく)すれば 如果聯絡的話，…
- 心配(しんぱい)する → 心配(しんぱい)すれば 如果擔心的話，…
- 賛成(さんせい)する → 賛成(さんせい)すれば 如果贊成的話，…
- くる → くれば 如果來的話，…

Memo

P.242~409

形容詞基礎知識

1 日語的詞類有哪些？

日語的詞類有：名詞、動詞、助動詞、形容詞、形容動詞、助詞、副詞、連體詞、接續詞、感動詞。

2 日語的詞類會變化的有哪些？

有動詞、助動詞、形容詞、形容動詞4種類。日語文法用語「活用」一詞即是變化的意思。

3 日語句子的構成是怎樣的呢？

通常日語的句子都由主語和述語構成。整體形態上，通常是由2個文節以上組成的。文節又是由各詞類所組成。

	美しい（うつく）	花（はな）	が	たくさん	咲い（さ）	た。
詞　類	形容詞	名詞	助詞	副詞	動詞	助動詞
文　節	（當主語）名詞文節			副詞文節	動詞文節	
句子組成	主語			述語		

	きれいな	花（はな）	が	たくさん	咲い（さ）	た。
詞　類	形容動詞	名詞	助詞	副詞	動詞	助動詞
文　節	（當主語）名詞文節			副詞文節	動詞文節	
句子組成	主語			述語		

4 形容詞和形容動詞有什麼作用呢？

形容詞、形容動詞是用來表示事物的性質、狀態…等。

如：かわいい（可愛的）、静（しず）かだ（安靜的）…等。

5 形容詞和形容動詞在句子上的什麼位置？

通常放在句尾，或是所修飾的語辭前面。

如：**天気（てんき）が良（よ）い。**（天氣很好。）

如：**きれいな花（はな）が咲（さ）いた。**（漂亮的花開了。）

6 日語形容詞、形容動詞總共有幾種變化呢？

日語中形容詞、形容動詞各有5種變化。皆在語尾產生變化。變化的名稱都和動詞一樣，變化的作用也大同小異，不同的是形容詞、形容動詞並無命令形。其變化方式請參照書中內容。

7 為什麼形容詞、形容動詞要變化？

形容詞、形容動詞變化是為了後面要接助動詞、助詞…等而作不同的變化，表示各種不同的意思。

8 什麼是形容詞和形容動詞的「基本形」？

就是指形容詞和形容動詞還未變化時的「原形」。另外，因為在辭典上所查的字一定是未經變化過的基本形，所以也稱為「辭書形」。例如辭典上查得到「**大（おお）き**い」，但卻查不到「**大（おお）きくない**」、「**大（おお）き**かった」…等已變化過的形態。
形容詞的基本形語尾都是「い」音結尾。
形容動詞的基本形語尾都是「だ」或「です（禮貌）」結尾。

9 什麼是「い形容詞」、「な形容詞」呢？

形容詞 也稱為**い**形容詞，如：大(おお)きい、楽(たの)しい。

形容動詞 也稱為**な**形容詞，如：静(しず)かだ、元気(げんき)だ。

10 形容詞、形容動詞在形態上怎麼變化呢？

變化時「語幹」不變，「語尾」變。如：

形容詞（い形容詞）

良(よ(い))	い	美し(うつく)	い
語幹	語尾	語幹	語尾

形容動詞（な形容詞）

静か(しず)	だ	きれい	だ
語幹	語尾	語幹	語尾
静か(しず)	です	きれい	です
語幹	語尾	語幹	語尾

11 形容詞在形態上有何特徵？

形容詞的基本形都以「い」或「しい」結尾，但是只有語尾的「い」作變化。

如：良(よ(い))い（好的）悪(わる)い（壞的）楽(たの)しい（快樂的）
涼(すず)しい（涼爽的）

12 形容動詞在形態上有何特徵？

形容動詞的型態比較接近名詞，有時也可當作名詞看待。

如：元気(げんき)だ（有精神的）　きれいだ（漂亮的）
元気(げんき)です（有精神的）　きれいです（漂亮的）
親切(しんせつ)だ（親切的）　健康(けんこう)だ（健康的）
親切(しんせつ)です（親切的）　健康(けんこう)です（健康的）

Memo

形容詞5種變化解說表

5種變化	活用形	作用
①	未然形（みぜんけい）	❶ 表示推測。 將語尾「い」→「かろ」， 再接助動詞「う」。
②	連用形（れんようけい）	❶ 表示過去。 將語尾「い」→「かっ」， 再接助動詞「た」。 ❷ 表示否定。 將語尾「い」→「く」， 再接助動詞「ない」。 ❸ 當副詞用，修飾下面的動詞。 將「い」→「く」 再接動詞「なる（變成）」。
③	終止形（しゅうしけい）	❶ 表示句子結束。 語尾不變，也沒有後接語。

變化方式

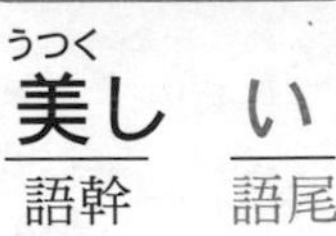

→ 美(うつく)しい→ 美(うつく)しかろ＋「う」→美(うつく)しかろう

很漂亮吧！

→美(うつく)しい→ 美(うつく)しかっ＋「た」→美(うつく)しかった

（那時候）很漂亮。

→ 美(うつく)しい→ 美(うつく)しく＋「ない」→美(うつく)しくない

不漂亮。

→ 美(うつく)しい→ 美(うつく)しく＋「なる」→美(うつく)しくなる

會變漂亮。

→ 美(うつく)しい→ 美(うつく)しい。

漂亮的。

形容詞5種變化解說表

④	連体形（れんたいけい）	❶ 用來修飾後面的名詞。 語尾不變，後接名詞，通常後接： 時（とき）（時間）、事（こと）（事情）、人（ひと）（人）、 所（ところ）（地方）、物（もの）（東西）…等。
⑤	仮定形（かていけい）	❶ 表示假如、如果， 語尾「い」→「けれ」， 再接助詞「ば」。

變化方式

美（うつく）し　い
語幹　語尾

→ 美（うつく）しい→ 美（うつく）しい＋「人（ひと）」→美（うつく）しい人（ひと）　漂亮的人。

→ 美（うつく）しい→ 美（うつく）しけれ＋「ば」→美（うつく）しければ
如果很漂亮的話，…

形容動詞5種變化解說表

5種變化	活用形	作用
①	未然形（みぜんけい）	❶ 表示推測。 將語尾「だ」→「だろ」，再接助動詞「う」。
②	連用形（れんようけい）	❶ 表示過去。 把語尾「だ」→「だっ」，再接助動詞「た」。 ❷ 表示否定。 將語尾「だ」→「で」，再接「ない」或「はない」。 ❸ 當副詞用，修飾下面的動詞。 將語尾「だ」→「に」，再接動詞「なる（變成）」。
③	終止形（しゅうしけい）	❶ 表示句子結束。 語尾不變，也沒有後接語。

變化方式

静(しず)か　だ

語幹　語尾

→ 静(しず)かだ → 静(しず)かだろ＋「う」→静(しず)かだろう　很安靜吧！

→ 静(しず)かだ → 静(しず)かだっ＋「た」→静(しず)かだった　（那時候）很安靜。

→ 静(しず)かだ →静(しず)かで＋「（は）ない」→静(しず)かで（は）ない　不安靜。

→ 静(しず)かだ → 静(しず)かに＋「なる」→静(しず)かになる　會變安靜。

→ 静(しず)かだ → 静(しず)かだ。　安靜的。

形容動詞5種變化解說表

④	れんたいけい 連体形	❶ 用來修飾後面的名詞。 語尾「だ」→「な」， 後接名詞，通常後接： とき 時（時間）、こと 事（事情）、ひと 人（人）、 ところ 所（地方）、もの 物（東西）…等。
⑤	かていけい 仮定形	❶ 表示假如、如果， 語尾「だ」→「なら」， 再接助詞「ば」。 （在口語中，「ば」經常被省略）

變化方式

しず
静か　だ
語幹　語尾

→ 静か(しず)だ　→ 静か(しず)な＋「所(ところ)」　→ 静か(しず)な所(ところ)
安靜的地方。

→ 静か(しず)だ　→ 静か(しず)なら＋「ば」　→ 静か(しず)ならば
如果安靜的話，…

表示禮貌。

語尾是「です」的基本形形容動詞，只有3種變化。

3種變化	活用形	作用
①	未然形（みぜんけい）	❶ 表示推測。 把語尾「です」→「でしょ」， 再接助動詞「う」。
②	連用形（れんようけい）	❶ 表示過去。 把語尾「です」→「でし」， 再接助動詞「た」。
③	終止形（しゅうしけい）	❶ 表示句子結束。 語尾不變，也沒有後接語。

變化方式

静(しず)か　です
語幹　語尾

→ 静(しず)かです→ 静(しず)かでしょ＋「う」→ 静(しず)かでしょう
很安靜吧！（禮貌說法）

→ 静(しず)かです→ 静(しず)かでし＋「た」→ 静(しず)かでした
（那時候）很安靜。（禮貌說法）

→ 静(しず)かです→ 静(しず)かです。　安靜的。（禮貌說法）

形容詞5種變化的後接常用語表

※ 此表列出後接語（多為助動詞、助詞）之內容、意義，僅提供讀者作為日後參考用，粗略看過即可。

5種變化	活用形	詞類	意義
①	未然形	• 助動詞：（かろ）う	推測，（是…吧！）
②	連用形	• 助動詞： （かっ）た （く）ない • 動詞：（く）なる • 接逗點：（く）「、」 • 接續助詞：（く）ても	 過去 否定，（沒…、不…） 做連用修飾語用，（變成…） 在句子中間表示中止 接續，（即使…）
③	終止形	• 加句號：（い）「。」 • 助動詞： （い）そうだ （い）らしい （い）だろう	表示句子結束 推測，(好像…) 推測，(好像…) 推測，(是…吧！)

		• 接續助詞： （い）が （い）けど （い）から （い）と	 (但是、不過…) 轉折，(但是…) 原因，(因為…) 假定條件， (如果、若是…)
④	連體形	• 名詞： （い）時(とき)、事(こと)、人(ひと)、 所(ところ)、物(もの)…等。 • 助詞： （い）ので （い）のに	 時間、事情、人、地 方、東西…等。 原因，（因為…） 前後事項不合， （明明…，卻…）
⑤	假定形	• 助詞：（けれ）ば	假定，(如果…的話）

形容動詞5種變化的後接常用語表

※ 此表列出後接語（多為助動詞、助詞）之內容、意義，僅提供讀者作為日後參考用，粗略看過即可。

5種變化	活用形	詞類	意義
①	未然形	• 助動詞：（だろ）う	推測，（是…吧！）
②	連用形	• 助動詞： （だっ）た （で）ない （で）ある • 接逗點：（で）「、」 • 動詞：（に）なる	 過去 否定，（沒…、不…） 肯定 在句子中間表示中止 做連用修飾語用，（變成…）
③	終止形	• 加句號：（だ）「。」 • 助動詞： （だ）そうだ • 接續助詞： （だ）が （だ）けど （だ）から （だ）と	表示句子結束 推測，(是…吧！) (但是、不過…) 轉折，(但是…) 原因，(因為…) 假定條件，(如果、若是…)

④	連體形	• 名詞： （な）時（とき）、事（こと）、人（ひと）、所（ところ）、物（もの）…等。 • 助詞： （な）ので （な）のに	時間、事情、人、地方、東西…等。 原因，（因為…） 前後事項不合，（明明…，卻…）
⑤	假定形	• 助詞：（なら）ば （在口語中「ば」經常被省略）	假定，（如果…的話）

形容詞

(い形容詞)

❶ 形容詞的基本形語尾，都是在い（i）音結束。
（見右頁下方圖表）

❷ 變化時，語幹不變，只變語尾。

❸ 變化時，把語尾い變成かろ、かっ、く、い、い、けれ即可。

▼ 形容詞（い形容詞）變化方式

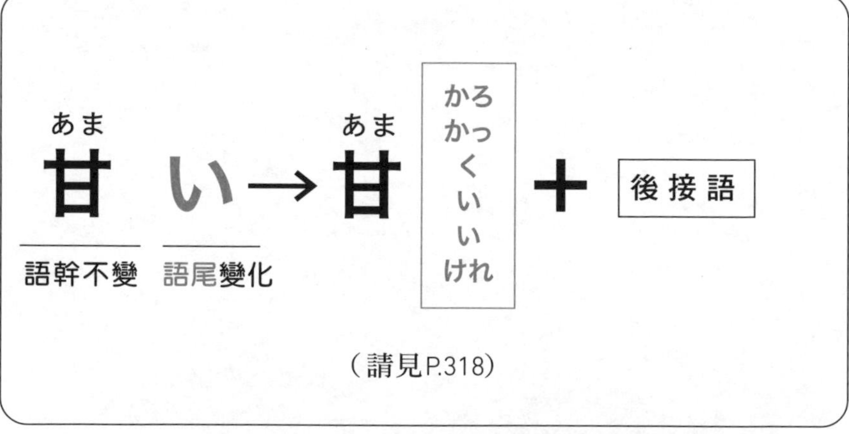

▼ 下列是本書所列舉的50個形容詞（い形容詞）。

大(おお)きい（大的）	厚(あつ)い（厚的）	高(たか)い（高的）
小(ちい)さい（小的）	薄(うす)い（薄的）	低(ひく)い（低的）
多(おお)い（多的）	軽(かる)い（輕的）	遠(とお)い（遠的）
少(すく)ない（少的）	重(おも)い（重的）	近(ちか)い（近的）

長(なが)い（長的）
短(みじか)い（短的）
速(はや)い（快的）
遅(おそ)い（慢的）
広(ひろ)い（寬敞的）
狭(せま)い（狹窄的）
赤(あか)い（紅的）
黒(くろ)い（黑的）
白(しろ)い（白的）
明(あか)るい（明亮的）
暗(くら)い（暗的）
良(よ(い))い（好的）
悪(わる)い（壞的）

かわいい（可愛的）
美(うつく)しい（漂亮的）
面白(おもしろ)い（有趣的）
甘(あま)い（甜的）
辛(から)い（辣的）
おいしい（好吃的）
暑(あつ)い（熱的）
寒(さむ)い（冷的）
暖(あたた)かい（溫暖的）
涼(すず)しい（涼爽的）
嬉(うれ)しい（高興的）
楽(たの)しい（快樂的）
悲(かな)しい（悲傷的）

苦(くる)しい（痛苦的）
寂(さび)しい（寂寞的）
うるさい（吵鬧的）
危(あぶ)ない（危險的）
痛(いた)い（痛的）
厳(きび)しい（嚴格的）
怖(こわ)い（可怕的）
忙(いそが)しい（忙碌的）
眠(ねむ)い（想睡覺的）
汚(きたな)い（骯髒的）
深(ふか)い（深的）
丸(まる)い（圓的）

▼ 五十音圖表與形容詞變化位置關係

清音

	あ行	か行	さ行	た行	な行	は行	ま行	や行	ら行	わ行	ん行
あ段	あ (わ) wa a	か ka	さ sa	た ta	な na	は ha	ま ma	や ya	ら ra	わ wa	ん n
い段	い ❶ i	き ki	し shi	ち chi	に ni	ひ hi	み mi		り ri		
う段	う u	く ku	す su	つ tsu	ぬ nu	ふ fu	む mu	ゆ yu	る ru		
え段	え e	け ke	せ se	て te	ね ne	へ he	め me		れ re		
お段	お o	こ ko	そ so	と to	の no	ほ ho	も mo	よ yo	ろ ro	を wo	

濁音

	が行	ざ行	だ行	ば行
あ段	が ga	ざ za	だ da	ば ba
い段	ぎ gi	じ ji	ぢ ji	び bi
う段	ぐ gu	ず zu	づ zu	ぶ bu
え段	げ ge	ぜ ze	で de	べ be
お段	ご go	ぞ zo	ど do	ぼ bo

基本形（辭書形） 大(おお)きい

5種變化	活用形	作用	變化方式	後接常用語
①	未然形	接助動詞う（表示推測）	大(おお)きかろ	う （普通・現在・推測）
②	連用形	接助動詞た（表示過去）	大(おお)きかっ	た （普通・過去・肯定）
		接助動詞ない（表示否定） 當副詞用，接動詞なる（變成）。	大(おお)きく	ない （普通・現在・否定） ありません（禮貌・現在・否定） なる （普通・現在・肯定） ならない （普通・現在・否定） なった （普通・過去・肯定） なります （禮貌・現在・肯定） なりません（禮貌・現在・否定） なりました（禮貌・過去・肯定）
③	終止形	句子結束，用「。」表示 接助動詞です	大(おお)きい	。 です （禮貌・現在・肯定） ですか （禮貌・現在・疑問） でしょう （禮貌・現在・推測）
④	連體形	下接名詞	大(おお)きい	時(とき)/時間、事(こと)/事情、人(ひと)/人、所(ところ)/地方、物(もの)/東西…等名詞。
⑤	假定形	下接ば，表示假定	大(おお)きけれ	ば

大(おお)きい

大的

口頭背誦短句

大(おお)きかろう。	是大的吧！（口語很少用）
大(おお)きかった。	（那時候）是大的。
大(おお)きくない。	不大。
大(おお)きくありません。	不大。（禮貌說法）
大(おお)きくなる。	會變大。
大(おお)きくならない。	不會變大的。
大(おお)きくなった。	（已經）變大了。
大(おお)きくなります。	會變大。（禮貌說法）
大(おお)きくなりません。	不會變大的。（禮貌說法）
大(おお)きくなりました。	（已經）變大了。（禮貌說法）
大(おお)きい。	大的。
大(おお)きいです。	大的。（禮貌說法）
大(おお)きいですか。	是大的嗎？（禮貌說法）
大(おお)きいでしょう。	（應該）是大的吧！（口語不常用）
大(おお)きい物(もの)。	大的東西。
大(おお)きい所(ところ)。	大的地方。
大(おお)きければ…	如果是大的話，…

進階理解

基本形（辭書形） 小(ちい)さい

5種變化	活用形	作用	變化方式	後接常用語
①	未然形	接助動詞う（表示推測）	小(ちい)さかろ	う （普通・現在・推測）
②	連用形	接助動詞た（表示過去） 接助動詞ない（表示否定） 當副詞用，接動詞なる（變成）。	小(ちい)さかっ 小(ちい)さく	た （普通・過去・肯定） ない （普通・現在・否定） ありません（禮貌・現在・否定） なる （普通・現在・肯定） ならない （普通・現在・否定） なった （普通・過去・肯定） なります （禮貌・現在・肯定） なりません（禮貌・現在・否定） なりました（禮貌・過去・肯定）
③	終止形	句子結束，用「。」表示 接助動詞です	小(ちい)さい	。 です （禮貌・現在・肯定） ですか （禮貌・現在・疑問） でしょう （禮貌・現在・推測）
④	連體形	下接名詞	小(ちい)さい	時(とき)/時間、事(こと)/事情、人(ひと)/人、所(ところ)/地方、物(もの)/東西…等名詞。
⑤	假定形	下接ば，表示假定	小(ちい)さけれ	ば

小さい（ちいさい）

小的

口頭背誦短句

小さかろう。	是小的吧！（口語很少用）
小さかった。	（那時候）是小的。
小さくない。	不小。
小さくありません。	不小。（禮貌説法）
小さくなる。	會變小。
小さくならない。	不會變小的。
小さくなった。	（已經）變小了。
小さくなります。	會變小。（禮貌説法）
小さくなりません。	不會變小的。（禮貌説法）
小さくなりました。	（已經）變小了。（禮貌説法）
小さい。	小的。
小さいです。	小的。（禮貌説法）
小さいですか。	是小的嗎？（禮貌説法）
小さいでしょう。	（應該）是小的吧！（口語不常用）
小さい物（もの）。	小的東西。
小さい所（ところ）。	小的地方。
小さければ…	如果是小的話，…

進階理解

基本形（辭書形）	おお多い			
5種變化	**活用形**	**作用**	**變化方式**	**後接常用語**
①	未然形	接助動詞う（表示推測）	おお多かろ	う（普通・現在・推測）
②	連用形	接助動詞た（表示過去） 接助動詞ない（表示否定） 當副詞用，接動詞なる（變成）。	おお多かっ おお多く	た（普通・過去・肯定） ない（普通・現在・否定） ありません（禮貌・現在・否定） なる（普通・現在・肯定） ならない（普通・現在・否定） なった（普通・過去・肯定） なります（禮貌・現在・肯定） なりません（禮貌・現在・否定） なりました（禮貌・過去・肯定）
③	終止形	句子結束，用「。」表示 接助動詞です	おお多い	。 です（禮貌・現在・肯定） ですか（禮貌・現在・疑問） でしょう（禮貌・現在・推測）
④	連體形	下接名詞	おお多い	とき時/時間、こと事/事情、ひと人/人、ところ所/地方、もの物/東西…等名詞。
⑤	假定形	下接ば，表示假定	おお多けれ	ば

多（おお）い

多的

口頭背誦短句

多（おお）かろう。	很多吧！（口語很少用）
多（おお）かった。	（那時候）很多。
多（おお）くない。	不多。
多（おお）くありません。	不多。（禮貌說法）
多（おお）くなる。	會變多。
多（おお）くならない。	不會變多的。
多（おお）くなった。	（已經）變多了。
多（おお）くなります。	會變多。（禮貌說法）
多（おお）くなりません。	不會變多的。（禮貌說法）
多（おお）くなりました。	（已經）變多了。（禮貌說法）
多（おお）い。	多的。
多（おお）いです。	多的。（禮貌說法）
多（おお）いですか。	很多嗎？（禮貌說法）
多（おお）いでしょう。	（應該）很多吧！（口語不常用）
多（おお）い時（とき）。	多的時候。
多（おお）い物（もの）。	多的東西。
多（おお）ければ…	如果很多的話，…

基本形（辭書形）

少ない（すくない）

5種變化	活用形	作用	變化方式	後接常用語
①	未然形	接助動詞う（表示推測）	少（すく）なかろ	う（普通・現在・推測）
②	連用形	接助動詞た（表示過去） 接助動詞ない（表示否定） 當副詞用，接動詞なる（變成）。	少（すく）なかっ 少（すく）なく	た（普通・過去・肯定） ない（普通・現在・否定） ありません（禮貌・現在・否定） なる（普通・現在・肯定） ならない（普通・現在・否定） なった（普通・過去・肯定） なります（禮貌・現在・肯定） なりません（禮貌・現在・否定） なりました（禮貌・過去・肯定）
③	終止形	句子結束，用「。」表示 接助動詞です	少（すく）ない	。 です（禮貌・現在・肯定） ですか（禮貌・現在・疑問） でしょう（禮貌・現在・推測）
④	連體形	下接名詞	少（すく）ない	時（とき）/時間、事（こと）/事情、人（ひと）/人、所（ところ）/地方、物（もの）/東西…等名詞。
⑤	假定形	下接ば，表示假定	少（すく）なけれ	ば

少(すく)ない

少的

口頭背誦短句

少(すく)なかろう。	很少吧！（口語很少用）
少(すく)なかった。	（那時候）很少。
少(すく)なくない。	不少。
少(すく)なくありません。	不少。（禮貌説法）
少(すく)なくなる。	會變少。
少(すく)なくならない。	不會變少的。
少(すく)なくなった。	（已經）變少了。
少(すく)なくなります。	會變少。（禮貌説法）
少(すく)なくなりません。	不會變少的。（禮貌説法）
少(すく)なくなりました。	（已經）變少了。（禮貌説法）
少(すく)ない。	少的。
少(すく)ないです。	少的。（禮貌説法）
少(すく)ないですか。	很少嗎？（禮貌説法）
少(すく)ないでしょう。	（應該）很少吧！（口語不常用）
少(すく)ない時(とき)。	少的時候。
少(すく)ない物(もの)。	少的東西。
少(すく)なければ…	如果很少的話，…

基本形（辭書形） 厚い（あつい）

5種變化	活用形	作用	變化方式	後接常用語
①	未然形	接助動詞う（表示推測）	厚かろ（あつかろ）	う（普通・現在・推測）
②	連用形	接助動詞た（表示過去）	厚かっ（あつかっ）	た（普通・過去・肯定）
		接助動詞ない（表示否定）	厚く（あつく）	ない（普通・現在・否定） ありません（禮貌・現在・否定）
		當副詞用，接動詞なる（變成）。		なる（普通・現在・肯定） ならない（普通・現在・否定） なった（普通・過去・肯定） なります（禮貌・現在・肯定） なりません（禮貌・現在・否定） なりました（禮貌・過去・肯定）
③	終止形	句子結束，用「。」表示 接助動詞です	厚い（あつい）	。 です（禮貌・現在・肯定） ですか（禮貌・現在・疑問） でしょう（禮貌・現在・推測）
④	連體形	下接名詞	厚い（あつい）	時（とき）/時間、事（こと）/事情、人（ひと）/人、所（ところ）/地方、物（もの）/東西…等名詞。
⑤	假定形	下接ば，表示假定	厚けれ（あつけれ）	ば

厚（あつ）い

厚的

口頭背誦短句

厚（あつ）かろう。	是厚的吧！（口語很少用）
厚（あつ）かった。	（那時候）是厚的。
厚（あつ）くない。	不厚。
厚（あつ）くありません。	不厚。（禮貌説法）
厚（あつ）くなる。	會變厚。
厚（あつ）くならない。	不會變厚的。
厚（あつ）くなった。	（已經）變厚了。
厚（あつ）くなります。	會變厚。（禮貌説法）
厚（あつ）くなりません。	不會變厚的。（禮貌説法）
厚（あつ）くなりました。	（已經）變厚了。（禮貌説法）
厚（あつ）い。	厚的。
厚（あつ）いです。	厚的。（禮貌説法）
厚（あつ）いですか。	是厚的嗎？（禮貌説法）
厚（あつ）いでしょう。	（應該）是厚的吧！（口語不常用）
厚（あつ）い物（もの）。	厚的東西。
厚（あつ）ければ…	如果是厚的話，…

進階理解

基本形（辭書形）

薄（うす）い

5種變化	活用形	作用	變化方式	後接常用語
①	未然形	接助動詞う（表示推測）	薄（うす）かろ	う　（普通・現在・推測）
②	連用形	接助動詞た（表示過去） 接助動詞ない（表示否定） 當副詞用，接動詞なる（變成）。	薄（うす）かっ 薄（うす）く	た　（普通・過去・肯定） ない　（普通・現在・否定） ありません（禮貌・現在・否定） なる　（普通・現在・肯定） ならない　（普通・現在・否定） なった　（普通・過去・肯定） なります　（禮貌・現在・肯定） なりません（禮貌・現在・否定） なりました（禮貌・過去・肯定）
③	終止形	句子結束，用「。」表示 接助動詞です	薄（うす）い	。 です　（禮貌・現在・肯定） ですか　（禮貌・現在・疑問） でしょう　（禮貌・現在・推測）
④	連體形	下接名詞	薄（うす）い	時（とき）/時間、事（こと）/事情、人（ひと）/人、所（ところ）/地方、物（もの）/東西…等名詞。
⑤	假定形	下接ば，表示假定	薄（うす）けれ	ば

薄い（うすい）

薄的

口頭背誦短句

薄（うす）かろう。	是薄的吧！（口語很少用）
薄（うす）かった。	（那時候）是薄的。
薄（うす）くない。	不薄。
薄（うす）くありません。	不薄。（禮貌說法）
薄（うす）くなる。	會變薄。
薄（うす）くならない。	不會變薄的。
薄（うす）くなった。	（已經）變薄了。
薄（うす）くなります。	會變薄。（禮貌說法）
薄（うす）くなりません。	不會變薄的。（禮貌說法）
薄（うす）くなりました。	（已經）變薄了。（禮貌說法）
薄（うす）い。	薄的。
薄（うす）いです。	薄的。（禮貌說法）
薄（うす）いですか。	是薄的嗎？（禮貌說法）
薄（うす）いでしょう。	（應該）是薄的吧！（口語不常用）
薄（うす）い物（もの）。	薄的東西。
薄（うす）ければ…	如果是薄的話，…

進階理解

基本形（辭書形）

軽（かる）い

5種變化	活用形	作用	變化方式	後接常用語	
①	未然形	接助動詞う（表示推測）	軽（かる）かろ	う	（普通・現在・推測）
②	連用形	接助動詞た（表示過去）	軽（かる）かっ	た	（普通・過去・肯定）
		接助動詞ない（表示否定）	軽（かる）く	ない	（普通・現在・否定）
				ありません	（禮貌・現在・否定）
		當副詞用，接動詞なる（變成）。		なる	（普通・現在・肯定）
				ならない	（普通・現在・否定）
				なった	（普通・過去・肯定）
				なります	（禮貌・現在・肯定）
				なりません	（禮貌・現在・否定）
				なりました	（禮貌・過去・肯定）
③	終止形	句子結束，用「。」表示	軽（かる）い	。	
		接助動詞です		です	（禮貌・現在・肯定）
				ですか	（禮貌・現在・疑問）
				でしょう	（禮貌・現在・推測）
④	連體形	下接名詞	軽（かる）い	時（とき）/時間、事（こと）/事情、人（ひと）/人、所（ところ）/地方、物（もの）/東西…等名詞。	
⑤	假定形	下接ば，表示假定	軽（かる）けれ	ば	

軽(かる)い

輕的

口頭背誦短句

軽(かる)かろう。	很輕吧！（口語很少用）
軽(かる)かった。	（那時候）是輕的。
軽(かる)くない。	不輕。
軽(かる)くありません。	不輕。（禮貌說法）
軽(かる)くなる。	會變輕。
軽(かる)くならない。	不會變輕的。
軽(かる)くなった。	（已經）變輕了。
軽(かる)くなります。	會變輕。（禮貌說法）
軽(かる)くなりません。	不會變輕的。（禮貌說法）
軽(かる)くなりました。	（已經）變輕了。（禮貌說法）
軽(かる)い。	輕的。
軽(かる)いです。	輕的。（禮貌說法）
軽(かる)いですか。	是輕的嗎？（禮貌說法）
軽(かる)いでしょう。	（應該）很輕吧！（口語不常用）
軽(かる)い物(もの)。	輕的東西。
軽(かる)ければ…	如果很輕的話，…

進階理解

基本形（辭書形）

おも
重い

5種變化	活用形	作用	變化方式	後接常用語
①	未然形	接助動詞う（表示推測）	重かろ（おも）	う　（普通・現在・推測）
②	連用形	接助動詞た（表示過去）	重かっ（おも）	た　（普通・過去・肯定）
		接助動詞ない（表示否定）	重く（おも）	ない　（普通・現在・否定）
				ありません（禮貌・現在・否定）
		當副詞用，接動詞なる（變成）。		なる　（普通・現在・肯定）
				ならない　（普通・現在・否定）
				なった　（普通・過去・肯定）
				なります　（禮貌・現在・肯定）
				なりません（禮貌・現在・否定）
				なりました（禮貌・過去・肯定）
③	終止形	句子結束，用「。」表示	重い（おも）	。
		接助動詞です		です　（禮貌・現在・肯定）
				ですか　（禮貌・現在・疑問）
				でしょう　（禮貌・現在・推測）
④	連體形	下接名詞	重い（おも）	時（とき）/時間、事（こと）/事情、人（ひと）/人、所（ところ）/地方、物（もの）/東西…等名詞。
⑤	假定形	下接ば，表示假定	重けれ（おも）	ば

重（おも）い

重的

口頭背誦短句

重（おも）かろう。	很重吧！（口語很少用）
重（おも）かった。	（那時候）是重的。
重（おも）くない。	不重。
重（おも）くありません。	不重。（禮貌説法）
重（おも）くなる。	會變重。
重（おも）くならない。	不會變重的。
重（おも）くなった。	（已經）變重了。
重（おも）くなります。	會變重。（禮貌説法）
重（おも）くなりません。	不會變重的。（禮貌説法）
重（おも）くなりました。	（已經）變重了。（禮貌説法）
重（おも）い。	重的。
重（おも）いです。	重的。（禮貌説法）
重（おも）いですか。	很重嗎？（禮貌説法）
重（おも）いでしょう。	（應該）很重吧！（口語不常用）
重（おも）い時（とき）。	重的時候。
重（おも）い物（もの）。	重的東西。
重（おも）ければ…	如果很重的話，…

基本形（辭書形）

高い（たか）

5種變化	活用形	作用	變化方式	後接常用語
①	未然形	接助動詞う（表示推測）	高かろ（たか）	う（普通・現在・推測）
②	連用形	接助動詞た（表示過去） 接助動詞ない（表示否定） 當副詞用，接動詞なる（變成）。	高かっ（たか） 高く（たか）	た（普通・過去・肯定） ない（普通・現在・否定） ありません（禮貌・現在・否定） なる（普通・現在・肯定） ならない（普通・現在・否定） なった（普通・過去・肯定） なります（禮貌・現在・肯定） なりません（禮貌・現在・否定） なりました（禮貌・過去・肯定）
③	終止形	句子結束，用「。」表示 接助動詞です	高い（たか）	。 です（禮貌・現在・肯定） ですか（禮貌・現在・疑問） でしょう（禮貌・現在・推測）
④	連體形	下接名詞	高い（たか）	時（とき）/時間、事（こと）/事情、人（ひと）/人、所（ところ）/地方、物（もの）/東西…等名詞。
⑤	假定形	下接ば，表示假定	高けれ（たか）	ば

高（たか）い

高的

口頭背誦短句

高（たか）かろう。	很高吧！（口語很少用）
高（たか）かった。	（那時候）很高。
高（たか）くない。	不高。
高（たか）くありません。	不高。（禮貌説法）
高（たか）くなる。	會變高。
高（たか）くならない。	不會變高的。
高（たか）くなった。	（已經）變高了。
高（たか）くなります。	會變高。（禮貌説法）
高（たか）くなりません。	不會變高的。（禮貌説法）
高（たか）くなりました。	（已經）變高了。（禮貌説法）
高（たか）い。	高的。
高（たか）いです。	高的。（禮貌説法）
高（たか）いですか。	是高的嗎？（禮貌説法）
高（たか）いでしょう。	（應該）很高吧！（口語不常用）
高（たか）い所（ところ）。	高的地方。
高（たか）ければ…	如果很高的話，…

進階理解

基本形（辭書形）

低(ひく)い

5種變化	活用形	作用	變化方式	後接常用語
①	未然形	接助動詞う（表示推測）	低(ひく)かろ	う　（普通・現在・推測）
②	連用形	接助動詞た（表示過去） 接助動詞ない（表示否定） 當副詞用，接動詞なる（變成）。	低(ひく)かっ 低(ひく)く	た　（普通・過去・肯定） ない　（普通・現在・否定） ありません（禮貌・現在・否定） なる　（普通・現在・肯定） ならない　（普通・現在・否定） なった　（普通・過去・肯定） なります　（禮貌・現在・肯定） なりません（禮貌・現在・否定） なりました（禮貌・過去・肯定）
③	終止形	句子結束，用「。」表示 接助動詞です	低(ひく)い	。 です　（禮貌・現在・肯定） ですか　（禮貌・現在・疑問） でしょう　（禮貌・現在・推測）
④	連體形	下接名詞	低(ひく)い	時(とき)/時間、事(こと)/事情、人(ひと)/人、所(ところ)/地方、物(もの)/東西…等名詞。
⑤	假定形	下接ば，表示假定	低(ひく)けれ	ば

低（ひく）い

低的

口頭背誦短句

低（ひく）かろう。	很低吧！（口語很少用）
低（ひく）かった。	（那時候）很低。
低（ひく）くない。	不低。
低（ひく）くありません。	不低。（禮貌説法）
低（ひく）くなる。	會變低。
低（ひく）くならない。	不會變低的。
低（ひく）くなった。	（已經）變低了。
低（ひく）くなります。	會變低。（禮貌説法）
低（ひく）くなりません。	不會變低的。（禮貌説法）
低（ひく）くなりました。	（已經）變低了。（禮貌説法）
低（ひく）い。	低的。
低（ひく）いです。	低的。（禮貌説法）
低（ひく）いですか。	很低嗎？（禮貌説法）
低（ひく）いでしょう。	（應該）很低吧！（口語不常用）
低（ひく）い所（ところ）。	低的地方。
低（ひく）ければ…	如果很低的話，…

進階理解

基本形（辭書形） 遠い（とおい）

5種變化	活用形	作用	變化方式	後接常用語
①	未然形	接助動詞う（表示推測）	遠（とお）かろ	う （普通・現在・推測）
②	連用形	接助動詞た（表示過去） 接助動詞ない（表示否定） 當副詞用，接動詞なる（變成）。	遠（とお）かっ 遠（とお）く	た （普通・過去・肯定） ない （普通・現在・否定） ありません（禮貌・現在・否定） なる （普通・現在・肯定） ならない （普通・現在・否定） なった （普通・過去・肯定） なります （禮貌・現在・肯定） なりません（禮貌・現在・否定） なりました（禮貌・過去・肯定）
③	終止形	句子結束，用「。」表示 接助動詞です	遠（とお）い	。 です （禮貌・現在・肯定） ですか （禮貌・現在・疑問） でしょう （禮貌・現在・推測）
④	連體形	下接名詞	遠（とお）い	時（とき）/時間、事（こと）/事情、人（ひと）/人、所（ところ）/地方、物（もの）/東西…等名詞。
⑤	假定形	下接ば，表示假定	遠（とお）けれ	ば

遠い（とおい）

遠的

口頭背誦短句

遠（とお）かろう。	很遠吧！（口語很少用）
遠（とお）かった。	（那時候）很遠。
遠（とお）くない。	不遠。
遠（とお）くありません。	不遠。（禮貌説法）
遠（とお）くなる。	會變遠。
遠（とお）くならない。	不會變遠的。
遠（とお）くなった。	（已經）變遠了。
遠（とお）くなります。	會變遠。（禮貌説法）
遠（とお）くなりません。	不會變遠的。（禮貌説法）
遠（とお）くなりました。	（已經）變遠了。（禮貌説法）
遠（とお）い。	遠的。
遠（とお）いです。	遠的。（禮貌説法）
遠（とお）いですか。	很遠嗎？（禮貌説法）
遠（とお）いでしょう。	（應該）很遠吧！（口語不常用）
遠（とお）い所（ところ）。	遙遠的地方。
遠（とお）ければ…	如果很遠的話，…

進階理解

基本形（辭書形）　近い（ちか）

5種變化	活用形	作用	變化方式	後接常用語
①	未然形	接助動詞う（表示推測）	近かろ（ちか）	う　（普通・現在・推測）
②	連用形	接助動詞た（表示過去） 接助動詞ない（表示否定） 當副詞用，接動詞なる（變成）。	近かっ（ちか） 近く（ちか）	た　（普通・過去・肯定） ない　（普通・現在・否定） ありません（禮貌・現在・否定） なる　（普通・現在・肯定） ならない　（普通・現在・否定） なった　（普通・過去・肯定） なります　（禮貌・現在・肯定） なりません（禮貌・現在・否定） なりました（禮貌・過去・肯定）
③	終止形	句子結束，用「。」表示 接助動詞です	近い（ちか）	。 です　（禮貌・現在・肯定） ですか　（禮貌・現在・疑問） でしょう　（禮貌・現在・推測）
④	連體形	下接名詞	近い（ちか）	時（とき）/時間、事（こと）/事情、人（ひと）/人、所（ところ）/地方、物（もの）/東西…等名詞。
⑤	假定形	下接ば，表示假定	近けれ（ちか）	ば

近(ちか)い

近的

口頭背誦短句

	近(ちか)かろう。	很近吧！（口語很少用）
	近(ちか)かった。 近(ちか)くない。 近(ちか)くありません。 近(ちか)くなる。 近(ちか)くならない。 近(ちか)くなった。 近(ちか)くなります。 近(ちか)くなりません。 近(ちか)くなりました。	（那時候）很近。 不近。 不近。（禮貌說法） 會變近。 不會變近的。 （已經）變近了。 會變近。（禮貌說法） 不會變近的。（禮貌說法） （已經）變近了。（禮貌說法）
	近(ちか)い。 近(ちか)いです。 近(ちか)いですか。 近(ちか)いでしょう。	近的。 近的。（禮貌說法） 很近嗎？（禮貌說法） （應該）很近吧！（口語不常用）
	近(ちか)い所(ところ)。	近的地方。
	近(ちか)ければ…	如果很近的話，…

進階理解

基本形（辭書形）

長(なが)い

5種變化	活用形	作用	變化方式	後接常用語
①	未然形	接助動詞う（表示推測）	長(なが)かろ	う （普通・現在・推測）
②	連用形	接助動詞た（表示過去） 接助動詞ない（表示否定） 當副詞用，接動詞なる（變成）。	長(なが)かっ 長(なが)く	た （普通・過去・肯定） ない （普通・現在・否定） ありません（禮貌・現在・否定） なる （普通・現在・肯定） ならない （普通・現在・否定） なった （普通・過去・肯定） なります （禮貌・現在・肯定） なりません（禮貌・現在・否定） なりました（禮貌・過去・肯定）
③	終止形	句子結束，用「。」表示 接助動詞です	長(なが)い	。 です （禮貌・現在・肯定） ですか （禮貌・現在・疑問） でしょう （禮貌・現在・推測）
④	連體形	下接名詞	長(なが)い	時(とき)/時間、事(こと)/事情、人(ひと)/人、所(ところ)/地方、物(もの)/東西…等名詞。
⑤	假定形	下接ば，表示假定	長(なが)けれ	ば

長（なが）い

長的

口頭背誦短句

長（なが）かろう。	是長的吧！（口語很少用）
長（なが）かった。	（那時候）是長的。
長（なが）くない。	不長。
長（なが）くありません。	不長。（禮貌說法）
長（なが）くなる。	會變長。
長（なが）くならない。	不會變長的。
長（なが）くなった。	（已經）變長了。
長（なが）くなります。	會變長。（禮貌說法）
長（なが）くなりません。	不會變長的。（禮貌說法）
長（なが）くなりました。	（已經）變長了。（禮貌說法）
長（なが）い。	長的。
長（なが）いです。	長的。（禮貌說法）
長（なが）いですか。	是長的嗎？（禮貌說法）
長（なが）いでしょう。	（應該）是長的吧！（口語不常用）
長（なが）い物（もの）。	長的東西。
長（なが）ければ…	如果是長的話，…

基本形（辭書形）

みじか
短い

5種變化	活用形	作用	變化方式	後接常用語
①	未然形	接助動詞う（表示推測）	短かろ	う　（普通・現在・推測）
②	連用形	接助動詞た（表示過去） 接助動詞ない（表示否定） 當副詞用，接動詞なる（變成）。	短かっ 短く	た　（普通・過去・肯定） ない　（普通・現在・否定） ありません（禮貌・現在・否定） なる　（普通・現在・肯定） ならない　（普通・現在・否定） なった　（普通・過去・肯定） なります　（禮貌・現在・肯定） なりません（禮貌・現在・否定） なりました（禮貌・過去・肯定）
③	終止形	句子結束，用「。」表示 接助動詞です	短い	。 です　（禮貌・現在・肯定） ですか　（禮貌・現在・疑問） でしょう　（禮貌・現在・推測）
④	連體形	下接名詞	短い	時（とき）/時間、事（こと）/事情、人（ひと）/人、所（ところ）/地方、物（もの）/東西…等名詞。
⑤	假定形	下接ば，表示假定	短けれ	ば

短い（みじか）

短的

口頭背誦短句

短（みじか）かろう。	是短的吧！（口語很少用）
短（みじか）かった。	（那時候）是短的。
短（みじか）くない。	不短。
短（みじか）くありません。	不短。（禮貌説法）
短（みじか）くなる。	會變短。
短（みじか）くならない。	不會變短的。
短（みじか）くなった。	（已經）變短了。
短（みじか）くなります。	會變短。（禮貌説法）
短（みじか）くなりません。	不會變短的。（禮貌説法）
短（みじか）くなりました。	（已經）變短了。（禮貌説法）
短（みじか）い。	短的。
短（みじか）いです。	短的。（禮貌説法）
短（みじか）いですか。	是短的嗎？（禮貌説法）
短（みじか）いでしょう。	（應該）是短的吧！（口語不常用）
短（みじか）い物（もの）。	短的東西。
短（みじか）い所（ところ）。	短的部份。
短（みじか）ければ…	如果是短的話，…

進階理解

基本形（辭書形） 速い（はや）

5種變化	活用形	作用	變化方式	後接常用語
①	未然形	接助動詞う（表示推測）	速かろ（はや）	う（普通・現在・推測）
②	連用形	接助動詞た（表示過去） 接助動詞ない（表示否定） 當副詞用，接動詞なる（變成）。	速かっ（はや） 速く（はや）	た（普通・過去・肯定） ない（普通・現在・否定） ありません（禮貌・現在・否定） なる（普通・現在・肯定） ならない（普通・現在・否定） なった（普通・過去・肯定） なります（禮貌・現在・肯定） なりません（禮貌・現在・否定） なりました（禮貌・過去・肯定）
③	終止形	句子結束，用「。」表示 接助動詞です	速い（はや）	。 です（禮貌・現在・肯定） ですか（禮貌・現在・疑問） でしょう（禮貌・現在・推測）
④	連體形	下接名詞	速い（はや）	時（とき）/時間、事（こと）/事情、人（ひと）/人、所（ところ）/地方、物（もの）/東西…等名詞。
⑤	假定形	下接ば，表示假定	速けれ（はや）	ば

速（はや）い

快的

口頭背誦短句

速（はや）かろう。	很快吧！（口語很少用）
速（はや）かった。	（那時候）很快。
速（はや）くない。	不快。
速（はや）くありません。	不快。（禮貌説法）
速（はや）くなる。	會變快。
速（はや）くならない。	不會變快的。
速（はや）くなった。	（已經）變快了。
速（はや）くなります。	會變快。（禮貌説法）
速（はや）くなりません。	不會變快的。（禮貌説法）
速（はや）くなりました。	（已經）變快了。（禮貌説法）
速（はや）い。	快的。
速（はや）いです。	快的。（禮貌説法）
速（はや）いですか。	很快嗎？（禮貌説法）
速（はや）いでしょう。	（應該）很快吧！（口語不常用）
速（はや）い時（とき）。	快的時候。
速（はや）ければ…	如果很快的話，…

進階理解

基本形（辭書形）

遅(おそ)い

5種變化	活用形	作用	變化方式	後接常用語
①	未然形	接助動詞う（表示推測）	遅(おそ)かろ	う（普通・現在・推測）
②	連用形	接助動詞た（表示過去） 接助動詞ない（表示否定） 當副詞用，接動詞なる（變成）。	遅(おそ)かっ 遅(おそ)く	た（普通・過去・肯定） ない（普通・現在・否定） ありません（禮貌・現在・否定） なる（普通・現在・肯定） ならない（普通・現在・否定） なった（普通・過去・肯定） なります（禮貌・現在・肯定） なりません（禮貌・現在・否定） なりました（禮貌・過去・肯定）
③	終止形	句子結束，用「。」表示 接助動詞です	遅(おそ)い	。 です（禮貌・現在・肯定） ですか（禮貌・現在・疑問） でしょう（禮貌・現在・推測）
④	連體形	下接名詞	遅(おそ)い	時(とき)/時間、事(こと)/事情、人(ひと)/人、所(ところ)/地方、物(もの)/東西…等名詞。
⑤	假定形	下接ば，表示假定	遅(おそ)けれ	ば

おそ 遅い

慢的

口頭背誦短句

遅（おそ）かろう。	很慢吧！（口語很少用）
遅（おそ）かった。	（那時候）很慢。
遅（おそ）くない。	不慢。
遅（おそ）くありません。	不慢。（禮貌説法）
遅（おそ）くなる。	會變慢。
遅（おそ）くならない。	不會變慢的。
遅（おそ）くなった。	（已經）變慢了。
遅（おそ）くなります。	會變慢。（禮貌説法）
遅（おそ）くなりません。	不會變慢的。（禮貌説法）
遅（おそ）くなりました。	（已經）變慢了。（禮貌説法）
遅（おそ）い。	慢的。
遅（おそ）いです。	慢的。（禮貌説法）
遅（おそ）いですか。	很慢嗎？（禮貌説法）
遅（おそ）いでしょう。	（應該）很慢吧！（口語不常用）
遅（おそ）い時（とき）。	慢的時候。
遅（おそ）ければ…	如果很慢的話，…

進階理解

基本形（辭書形） 広(ひろ)い

5種變化	活用形	作用	變化方式	後接常用語
①	未然形	接助動詞う（表示推測）	広(ひろ)かろ	う　（普通・現在・推測）
②	連用形	接助動詞た（表示過去） 接助動詞ない（表示否定） 當副詞用，接動詞なる（變成）。	広(ひろ)かっ 広(ひろ)く	た　（普通・過去・肯定） ない　（普通・現在・否定） ありません（禮貌・現在・否定） なる　（普通・現在・肯定） ならない　（普通・現在・否定） なった　（普通・過去・肯定） なります　（禮貌・現在・肯定） なりません（禮貌・現在・否定） なりました（禮貌・過去・肯定）
③	終止形	句子結束，用「。」表示 接助動詞です	広(ひろ)い	。 です　（禮貌・現在・肯定） ですか　（禮貌・現在・疑問） でしょう　（禮貌・現在・推測）
④	連體形	下接名詞	広(ひろ)い	時(とき)/時間、事(こと)/事情、人(ひと)/人、所(ところ)/地方、物(もの)/東西…等名詞。
⑤	假定形	下接ば，表示假定	広(ひろ)けれ	ば

ひろ
広い

寬敞的

口頭背誦短句

広(ひろ)かろう。	很寬敞吧！（口語很少用）
広(ひろ)かった。	（那時候）很寬敞。
広(ひろ)くない。	不寬敞。
広(ひろ)くありません。	不寬敞。（禮貌説法）
広(ひろ)くなる。	會變寬敞。
広(ひろ)くならない。	不會變寬敞的。
広(ひろ)くなった。	（已經）變寬敞了。
広(ひろ)くなります。	會變寬敞。（禮貌説法）
広(ひろ)くなりません。	不會變寬敞的。（禮貌説法）
広(ひろ)くなりました。	（已經）變寬敞了。（禮貌説法）
広(ひろ)い。	寬敞的。
広(ひろ)いです。	寬敞的。（禮貌説法）
広(ひろ)いですか。	很寬敞嗎？（禮貌説法）
広(ひろ)いでしょう。	（應該）很寬敞吧！（口語不常用）
広(ひろ)い所(ところ)。	寬敞的地方。
広(ひろ)ければ…	如果很寬敞的話，…

進階理解

基本形（辭書形）

狭（せま）い

5種變化	活用形	作用	變化方式	後接常用語
①	未然形	接助動詞う（表示推測）	狭（せま）かろ	う （普通・現在・推測）
②	連用形	接助動詞た（表示過去） 接助動詞ない（表示否定） 當副詞用，接動詞なる（變成）。	狭（せま）かっ 狭（せま）く	た （普通・過去・肯定） ない （普通・現在・否定） ありません（禮貌・現在・否定） なる （普通・現在・肯定） ならない （普通・現在・否定） なった （普通・過去・肯定） なります （禮貌・現在・肯定） なりません（禮貌・現在・否定） なりました（禮貌・過去・肯定）
③	終止形	句子結束，用「。」表示 接助動詞です	狭（せま）い	。 です （禮貌・現在・肯定） ですか （禮貌・現在・疑問） でしょう （禮貌・現在・推測）
④	連體形	下接名詞	狭（せま）い	時（とき）/時間、事（こと）/事情、人（ひと）/人、所（ところ）/地方、物（もの）/東西…等名詞。
⑤	假定形	下接ば，表示假定	狭（せま）けれ	ば

狹い（せまい）

狹窄的

口頭背誦短句

狹（せま）かろう。	很狹窄吧！（口語很少用）
狹（せま）かった。	（那時候）很狹窄。
狹（せま）くない。	不狹窄。
狹（せま）くありません。	不狹窄。（禮貌說法）
狹（せま）くなる。	會變狹窄。
狹（せま）くならない。	不會變狹窄的。
狹（せま）くなった。	（已經）變窄了。
狹（せま）くなります。	會變狹窄。（禮貌說法）
狹（せま）くなりません。	不會變狹窄的。（禮貌說法）
狹（せま）くなりました。	（已經）變窄了。（禮貌說法）
狹（せま）い。	狹窄的。
狹（せま）いです。	狹窄的。（禮貌說法）
狹（せま）いですか。	很窄嗎？（禮貌說法）
狹（せま）いでしょう。	（應該）很狹窄吧！（口語不常用）
狹（せま）い所（ところ）。	狹窄的地方。
狹（せま）ければ…	如果很狹窄的話，…

進階理解

基本形（辭書形）　赤い（あか）

5種變化	活用形	作用	變化方式	後接常用語
①	未然形	接助動詞う（表示推測）	赤かろ（あか）	う（普通・現在・推測）
②	連用形	接助動詞た（表示過去） 接助動詞ない（表示否定） 當副詞用，接動詞なる（變成）。	赤かっ（あか） 赤く（あか）	た（普通・過去・肯定） ない（普通・現在・否定） ありません（禮貌・現在・否定） なる（普通・現在・肯定） ならない（普通・現在・否定） なった（普通・過去・肯定） なります（禮貌・現在・肯定） なりません（禮貌・現在・否定） なりました（禮貌・過去・肯定）
③	終止形	句子結束，用「。」表示 接助動詞です	赤い（あか）	。 です（禮貌・現在・肯定） ですか（禮貌・現在・疑問） でしょう（禮貌・現在・推測）
④	連體形	下接名詞	赤い（あか）	時（とき）/時間、事（こと）/事情、人（ひと）/人、所（ところ）/地方、物（もの）/東西…等名詞。
⑤	假定形	下接ば，表示假定	赤けれ（あか）	ば

赤い（あか）

紅的

口頭背誦短句

赤（あか）かろう。	是紅的吧！（口語很少用）
赤（あか）かった。	（那時候）是紅的。
赤（あか）くない。	不紅。
赤（あか）くありません。	不紅。（禮貌説法）
赤（あか）くなる。	會變紅。
赤（あか）くならない。	不會變紅的。
赤（あか）くなった。	（已經）變紅了。
赤（あか）くなります。	會變紅。（禮貌説法）
赤（あか）くなりません。	不會變紅的。（禮貌説法）
赤（あか）くなりました。	（已經）變紅了。（禮貌説法）
赤（あか）い。	紅的。
赤（あか）いです。	紅的。（禮貌説法）
赤（あか）いですか。	是紅的嗎？（禮貌説法）
赤（あか）いでしょう。	（應該）是紅的吧！（口語不常用）
赤（あか）い物（もの）。	紅的東西。
赤（あか）ければ…	如果是紅的話，…

進階理解

基本形（辭書形）　黒（くろ）い

5種變化	活用形	作用	變化方式	後接常用語
①	未然形	接助動詞う（表示推測）	黒（くろ）かろ	う　（普通・現在・推測）
②	連用形	接助動詞た（表示過去） 接助動詞ない（表示否定） 當副詞用，接動詞なる（變成）。	黒（くろ）かっ 黒（くろ）く	た　（普通・過去・肯定） ない　（普通・現在・否定） ありません（禮貌・現在・否定） なる　（普通・現在・肯定） ならない　（普通・現在・否定） なった　（普通・過去・肯定） なります　（禮貌・現在・肯定） なりません（禮貌・現在・否定） なりました（禮貌・過去・肯定）
③	終止形	句子結束，用「。」表示 接助動詞です	黒（くろ）い	。 です　（禮貌・現在・肯定） ですか　（禮貌・現在・疑問） でしょう　（禮貌・現在・推測）
④	連體形	下接名詞	黒（くろ）い	時（とき）/時間、事（こと）/事情、人（ひと）/人、所（ところ）/地方、物（もの）/東西…等名詞。
⑤	假定形	下接ば，表示假定	黒（くろ）けれ	ば

黒(くろ)い

黒的

口頭背誦短句

黒(くろ)かろう。	是黑的吧！（口語很少用）
黒(くろ)かった。	（那時候）是黑的。
黒(くろ)くない。	不黑。
黒(くろ)くありません。	不黑。（禮貌説法）
黒(くろ)くなる。	會變黑。
黒(くろ)くならない。	不會變黑的。
黒(くろ)くなった。	（已經）變黑了。
黒(くろ)くなります。	會變黑。（禮貌説法）
黒(くろ)くなりません。	不會變黑的。（禮貌説法）
黒(くろ)くなりました。	（已經）變黑了。（禮貌説法）
黒(くろ)い。	黑的。
黒(くろ)いです。	黑的。（禮貌説法）
黒(くろ)いですか。	是黑的嗎？（禮貌説法）
黒(くろ)いでしょう。	（應該）是黑的吧！（口語不常用）
黒(くろ)い物(もの)。	黑的東西。
黒(くろ)ければ…	如果是黑的話，…

基本形（辭書形）　白（しろ）い

5種變化	活用形	作用	變化方式	後接常用語
①	未然形	接助動詞う（表示推測）	白（しろ）かろ	う　（普通・現在・推測）
②	連用形	接助動詞た（表示過去） 接助動詞ない（表示否定） 當副詞用，接動詞なる（變成）。	白（しろ）かっ 白（しろ）く	た　（普通・過去・肯定） ない　（普通・現在・否定） ありません（禮貌・現在・否定） なる　（普通・現在・肯定） ならない　（普通・現在・否定） なった　（普通・過去・肯定） なります　（禮貌・現在・肯定） なりません（禮貌・現在・否定） なりました（禮貌・過去・肯定）
③	終止形	句子結束，用「。」表示 接助動詞です	白（しろ）い	。 です　（禮貌・現在・肯定） ですか　（禮貌・現在・疑問） でしょう　（禮貌・現在・推測）
④	連體形	下接名詞	白（しろ）い	時（とき）/時間、事（こと）/事情、人（ひと）/人、所（ところ）/地方、物（もの）/東西…等名詞。
⑤	假定形	下接ば，表示假定	白（しろ）けれ	ば

白（しろ）い

白的

口頭背誦短句

白（しろ）かろう。	是白的吧！（口語很少用）
白（しろ）かった。	（那時候）是白的。
白（しろ）くない。	不白。
白（しろ）くありません。	不白。（禮貌說法）
白（しろ）くなる。	會變白。
白（しろ）くならない。	不會變白的。
白（しろ）くなった。	（已經）變白了。
白（しろ）くなります。	會變白。（禮貌說法）
白（しろ）くなりません。	不會變白的。（禮貌說法）
白（しろ）くなりました。	（已經）變白了。（禮貌說法）
白（しろ）い。	白的。
白（しろ）いです。	白的。（禮貌說法）
白（しろ）いですか。	是白的嗎？（禮貌說法）
白（しろ）いでしょう。	（應該）是白的吧！（口語不常用）
白（しろ）い物（もの）。	白的東西。
白（しろ）ければ…	如果是白的話，…

基本形（辭書形）	明(あか)るい			
5種變化	活用形	作用	變化方式	後接常用語
①	未然形	接助動詞う（表示推測）	明(あか)るかろ	う（普通・現在・推測）
②	連用形	接助動詞た（表示過去） 接助動詞ない（表示否定） 當副詞用，接動詞なる（變成）。	明(あか)るかっ 明(あか)るく	た（普通・過去・肯定） ない（普通・現在・否定） ありません（禮貌・現在・否定） なる（普通・現在・肯定） ならない（普通・現在・否定） なった（普通・過去・肯定） なります（禮貌・現在・肯定） なりません（禮貌・現在・否定） なりました（禮貌・過去・肯定）
③	終止形	句子結束，用「。」表示 接助動詞です	明(あか)るい	。 です（禮貌・現在・肯定） ですか（禮貌・現在・疑問） でしょう（禮貌・現在・推測）
④	連體形	下接名詞	明(あか)るい	時(とき)／時間、事(こと)／事情、人(ひと)／人、所(ところ)／地方、物(もの)／東西…等名詞。
⑤	假定形	下接ば，表示假定	明(あか)るけれ	ば

明(あか)るい

明亮的

口頭背誦短句

明(あか)るかろう。	是亮的吧！（口語很少用）
明(あか)るかった。	（那時候）是亮的。
明(あか)るくない。	不亮。
明(あか)るくありません。	不亮。（禮貌説法）
明(あか)るくなる。	會變亮。
明(あか)るくならない。	不會變亮。
明(あか)るくなった。	（已經）變亮了。
明(あか)るくなります。	會變亮。（禮貌説法）
明(あか)るくなりません。	不會變亮。（禮貌説法）
明(あか)るくなりました。	（已經）變亮了。（禮貌説法）
明(あか)るい。	明亮的。
明(あか)るいです。	明亮的。（禮貌説法）
明(あか)るいですか。	是亮的嗎？（禮貌説法）
明(あか)るいでしょう。	（應該）是亮的吧！（口語不常用）
明(あか)るい時(とき)。	亮的時候。
明(あか)るい人(ひと)。	開朗的人。
明(あか)るければ…	如果是亮的話，…

基本形（辭書形）

暗(くら)い

5種變化	活用形	作用	變化方式	後接常用語
①	未然形	接助動詞う（表示推測）	暗(くら)かろ	う（普通・現在・推測）
②	連用形	接助動詞た（表示過去）	暗(くら)かっ	た（普通・過去・肯定）
		接助動詞ない（表示否定） 當副詞用，接動詞なる（變成）。	暗(くら)く	ない（普通・現在・否定） ありません（禮貌・現在・否定） なる（普通・現在・肯定） ならない（普通・現在・否定） なった（普通・過去・肯定） なります（禮貌・現在・肯定） なりません（禮貌・現在・否定） なりました（禮貌・過去・肯定）
③	終止形	句子結束，用「。」表示 接助動詞です	暗(くら)い	。 です（禮貌・現在・肯定） ですか（禮貌・現在・疑問） でしょう（禮貌・現在・推測）
④	連體形	下接名詞	暗(くら)い	時(とき)/時間、事(こと)/事情、人(ひと)/人、所(ところ)/地方、物(もの)/東西…等名詞。
⑤	假定形	下接ば，表示假定	暗(くら)けれ	ば

暗（くら）い

暗的

口頭背誦短句

暗（くら）かろう。	是暗的吧！（口語很少用）
暗（くら）かった。	（那時候）是暗的。
暗（くら）くない。	不暗。
暗（くら）くありません。	不暗。（禮貌説法）
暗（くら）くなる。	會變暗。
暗（くら）くならない。	不會變暗的。
暗（くら）くなった。	（已經）變暗了。
暗（くら）くなります。	會變暗。（禮貌説法）
暗（くら）くなりません。	不會變暗的。（禮貌説法）
暗（くら）くなりました。	（已經）變暗了。（禮貌説法）
暗（くら）い。	暗的。
暗（くら）いです。	暗的。（禮貌説法）
暗（くら）いですか。	是暗的嗎？（禮貌説法）
暗（くら）いでしょう。	（應該）是暗的吧！（口語不常用）
暗（くら）い時（とき）。	暗的時候。
暗（くら）い所（ところ）。	暗的地方。
暗（くら）ければ…	如果是暗的話，…

進階理解

基本形（辭書形）

良い（よ(い)）

＊「良い」可唸成「よい」和「いい」。一般在終止形和連體形時會唸成「いい」的音。且「いい」通常用於口語中。

5種變化	活用形	作用	變化方式	後接常用語
①	未然形	接助動詞う（表示推測）	良（よ）かろ	う （普通・現在・推測）
②	連用形	接助動詞た（表示過去）	良（よ）かっ	た （普通・過去・肯定）
		接助動詞ない（表示否定） 當副詞用，接動詞なる（變成）。	良（よ）く	ない （普通・現在・否定） ありません（禮貌・現在・否定） なる （普通・現在・肯定） ならない （普通・現在・否定） なった （普通・過去・肯定） なります （禮貌・現在・肯定） なりません（禮貌・現在・否定） なりました（禮貌・過去・肯定）
③	終止形	句子結束，用「。」表示 接助動詞です	良（い）い	。 です （禮貌・現在・肯定） ですか （禮貌・現在・疑問） でしょう （禮貌・現在・推測）
④	連體形	下接名詞	良（い）い	時（とき）/時間、事（こと）/事情、人（ひと）/人、所（ところ）/地方、物（もの）/東西…等名詞。
⑤	假定形	下接ば，表示假定	良（よ）けれ	ば

良(よ)い

好的

口頭背誦短句

	良(よ)かろう。	很好吧！（口語很少用）
	良(よ)かった。 良(よ)くない。 良(よ)くありません。 良(よ)くなる。 良(よ)くならない。 良(よ)くなった。 良(よ)くなります。 良(よ)くなりません。 良(よ)くなりました。	（那時候）很好。 不好。 不好。（禮貌説法） 會變好。 不會變好的。 （已經）變好了。 會變好。（禮貌説法） 不會變好的。（禮貌説法） （已經）變好了。（禮貌説法）
	良(い)い。 良(い)いです。 良(い)いですか。 良(い)いでしょう。	好的。 好的。（禮貌説法） 好嗎？（禮貌説法） （應該）很好吧！（口語很少用）
	良(い)い時(とき)。 良(い)い所(ところ)。	好的時候。 好的地方。
	良(よ)ければ…	如果很好的話，…

進階理解

基本形（辭書形）　悪（わる）い

5種變化	活用形	作用	變化方式	後接常用語
①	未然形	接助動詞う（表示推測）	悪（わる）かろ	う　（普通・現在・推測）
②	連用形	接助動詞た（表示過去） 接助動詞ない（表示否定） 當副詞用，接動詞なる（變成）。	悪（わる）かっ 悪（わる）く	た　（普通・過去・肯定） ない　（普通・現在・否定） ありません（禮貌・現在・否定） なる　（普通・現在・肯定） ならない　（普通・現在・否定） なった　（普通・過去・肯定） なります　（禮貌・現在・肯定） なりません（禮貌・現在・否定） なりました（禮貌・過去・肯定）
③	終止形	句子結束，用「。」表示 接助動詞です	悪（わる）い	。 です　（禮貌・現在・肯定） ですか　（禮貌・現在・疑問） でしょう　（禮貌・現在・推測）
④	連體形	下接名詞	悪（わる）い	時（とき）/時間、事（こと）/事情、人（ひと）/人、所（ところ）/地方、物（もの）/東西…等名詞。
⑤	假定形	下接ば，表示假定	悪（わる）けれ	ば

悪(わる)い

壞的

口頭背誦短句

	悪(わる)かろう。	很壞吧！（口語很少用）
	悪(わる)かった。 悪(わる)くない。 悪(わる)くありません。 悪(わる)くなる。 悪(わる)くならない。 悪(わる)くなった。 悪(わる)くなります。 悪(わる)くなりません。 悪(わる)くなりました。	（那時候）很壞。 不壞。 不壞。（禮貌說法） 會變壞。 不會變壞的。 （已經）變壞了。 會變壞。（禮貌說法） 不會變壞的。（禮貌說法） （已經）變壞了。（禮貌說法）
	悪(わる)い。 悪(わる)いです。 悪(わる)いですか。 悪(わる)いでしょう。	壞的。 壞的。（禮貌說法） 很壞嗎？（禮貌說法） （應該）很壞吧！（口語不常用）
	悪(わる)い事(こと)。 悪(わる)い人(ひと)。	壞事。 壞人。
	悪(わる)ければ…	如果很壞的話，…

進階理解

基本形（辭書形） かわいい

5種變化	活用形	作用	變化方式	後接常用語
①	未然形	接助動詞う（表示推測）	かわいかろ	う（普通・現在・推測）
②	連用形	接助動詞た（表示過去）	かわいかっ	た（普通・過去・肯定）
		接助動詞ない（表示否定）	かわいく	ない（普通・現在・否定） ありません（禮貌・現在・否定）
		當副詞用，接動詞なる（變成）。		なる（普通・現在・肯定） ならない（普通・現在・否定） なった（普通・過去・肯定） なります（禮貌・現在・肯定） なりません（禮貌・現在・否定） なりました（禮貌・過去・肯定）
③	終止形	句子結束，用「。」表示	かわいい	。
		接助動詞です		です（禮貌・現在・肯定） ですか（禮貌・現在・疑問） でしょう（禮貌・現在・推測）
④	連體形	下接名詞	かわいい	時（とき）/時間、事（こと）/事情、人（ひと）/人、所（ところ）/地方、物（もの）/東西…等名詞。
⑤	假定形	下接ば，表示假定	かわいけれ	ば

かわいい

可愛的

口頭背誦短句

かわいかろう。	很可愛吧！（口語很少用）
かわいかった。	（那時候）很可愛。
かわいくない。	不可愛。
かわいくありません。	不可愛。（禮貌説法）
かわいくなる。	會變可愛。
かわいくならない。	不會變可愛的。
かわいくなった。	（已經）變可愛了。
かわいくなります。	會變可愛。（禮貌説法）
かわいくなりません。	不會變可愛的。（禮貌説法）
かわいくなりました。	（已經）變可愛了。（禮貌説法）
かわいい。	可愛的。
かわいいです。	可愛的。（禮貌説法）
かわいいですか。	可愛嗎？（禮貌説法）
かわいいでしょう。	（應該）很可愛吧！（口語不常用）
かわいい人（ひと）。	可愛的人。
かわいい物（もの）。	可愛的東西。
かわいければ…	如果很可愛的話，…

進階理解

基本形（辭書形） 美しい（うつく）

5種變化	活用形	作用	變化方式	後接常用語
①	未然形	接助動詞う（表示推測）	美しかろ	う（普通・現在・推測）
②	連用形	接助動詞た（表示過去）	美しかっ	た（普通・過去・肯定）
		接助動詞ない（表示否定） 當副詞用，接動詞なる（變成）。	美しく	ない（普通・現在・否定） ありません（禮貌・現在・否定） なる（普通・現在・肯定） ならない（普通・現在・否定） なった（普通・過去・肯定） なります（禮貌・現在・肯定） なりません（禮貌・現在・否定） なりました（禮貌・過去・肯定）
③	終止形	句子結束，用「。」表示 接助動詞です	美しい	。 です（禮貌・現在・肯定） ですか（禮貌・現在・疑問） でしょう（禮貌・現在・推測）
④	連體形	下接名詞	美しい	時（とき）/時間、事（こと）/事情、人（ひと）/人、所（ところ）/地方、物（もの）/東西…等名詞。
⑤	假定形	下接ば，表示假定	美しけれ	ば

美(うつく)しい

漂亮的

口頭背誦短句

美(うつく)しかろう。	很漂亮吧！（口語很少用）
美(うつく)しかった。	（那時候）很漂亮。
美(うつく)しくない。	不漂亮。
美(うつく)しくありません。	不漂亮。（禮貌説法）
美(うつく)しくなる。	會變漂亮。
美(うつく)しくならない。	不會變漂亮的。
美(うつく)しくなった。	（已經）變漂亮了。
美(うつく)しくなります。	會變漂亮。（禮貌説法）
美(うつく)しくなりません。	不會變漂亮的。（禮貌説法）
美(うつく)しくなりました。	（已經）變漂亮了。（禮貌説法）
美(うつく)しい。	漂亮的。
美(うつく)しいです。	漂亮的。（禮貌説法）
美(うつく)しいですか。	漂亮嗎？（禮貌説法）
美(うつく)しいでしょう。	（應該）很漂亮吧！（口語不常用）
美(うつく)しい人(ひと)。	漂亮的人。
美(うつく)しい物(もの)。	漂亮的東西。
美(うつく)しければ…	如果很漂亮的話，…

進階理解

基本形（辭書形） 面白い（おもしろい）

5種變化	活用形	作用	變化方式	後接常用語
①	未然形	接助動詞う（表示推測）	面白かろ（おもしろかろ）	う　（普通・現在・推測）
②	連用形	接助動詞た（表示過去） 接助動詞ない（表示否定） 當副詞用，接動詞なる（變成）。	面白かっ（おもしろかっ） 面白く（おもしろく）	た　（普通・過去・肯定） ない　（普通・現在・否定） ありません（禮貌・現在・否定） なる　（普通・現在・肯定） ならない　（普通・現在・否定） なった　（普通・過去・肯定） なります　（禮貌・現在・肯定） なりません（禮貌・現在・否定） なりました（禮貌・過去・肯定）
③	終止形	句子結束，用「。」表示 接助動詞です	面白い（おもしろい）	。 です　（禮貌・現在・肯定） ですか　（禮貌・現在・疑問） でしょう　（禮貌・現在・推測）
④	連體形	下接名詞	面白い（おもしろい）	時（とき）/時間、事（こと）/事情、人（ひと）/人、所（ところ）/地方、物（もの）/東西…等名詞。
⑤	假定形	下接ば，表示假定	面白けれ（おもしろけれ）	ば

面白（おもしろ）い

有趣的

口頭背誦短句

面白（おもしろ）かろう。	很有趣吧！（口語很少用）
面白（おもしろ）かった。	（那時候）很有趣。
面白（おもしろ）くない。	不有趣。
面白（おもしろ）くありません。	不有趣。（禮貌說法）
面白（おもしろ）くなる。	會變有趣。
面白（おもしろ）くならない。	不會變有趣的。
面白（おもしろ）くなった。	（已經）變有趣了。
面白（おもしろ）くなります。	會變有趣。（禮貌說法）
面白（おもしろ）くなりません。	不會變有趣的。（禮貌說法）
面白（おもしろ）くなりました。	（已經）變有趣了。（禮貌說法）
面白（おもしろ）い。	有趣的。
面白（おもしろ）いです。	有趣的。（禮貌說法）
面白（おもしろ）いですか。	有趣嗎？（禮貌說法）
面白（おもしろ）いでしょう。	（應該）很有趣吧！（口語不常用）
面白（おもしろ）い事（こと）。	有趣的事。
面白（おもしろ）い人（ひと）。	有趣的人。
面白（おもしろ）ければ…	如果有趣的話，…

進階理解

基本形（辭書形）	甘（あま）い			
5種變化	活用形	作用	變化方式	後接常用語
①	未然形	接助動詞う（表示推測）	甘（あま）かろ	う（普通・現在・推測）
②	連用形	接助動詞た（表示過去） 接助動詞ない（表示否定） 當副詞用，接動詞なる（變成）。	甘（あま）かっ 甘（あま）く	た（普通・過去・肯定） ない（普通・現在・否定） ありません（禮貌・現在・否定） なる（普通・現在・肯定） ならない（普通・現在・否定） なった（普通・過去・肯定） なります（禮貌・現在・肯定） なりません（禮貌・現在・否定） なりました（禮貌・過去・肯定）
③	終止形	句子結束，用「。」表示 接助動詞です	甘（あま）い	。 です（禮貌・現在・肯定） ですか（禮貌・現在・疑問） でしょう（禮貌・現在・推測）
④	連體形	下接名詞	甘（あま）い	時（とき）/時間、事（こと）/事情、人（ひと）/人、所（ところ）/地方、物（もの）/東西…等名詞。
⑤	假定形	下接ば，表示假定	甘（あま）けれ	ば

甘い（あま）

甜的

口頭背誦短句

甘（あま）かろう。	是甜的吧！（口語很少用）
甘（あま）かった。 甘（あま）くない。 甘（あま）くありません。 甘（あま）くなる。 甘（あま）くならない。 甘（あま）くなった。 甘（あま）くなります。 甘（あま）くなりません。 甘（あま）くなりました。	（那時候）很甜。 不甜。 不甜。（禮貌說法） 會變甜。 不會變甜的。 （已經）變甜了。 會變甜。（禮貌說法） 不會變甜的。（禮貌說法） （已經）變甜了。（禮貌說法）
甘（あま）い。 甘（あま）いです。 甘（あま）いですか。 甘（あま）いでしょう。	甜的。 甜的。（禮貌說法） 是甜的嗎？（禮貌說法） （應該）是甜的吧！（口語不常用）
甘（あま）い物（もの）。	甜的東西。
甘（あま）ければ…	如果是甜的話，…

進階理解

基本形（辭書形）

辛い（からい）

5種變化	活用形	作用	變化方式	後接常用語
①	未然形	接助動詞う（表示推測）	辛かろ	う（普通・現在・推測）
②	連用形	接助動詞た（表示過去） 接助動詞ない（表示否定） 當副詞用，接動詞なる（變成）。	辛かっ 辛く	た（普通・過去・肯定） ない（普通・現在・否定） ありません（禮貌・現在・否定） なる（普通・現在・肯定） ならない（普通・現在・否定） なった（普通・過去・肯定） なります（禮貌・現在・肯定） なりません（禮貌・現在・否定） なりました（禮貌・過去・肯定）
③	終止形	句子結束，用「。」表示 接助動詞です	辛い	。 です（禮貌・現在・肯定） ですか（禮貌・現在・疑問） でしょう（禮貌・現在・推測）
④	連體形	下接名詞	辛い	時（とき）/時間、事（こと）/事情、人（ひと）/人、所（ところ）/地方、物（もの）/東西…等名詞。
⑤	假定形	下接ば，表示假定	辛けれ	ば

辛い（から）

辣的

口頭背誦短句

辛（から）かろう。	是辣的吧！（口語很少用）
辛（から）かった。	（那時候）是辣的。
辛（から）くない。	不辣。
辛（から）くありません。	不辣。（禮貌説法）
辛（から）くなる。	會變辣。
辛（から）くならない。	不會變辣的。
辛（から）くなった。	（已經）變辣了。
辛（から）くなります。	會變辣。（禮貌説法）
辛（から）くなりません。	不會變辣的。（禮貌説法）
辛（から）くなりました。	（已經）變辣了。（禮貌説法）
辛（から）い。	辣的。
辛（から）いです。	辣的。（禮貌説法）
辛（から）いですか。	是辣的嗎？（禮貌説法）
辛（から）いでしょう。	（應該）是辣的吧！（口語不常用）
辛（から）い時（とき）。	辣的時候。
辛（から）い物（もの）。	辣的東西。
辛（から）ければ…	如果是辣的話，…

進階理解

基本形（辭書形）	おいしい			
5種變化	活用形	作用	變化方式	後接常用語
①	未然形	接助動詞う（表示推測）	おいしかろ	う（普通・現在・推測）
②	連用形	接助動詞た（表示過去） 接助動詞ない（表示否定） 當副詞用，接動詞なる（變成）。	おいしかっ おいしく	た（普通・過去・肯定） ない（普通・現在・否定） ありません（禮貌・現在・否定） なる（普通・現在・肯定） ならない（普通・現在・否定） なった（普通・過去・肯定） なります（禮貌・現在・肯定） なりません（禮貌・現在・否定） なりました（禮貌・過去・肯定）
③	終止形	句子結束，用「。」表示 接助動詞です	おいしい	。 です（禮貌・現在・肯定） ですか（禮貌・現在・疑問） でしょう（禮貌・現在・推測）
④	連體形	下接名詞	おいしい	時(とき)/時間、事(こと)/事情、人(ひと)/人、所(ところ)/地方、物(もの)/東西…等名詞。
⑤	假定形	下接ば，表示假定	おいしけれ	ば

おいしい

好吃的

口頭背誦短句

おいしかろう。	很好吃吧！（口語很少用）
おいしかった。	（那時候）很好吃。
おいしくない。	不好吃。
おいしくありません。	不好吃。（禮貌說法）
おいしくなる。	會變好吃。
おいしくならない。	不會變好吃的。
おいしくなった。	（已經）變好吃了。
おいしくなります。	會變好吃。（禮貌說法）
おいしくなりません。	不會變好吃的。（禮貌說法）
おいしくなりました。	（已經）變好吃了。（禮貌說法）
おいしい。	好吃的。
おいしいです。	好吃的。（禮貌說法）
おいしいですか。	好吃嗎？（禮貌說法）
おいしいでしょう。	（應該）很好吃吧！（口語不常用）
おいしい物（もの）。	好吃的東西。
おいしい所（ところ）。	好吃的地方。
おいしければ…	如果好吃的話，…

進階理解

基本形（辭書形）	暑(あつ)い			
5種變化	活用形	作用	變化方式	後接常用語
①	未然形	接助動詞う（表示推測）	暑(あつ)かろ	う（普通・現在・推測）
②	連用形	接助動詞た（表示過去） 接助動詞ない（表示否定） 當副詞用，接動詞なる（變成）。	暑(あつ)かっ 暑(あつ)く	た（普通・過去・肯定） ない（普通・現在・否定） ありません（禮貌・現在・否定） なる（普通・現在・肯定） ならない（普通・現在・否定） なった（普通・過去・肯定） なります（禮貌・現在・肯定） なりません（禮貌・現在・否定） なりました（禮貌・過去・肯定）
③	終止形	句子結束，用「。」表示 接助動詞です	暑(あつ)い	。 です（禮貌・現在・肯定） ですか（禮貌・現在・疑問） でしょう（禮貌・現在・推測）
④	連體形	下接名詞	暑(あつ)い	時(とき)/時間、事(こと)/事情、人(ひと)/人、所(ところ)/地方、物(もの)/東西…等名詞。
⑤	假定形	下接ば，表示假定	暑(あつ)けれ	ば

暑(あつ)い

熱的

口頭背誦短句

暑(あつ)かろう。	很熱吧！（口語很少用）
暑(あつ)かった。	（那時候）很熱。
暑(あつ)くない。	不熱。
暑(あつ)くありません。	不熱。（禮貌説法）
暑(あつ)くなる。	會變熱。
暑(あつ)くならない。	不會變熱的。
暑(あつ)くなった。	（已經）變熱了。
暑(あつ)くなります。	會變熱。（禮貌説法）
暑(あつ)くなりません。	不會變熱的。（禮貌説法）
暑(あつ)くなりました。	（已經）變熱了。（禮貌説法）
暑(あつ)い。	熱的。
暑(あつ)いです。	熱的。（禮貌説法）
暑(あつ)いですか。	熱嗎？（禮貌説法）
暑(あつ)いでしょう。	（應該）很熱吧！（口語不常用）
暑(あつ)い時(とき)。	熱的時候。
暑(あつ)い所(ところ)。	熱的地方。
暑(あつ)ければ…	如果熱的話，…

基本形（辭書形） 寒(さむ)い

5種變化	活用形	作用	變化方式	後接常用語
①	未然形	接助動詞**う**（表示推測）	寒(さむ)かろ	う　（普通・現在・推測）
②	連用形	接助動詞**た**（表示過去） 接助動詞**ない**（表示否定） 當副詞用，接動詞**なる**（變成）。	寒(さむ)かっ 寒(さむ)く	た　（普通・過去・肯定） ない　（普通・現在・否定） ありません（禮貌・現在・否定） なる　（普通・現在・肯定） ならない　（普通・現在・否定） なった　（普通・過去・肯定） なります　（禮貌・現在・肯定） なりません（禮貌・現在・否定） なりました（禮貌・過去・肯定）
③	終止形	句子結束，用「。」表示 接助動詞**です**	寒(さむ)い	。 です　（禮貌・現在・肯定） ですか　（禮貌・現在・疑問） でしょう　（禮貌・現在・推測）
④	連體形	下接名詞	寒(さむ)い	**時**(とき)/時間、**事**(こと)/事情、**人**(ひと)/人、**所**(ところ)/地方、**物**(もの)/東西…等名詞。
⑤	假定形	下接**ば**，表示假定	寒(さむ)けれ	ば

寒（さむ）い

冷的

口頭背誦短句

寒（さむ）かろう。	很冷吧！（口語很少用）
寒（さむ）かった。	（那時候）很冷。
寒（さむ）くない。	不冷。
寒（さむ）くありません。	不冷。（禮貌説法）
寒（さむ）くなる。	會變冷。
寒（さむ）くならない。	不會變冷。
寒（さむ）くなった。	（已經）變冷了。
寒（さむ）くなります。	會變冷。（禮貌説法）
寒（さむ）くなりません。	不會變冷。（禮貌説法）
寒（さむ）くなりました。	（已經）變冷了。（禮貌説法）
寒（さむ）い。	冷的。
寒（さむ）いです。	冷的。（禮貌説法）
寒（さむ）いですか。	冷嗎？（禮貌説法）
寒（さむ）いでしょう。	（應該）很冷吧！（口語不常用）
寒（さむ）い時（とき）。	冷的時候。
寒（さむ）い所（ところ）。	冷的地方。
寒（さむ）ければ…	如果冷的話，…

進階理解

基本形（辭書形）

あたた
暖かい

5種變化	活用形	作用	變化方式	後接常用語
①	未然形	接助動詞う（表示推測）	暖（あたた）かかろ	う（普通・現在・推測）
②	連用形	接助動詞た（表示過去） 接助動詞ない（表示否定） 當副詞用，接動詞なる（變成）。	暖（あたた）かかっ 暖（あたた）かく	た（普通・過去・肯定） ない（普通・現在・否定） ありません（禮貌・現在・否定） なる（普通・現在・肯定） ならない（普通・現在・否定） なった（普通・過去・肯定） なります（禮貌・現在・肯定） なりません（禮貌・現在・否定） なりました（禮貌・過去・肯定）
③	終止形	句子結束，用「。」表示 接助動詞です	暖（あたた）かい	。 です（禮貌・現在・肯定） ですか（禮貌・現在・疑問） でしょう（禮貌・現在・推測）
④	連體形	下接名詞	暖（あたた）かい	時（とき）/時間、事（こと）/事情、人（ひと）/人、所（ところ）/地方、物（もの）/東西…等名詞。
⑤	假定形	下接ば，表示假定	暖（あたた）かけれ	ば

暖かい（あたたかい）

溫暖的

口頭背誦短句

暖かかろう。	很溫暖吧！（口語很少用）
暖かかった。	（那時候）很溫暖。
暖かくない。	不溫暖。
暖かくありません。	不溫暖。（禮貌説法）
暖かくなる。	會變溫暖。
暖かくならない。	不會變溫暖的。
暖かくなった。	（已經）變溫暖了。
暖かくなります。	會變溫暖。（禮貌説法）
暖かくなりません。	不會變溫暖的。（禮貌説法）
暖かくなりました。	（已經）變溫暖了。（禮貌説法）
暖かい。	溫暖的。
暖かいです。	溫暖的。（禮貌説法）
暖かいですか。	溫暖嗎？（禮貌説法）
暖かいでしょう。	（應該）很溫暖吧！（口語不常用）
暖かい時（とき）。	溫暖的時候。
暖かい所（ところ）。	溫暖的地方。
暖かければ…	如果很溫暖的話，…

基本形（辭書形） 涼しい

すず

5種變化	活用形	作用	變化方式	後接常用語
①	未然形	接助動詞う（表示推測）	涼しかろ（すず）	う　（普通・現在・推測）
②	連用形	接助動詞た（表示過去） 接助動詞ない（表示否定） 當副詞用，接動詞なる（變成）。	涼しかっ（すず） 涼しく（すず）	た　（普通・過去・肯定） ない　（普通・現在・否定） ありません（禮貌・現在・否定） なる　（普通・現在・肯定） ならない　（普通・現在・否定） なった　（普通・過去・肯定） なります　（禮貌・現在・肯定） なりません（禮貌・現在・否定） なりました（禮貌・過去・肯定）
③	終止形	句子結束，用「。」表示 接助動詞です	涼しい（すず）	。 です　（禮貌・現在・肯定） ですか　（禮貌・現在・疑問） でしょう　（禮貌・現在・推測）
④	連體形	下接名詞	涼しい（すず）	時（とき）/時間、事（こと）/事情、人（ひと）/人、所（ところ）/地方、物（もの）/東西…等名詞。
⑤	假定形	下接ば，表示假定	涼しけれ（すず）	ば

<ruby>涼<rt>すず</rt></ruby>しい

涼爽的

口頭背誦短句

涼（すず）しかろう。	很涼爽吧！（口語很少用）
涼（すず）しかった。	（那時候）很涼爽。
涼（すず）しくない。	不涼爽。
涼（すず）しくありません。	不涼爽。（禮貌説法）
涼（すず）しくなる。	會變涼爽。
涼（すず）しくならない。	不會變涼爽的。
涼（すず）しくなった。	（已經）變涼爽了。
涼（すず）しくなります。	會變涼爽。（禮貌説法）
涼（すず）しくなりません。	不會變涼爽的。（禮貌説法）
涼（すず）しくなりました。	（已經）變涼爽了。（禮貌説法）
涼（すず）しい。	涼爽的。
涼（すず）しいです。	涼爽的。（禮貌説法）
涼（すず）しいですか。	很涼爽嗎？（禮貌説法）
涼（すず）しいでしょう。	（應該）很涼爽吧！（口語不常用）
涼（すず）しい時（とき）。	涼爽的時候。
涼（すず）しい所（ところ）。	涼爽的地方。
涼（すず）しければ…	如果很涼爽的話，…

進階理解

基本形（辭書形）

嬉(うれ)しい

5種變化	活用形	作用	變化方式	後接常用語
①	未然形	接助動詞う（表示推測）	嬉(うれ)しかろ	う（普通・現在・推測）
②	連用形	接助動詞た（表示過去） 接助動詞ない（表示否定） 當副詞用，接動詞なる（變成）。	嬉(うれ)しかっ 嬉(うれ)しく	た（普通・過去・肯定） ない（普通・現在・否定） ありません（禮貌・現在・否定） なる（普通・現在・肯定） ならない（普通・現在・否定） なった（普通・過去・肯定） なります（禮貌・現在・肯定） なりません（禮貌・現在・否定） なりました（禮貌・過去・肯定）
③	終止形	句子結束，用「。」表示 接助動詞です	嬉(うれ)しい	。 です（禮貌・現在・肯定） ですか（禮貌・現在・疑問） でしょう（禮貌・現在・推測）
④	連體形	下接名詞	嬉(うれ)しい	時(とき)/時間、事(こと)/事情、人(ひと)/人、所(ところ)/地方、物(もの)/東西…等名詞。
⑤	假定形	下接ば，表示假定	嬉(うれ)しけれ	ば

嬉(うれ)しい

高興的

口頭背誦短句

嬉(うれ)しかろう。	很高興吧！（口語很少用）
嬉(うれ)しかった。	（那時候）很高興。
嬉(うれ)しくない。	不高興。
嬉(うれ)しくありません。	不高興。（禮貌説法）
嬉(うれ)しくなる。	會變高興。
嬉(うれ)しくならない。	不會變高興的。
嬉(うれ)しくなった。	（已經）變高興了。
嬉(うれ)しくなります。	會變高興。（禮貌説法）
嬉(うれ)しくなりません。	不會變高興的。（禮貌説法）
嬉(うれ)しくなりました。	（已經）變高興了。（禮貌説法）
嬉(うれ)しい。	高興的。
嬉(うれ)しいです。	高興的。（禮貌説法）
嬉(うれ)しいですか。	高興嗎？（禮貌説法）
嬉(うれ)しいでしょう。	（應該）很高興吧！（口語不常用）
嬉(うれ)しい時(とき)。	高興的時候。
嬉(うれ)しい事(こと)。	高興的事情。
嬉(うれ)しければ…	如果高興的話，…

進階理解

基本形（辭書形） 楽しい（たの）

5種變化	活用形	作用	變化方式	後接常用語
①	未然形	接助動詞う（表示推測）	楽しかろ	う（普通・現在・推測）
②	連用形	接助動詞た（表示過去） 接助動詞ない（表示否定） 當副詞用，接動詞なる（變成）。	楽しかっ 楽しく	た（普通・過去・肯定） ない（普通・現在・否定） ありません（禮貌・現在・否定） なる（普通・現在・肯定） ならない（普通・現在・否定） なった（普通・過去・肯定） なります（禮貌・現在・肯定） なりません（禮貌・現在・否定） なりました（禮貌・過去・肯定）
③	終止形	句子結束，用「。」表示 接助動詞です	楽しい	。 です（禮貌・現在・肯定） ですか（禮貌・現在・疑問） でしょう（禮貌・現在・推測）
④	連體形	下接名詞	楽しい	時（とき）/時間、事（こと）/事情、人（ひと）/人、所（ところ）/地方、物（もの）/東西…等名詞。
⑤	假定形	下接ば，表示假定	楽しけれ	ば

楽しい（たのしい）

快樂的

口頭背誦短句

楽しかろう。	很快樂吧！（口語很少用）
楽しかった。	（那時候）很快樂。
楽しくない。	不快樂。
楽しくありません。	不快樂。（禮貌説法）
楽しくなる。	會變快樂。
楽しくならない。	不會變快樂的。
楽しくなった。	（已經）變快樂了。
楽しくなります。	會變快樂。（禮貌説法）
楽しくなりません。	不會變快樂的。（禮貌説法）
楽しくなりました。	（已經）變快樂了。（禮貌説法）
楽しい。	快樂的。
楽しいです。	快樂的。（禮貌説法）
楽しいですか。	快樂嗎？（禮貌説法）
楽しいでしょう。	（應該）很快樂吧！（口語不常用）
楽しい時（とき）。	快樂的時候。
楽しい事（こと）。	快樂的事。
楽しければ…	如果快樂的話，…

進階理解

基本形（辭書形） 悲(かな)しい

5種變化	活用形	作用	變化方式	後接常用語
①	未然形	接助動詞う（表示推測）	悲(かな)しかろ	う（普通・現在・推測）
②	連用形	接助動詞た（表示過去）	悲(かな)しかっ	た（普通・過去・肯定）
		接助動詞ない（表示否定）	悲(かな)しく	ない（普通・現在・否定） ありません（禮貌・現在・否定）
		當副詞用，接動詞なる（變成）。		なる（普通・現在・肯定） ならない（普通・現在・否定） なった（普通・過去・肯定） なります（禮貌・現在・肯定） なりません（禮貌・現在・否定） なりました（禮貌・過去・肯定）
③	終止形	句子結束，用「。」表示 接助動詞です	悲(かな)しい	。 です（禮貌・現在・肯定） ですか（禮貌・現在・疑問） でしょう（禮貌・現在・推測）
④	連體形	下接名詞	悲(かな)しい	時(とき)/時間、事(こと)/事情、人(ひと)/人、所(ところ)/地方、物(もの)/東西…等名詞。
⑤	假定形	下接ば，表示假定	悲(かな)しけれ	ば

悲（かな）しい

悲傷的

口頭背誦短句

悲（かな）しかろう。	很悲傷吧！（口語很少用）
悲（かな）しかった。	（那時候）很悲傷。
悲（かな）しくない。	不悲傷。
悲（かな）しくありません。	不悲傷。（禮貌説法）
悲（かな）しくなる。	會變得悲傷。
悲（かな）しくならない。	不會變悲傷的。
悲（かな）しくなった。	（已經）變悲傷了。
悲（かな）しくなります。	會變得悲傷。（禮貌説法）
悲（かな）しくなりません。	不會變悲傷的。（禮貌説法）
悲（かな）しくなりました。	（已經）變悲傷了。（禮貌説法）
悲（かな）しい。	悲傷的。
悲（かな）しいです。	悲傷的。（禮貌説法）
悲（かな）しいですか。	悲傷嗎？（禮貌説法）
悲（かな）しいでしょう。	（應該）很悲傷吧！（口語不常用）
悲（かな）しい時（とき）。	悲傷的時候。
悲（かな）しい事（こと）。	悲傷的事。
悲（かな）しければ…	如果悲傷的話，…

進階理解

基本形（辭書形）

苦(くる)しい

5種變化	活用形	作用	變化方式	後接常用語
①	未然形	接助動詞う（表示推測）	苦(くる)しかろ	う　（普通・現在・推測）
②	連用形	接助動詞た（表示過去） 接助動詞ない（表示否定） 當副詞用，接助動詞なる（變成）。	苦(くる)しかっ 苦(くる)しく	た　（普通・過去・肯定） ない　（普通・現在・否定） ありません（禮貌・現在・否定） なる　（普通・現在・肯定） ならない　（普通・現在・否定） なった　（普通・過去・肯定） なります　（禮貌・現在・肯定） なりません（禮貌・現在・否定） なりました（禮貌・過去・肯定）
③	終止形	句子結束，用「。」表示 接助動詞です	苦(くる)しい	。 です　（禮貌・現在・肯定） ですか　（禮貌・現在・疑問） でしょう　（禮貌・現在・推測）
④	連體形	下接名詞	苦(くる)しい	時(とき)/時間、事(こと)/事情、人(ひと)/人、所(ところ)/地方、物(もの)/東西…等名詞。
⑤	假定形	下接ば，表示假定	苦(くる)しけれ	ば

苦(くる)しい

痛苦的

口頭背誦短句

苦(くる)しかろう。	很痛苦吧！（口語很少用）
苦(くる)しかった。 苦(くる)しくない。 苦(くる)しくありません。 苦(くる)しくなる。 苦(くる)しくならない。 苦(くる)しくなった。 苦(くる)しくなります。 苦(くる)しくなりません。 苦(くる)しくなりました。	（那時候）很痛苦。 不痛苦。 不痛苦。（禮貌説法） 會變痛苦。 不會變痛苦的。 （已經）變痛苦了。 會變痛苦。（禮貌説法） 不會變痛苦的。（禮貌説法） （已經）變痛苦了。（禮貌説法）
苦(くる)しい。 苦(くる)しいです。 苦(くる)しいですか。 苦(くる)しいでしょう。	痛苦的。 痛苦的。（禮貌説法） 痛苦嗎？（禮貌説法） （應該）很痛苦吧！（口語不常用）
苦(くる)しい時(とき)。 苦(くる)しい事(こと)。	痛苦的時候。 痛苦的事。
苦(くる)しければ…	如果痛苦的話，…

進階理解

基本形（辭書形） 寂(さび)しい

5種變化	活用形	作用	變化方式	後接常用語
①	未然形	接助動詞う（表示推測）	寂(さび)しかろ	う（普通・現在・推測）
②	連用形	接助動詞た（表示過去） 接助動詞ない（表示否定） 當副詞用，接動詞なる（變成）。	寂(さび)しかっ 寂(さび)しく	た（普通・過去・肯定） ない（普通・現在・否定） ありません（禮貌・現在・否定） なる（普通・現在・肯定） ならない（普通・現在・否定） なった（普通・過去・肯定） なります（禮貌・現在・肯定） なりません（禮貌・現在・否定） なりました（禮貌・過去・肯定）
③	終止形	句子結束，用「。」表示 接助動詞です	寂(さび)しい	。 です（禮貌・現在・肯定） ですか（禮貌・現在・疑問） でしょう（禮貌・現在・推測）
④	連體形	下接名詞	寂(さび)しい	時(とき)/時間、事(こと)/事情、人(ひと)/人、所(ところ)/地方、物(もの)/東西…等名詞。
⑤	假定形	下接ば，表示假定	寂(さび)しけれ	ば

寂(さび)しい

寂寞的

口頭背誦短句

寂(さび)しかろう。	很寂寞吧！（口語很少用）
寂(さび)しかった。	（那時候）很寂寞。
寂(さび)しくない。	不寂寞。
寂(さび)しくありません。	不寂寞。（禮貌說法）
寂(さび)しくなる。	會變寂寞。
寂(さび)しくならない。	不會變寂寞的。
寂(さび)しくなった。	（已經）變寂寞了。
寂(さび)しくなります。	會變寂寞。（禮貌說法）
寂(さび)しくなりません。	不會變寂寞的。（禮貌說法）
寂(さび)しくなりました。	（已經）變寂寞了。（禮貌說法）
寂(さび)しい。	寂寞的。
寂(さび)しいです。	寂寞的。（禮貌說法）
寂(さび)しいですか。	寂寞嗎？（禮貌說法）
寂(さび)しいでしょう。	（應該）很寂寞吧！（口語不常用）
寂(さび)しい時(とき)。	寂寞的時候。
寂(さび)しい人(ひと)。	寂寞的人。
寂(さび)しければ…	如果寂寞的話，…

進階理解

基本形（辭書形） うるさい

5種變化	活用形	作用	變化方式	後接常用語	
①	未然形	接助動詞う（表示推測）	うるさかろ	う	（普通・現在・推測）
②	連用形	接助動詞た（表示過去）	うるさかっ	た	（普通・過去・肯定）
		接助動詞ない（表示否定）	うるさく	ない	（普通・現在・否定）
				ありません	（禮貌・現在・否定）
		當副詞用，接動詞なる（變成）。		なる	（普通・現在・肯定）
				ならない	（普通・現在・否定）
				なった	（普通・過去・肯定）
				なります	（禮貌・現在・肯定）
				なりません	（禮貌・現在・否定）
				なりました	（禮貌・過去・肯定）
③	終止形	句子結束，用「。」表示	うるさい	。	
		接助動詞です		です	（禮貌・現在・肯定）
				ですか	（禮貌・現在・疑問）
				でしょう	（禮貌・現在・推測）
④	連體形	下接名詞	うるさい	時（とき）/時間、事（こと）/事情、人（ひと）/人、所（ところ）/地方、物（もの）/東西…等名詞。	
⑤	假定形	下接ば，表示假定	うるさけれ	ば	

うるさい

吵鬧的

口頭背誦短句

うるさかろう。	很吵吧！（口語很少用）
うるさかった。	（那時候）很吵。
うるさくない。	不吵鬧。
うるさくありません。	不吵鬧。（禮貌説法）
うるさくなる。	會變吵。
うるさくならない。	不會變吵的。
うるさくなった。	（已經）變吵了。
うるさくなります。	會變吵。（禮貌説法）
うるさくなりません。	不會變吵的。（禮貌説法）
うるさくなりました。	（已經）變吵了。（禮貌説法）
うるさい。	吵鬧的。
うるさいです。	吵鬧的。（禮貌説法）
うるさいですか。	很吵嗎？（禮貌説法）
うるさいでしょう。	（應該）很吵吧！（口語不常用）
うるさい時（とき）。	吵鬧的時候。
うるさい所（ところ）。	吵鬧的地方。
うるさければ…	如果很吵的話，…

進階理解

基本形（辭書形） **危(あぶ)ない**

5種變化	活用形	作 用	變化方式	後 接 常 用 語
①	未然形	接助動詞う（表示推測）	危(あぶ)なかろ	う　（普通・現在・推測）
②	連用形	接助動詞た（表示過去） 接助動詞ない（表示否定） 當副詞用，接動詞なる（變成）。	危(あぶ)なかっ 危(あぶ)なく	た　（普通・過去・肯定） ない　（普通・現在・否定） ありません（禮貌・現在・否定） なる　（普通・現在・肯定） ならない　（普通・現在・否定） なった　（普通・過去・肯定） なります　（禮貌・現在・肯定） なりません（禮貌・現在・否定） なりました（禮貌・過去・肯定）
③	終止形	句子結束，用「。」表示 接助動詞です	危(あぶ)ない	。 です　（禮貌・現在・肯定） ですか　（禮貌・現在・疑問） でしょう　（禮貌・現在・推測）
④	連體形	下接名詞	危(あぶ)ない	時(とき)/時間、事(こと)/事情、人(ひと)/人、所(ところ)/地方、物(もの)/東西…等名詞。
⑤	假定形	下接ば，表示假定	危(あぶ)なけれ	ば

危（あぶ）ない

危險的

口頭背誦短句

危（あぶ）なかろう。	很危險吧！（口語很少用）
危（あぶ）なかった。	（那時候）很危險。
危（あぶ）なくない。	不危險。
危（あぶ）なくありません。	不危險。（禮貌說法）
危（あぶ）なくなる。	會變危險。
危（あぶ）なくならない。	不會變危險的。
危（あぶ）なくなった。	（已經）變危險了。
危（あぶ）なくなります。	會變危險。（禮貌說法）
危（あぶ）なくなりません。	不會變危險的。（禮貌說法）
危（あぶ）なくなりました。	（已經）變危險了。（禮貌說法）
危（あぶ）ない。	危險的。
危（あぶ）ないです。	危險的。（禮貌說法）
危（あぶ）ないですか。	很危險嗎？（禮貌說法）
危（あぶ）ないでしょう。	（應該）很危險吧！（口語不常用）
危（あぶ）ない時（とき）。	危險的時候。
危（あぶ）ない所（ところ）。	危險的地方。
危（あぶ）なければ…	如果很危險的話，…

進階理解

基本形（辭書形）　痛い（いた）

5種變化	活用形	作用	變化方式	後接常用語
①	未然形	接助動詞う（表示推測）	痛かろ	う（普通・現在・推測）
②	連用形	接助動詞た（表示過去） 接助動詞ない（表示否定） 當副詞用，接動詞なる（變成）。	痛かっ 痛く	た（普通・過去・肯定） ない（普通・現在・否定） ありません（禮貌・現在・否定） なる（普通・現在・肯定） ならない（普通・現在・否定） なった（普通・過去・肯定） なります（禮貌・現在・肯定） なりません（禮貌・現在・否定） なりました（禮貌・過去・肯定）
③	終止形	句子結束，用「。」表示 接助動詞です	痛い	。 です（禮貌・現在・肯定） ですか（禮貌・現在・疑問） でしょう（禮貌・現在・推測）
④	連體形	下接名詞	痛い	時（とき）/時間、事（こと）/事情、人（ひと）/人、所（ところ）/地方、物（もの）/東西…等名詞。
⑤	假定形	下接ば，表示假定	痛けれ	ば

痛(いた)い

痛的

口頭背誦短句

	痛(いた)かろう。	很痛吧！（口語很少用）
	痛(いた)かった。	（那時候）很痛。
	痛(いた)くない。	不痛。
	痛(いた)くありません。	不痛。（禮貌説法）
	痛(いた)くなる。	會變痛。
	痛(いた)くならない。	不會變痛。
	痛(いた)くなった。	（已經）變痛了。
	痛(いた)くなります。	會變痛。（禮貌説法）
	痛(いた)くなりません。	不會變痛。（禮貌説法）
	痛(いた)くなりました。	（已經）變痛了。（禮貌説法）
	痛(いた)い。	痛的。
	痛(いた)いです。	痛的。（禮貌説法）
	痛(いた)いですか。	痛嗎？（禮貌説法）
	痛(いた)いでしょう。	（應該）很痛吧！（口語不常用）
	痛(いた)い時(とき)。	痛的時候。
	痛(いた)い所(ところ)。	痛的部位。
	痛(いた)ければ…	如果很痛的話，…

進階理解

基本形（辭書形）	厳しい（きびしい）			
5種變化	活用形	作用	變化方式	後接常用語
①	未然形	接助動詞う（表示推測）	厳しかろ	う（普通・現在・推測）
②	連用形	接助動詞た（表示過去） 接助動詞ない（表示否定） 當副詞用，接動詞なる（變成）。	厳しかっ 厳しく	た（普通・過去・肯定） ない（普通・現在・否定） ありません（禮貌・現在・否定） なる（普通・現在・肯定） ならない（普通・現在・否定） なった（普通・過去・肯定） なります（禮貌・現在・肯定） なりません（禮貌・現在・否定） なりました（禮貌・過去・肯定）
③	終止形	句子結束，用「。」表示 接助動詞です	厳しい	。 です（禮貌・現在・肯定） ですか（禮貌・現在・疑問） でしょう（禮貌・現在・推測）
④	連體形	下接名詞	厳しい	時（とき）/時間、事（こと）/事情、人（ひと）/人、所（ところ）/地方、物（もの）/東西…等名詞。
⑤	假定形	下接ば，表示假定	厳しけれ	ば

厳（きび）しい

嚴格的

口頭背誦短句

厳（きび）しかろう。	很嚴格吧！（口語很少用）
厳（きび）しかった。	（那時候）很嚴格。
厳（きび）しくない。	不嚴格。
厳（きび）しくありません。	不嚴格。（禮貌説法）
厳（きび）しくなる。	會變嚴格。
厳（きび）しくならない。	不會變嚴格的。
厳（きび）しくなった。	（已經）變嚴格了。
厳（きび）しくなります。	會變嚴格。（禮貌説法）
厳（きび）しくなりません。	不會變嚴格的。（禮貌説法）
厳（きび）しくなりました。	（已經）變嚴格了。（禮貌説法）
厳（きび）しい。	嚴格的。
厳（きび）しいです。	嚴格的。（禮貌説法）
厳（きび）しいですか。	嚴格嗎？（禮貌説法）
厳（きび）しいでしょう。	（應該）很嚴格吧！（口語不常用）
厳（きび）しい人（ひと）。	嚴格的人。
厳（きび）しい所（ところ）。	嚴格的地方。
厳（きび）しければ…	如果很嚴格的話，…

進階理解

基本形（辭書形）　怖(こわ)い

5種變化	活用形	作用	變化方式	後接常用語
①	未然形	接助動詞う（表示推測）	怖(こわ)かろ	う　（普通・現在・推測）
②	連用形	接助動詞た（表示過去） 接助動詞ない（表示否定） 當副詞用，接動詞なる（變成）。	怖(こわ)かっ 怖(こわ)く	た　（普通・過去・肯定） ない　（普通・現在・否定） ありません（禮貌・現在・否定） なる　（普通・現在・肯定） ならない　（普通・現在・否定） なった　（普通・過去・肯定） なります　（禮貌・現在・肯定） なりません（禮貌・現在・否定） なりました（禮貌・過去・肯定）
③	終止形	句子結束，用「。」表示 接助動詞です	怖(こわ)い	。 です　（禮貌・現在・肯定） ですか　（禮貌・現在・疑問） でしょう　（禮貌・現在・推測）
④	連體形	下接名詞	怖(こわ)い	時(とき)/時間、事(こと)/事情、人(ひと)/人、所(ところ)/地方、物(もの)/東西…等名詞。
⑤	假定形	下接ば，表示假定	怖(こわ)けれ	ば

怖い（こわ）

可怕的

口頭背誦短句

怖（こわ）かろう。	很可怕吧！（口語很少用）
怖（こわ）かった。	（那時候）很可怕。
怖（こわ）くない。	不可怕。
怖（こわ）くありません。	不可怕。（禮貌說法）
怖（こわ）くなる。	會變可怕。
怖（こわ）くならない。	不會變可怕的。
怖（こわ）くなった。	（已經）變可怕了。
怖（こわ）くなります。	會變可怕。（禮貌說法）
怖（こわ）くなりません。	不會變可怕的。（禮貌說法）
怖（こわ）くなりました。	（已經）變可怕了。（禮貌說法）
怖（こわ）い。	可怕的。
怖（こわ）いです。	可怕的。（禮貌說法）
怖（こわ）いですか。	可怕嗎？（禮貌說法）
怖（こわ）いでしょう。	（應該）很可怕吧！（口語不常用）
怖（こわ）い時（とき）。	害怕的時候。
怖（こわ）い所（ところ）。	可怕的地方。
怖（こわ）ければ…	如果很可怕的話，…

基本形（辭書形）

忙しい（いそが）

5種變化	活用形	作用	變化方式	後接常用語
①	未然形	接助動詞う（表示推測）	忙しかろ	う （普通・現在・推測）
②	連用形	接助動詞た（表示過去） 接助動詞ない（表示否定） 當副詞用，接動詞なる（變成）。	忙しかっ 忙しく	た （普通・過去・肯定） ない （普通・現在・否定） ありません（禮貌・現在・否定） なる （普通・現在・肯定） ならない （普通・現在・否定） なった （普通・過去・肯定） なります （禮貌・現在・肯定） なりません（禮貌・現在・否定） なりました（禮貌・過去・肯定）
③	終止形	句子結束，用「。」表示 接助動詞です	忙しい	。 です （禮貌・現在・肯定） ですか （禮貌・現在・疑問） でしょう （禮貌・現在・推測）
④	連體形	下接名詞	忙しい	時（とき）/時間、事（こと）/事情、人（ひと）/人、所（ところ）/地方、物（もの）/東西…等名詞。
⑤	假定形	下接ば，表示假定	忙しけれ	ば

いそが
忙しい

すみません！

忙碌的

口頭背誦短句

	忙しかろう。	很忙吧！（口語很少用）
	忙しかった。	（那時候）很忙。
	忙しくない。	不忙。
	忙しくありません。	不忙。（禮貌説法）
	忙しくなる。	會變忙。
	忙しくならない。	不會變忙的。
	忙しくなった。	（已經）變忙了。
	忙しくなります。	會變忙。（禮貌説法）
	忙しくなりません。	不會變忙的。（禮貌説法）
	忙しくなりました。	（已經）變忙了。（禮貌説法）
	忙しい。	忙碌的。
	忙しいです。	忙碌的。（禮貌説法）
	忙しいですか。	忙嗎？（禮貌説法）
	忙しいでしょう。	（應該）很忙吧！（口語不常用）
	忙しい時。	忙碌的時候。
	忙しい人。	忙碌的人。
	忙しければ…	如果很忙的話，…

進階理解

基本形（辭書形） 眠(ねむ)い

5種變化	活用形	作用	變化方式	後接常用語
①	未然形	接助動詞う（表示推測）	眠(ねむ)かろ	う （普通・現在・推測）
②	連用形	接助動詞た（表示過去） 接助動詞ない（表示否定） 當副詞用，接動詞なる（變成）。	眠(ねむ)かっ 眠(ねむ)く	た （普通・過去・肯定） ない （普通・現在・否定） ありません（禮貌・現在・否定） なる （普通・現在・肯定） ならない （普通・現在・否定） なった （普通・過去・肯定） なります （禮貌・現在・肯定） なりません（禮貌・現在・否定） なりました（禮貌・過去・肯定）
③	終止形	句子結束，用「。」表示 接助動詞です	眠(ねむ)い	。 です （禮貌・現在・肯定） ですか （禮貌・現在・疑問） でしょう （禮貌・現在・推測）
④	連體形	下接名詞	眠(ねむ)い	時(とき)/時間、事(こと)/事情、人(ひと)/人、所(ところ)/地方、物(もの)/東西…等名詞。
⑤	假定形	下接ば，表示假定	眠(ねむ)けれ	ば

眠（ねむ）い

想睡覺的

口頭背誦短句

	眠（ねむ）かろう。	很想睡覺吧！（口語很少用）
	眠（ねむ）かった。	（那時候）很想睡覺。
	眠（ねむ）くない。	不想睡覺。
	眠（ねむ）くありません。	不想睡覺。（禮貌説法）
	眠（ねむ）くなる。	會想睡覺。
	眠（ねむ）くならない。	不會想睡覺的。
	眠（ねむ）くなった。	（已經）想睡覺了。
	眠（ねむ）くなります。	會想睡覺。（禮貌説法）
	眠（ねむ）くなりません。	不會想睡覺的。（禮貌説法）
	眠（ねむ）くなりました。	（已經）想睡覺了。（禮貌説法）
	眠（ねむ）い。	想睡覺的。
	眠（ねむ）いです。	想睡覺的。（禮貌説法）
	眠（ねむ）いですか。	想睡覺嗎？（禮貌説法）
	眠（ねむ）いでしょう。	（應該）很想睡覺吧！（口語不常用）
	眠（ねむ）い時（とき）。	想睡覺的時候。
	眠（ねむ）ければ…	如果想睡覺的話，…

進階理解

基本形（辭書形） 汚い（きたな）

5種變化	活用形	作用	變化方式	後接常用語	
①	未然形	接助動詞う（表示推測）	汚（きたな）かろ	う	（普通・現在・推測）
②	連用形	接助動詞た（表示過去）	汚（きたな）かっ	た	（普通・過去・肯定）
		接助動詞ない（表示否定）	汚（きたな）く	ない	（普通・現在・否定）
				ありません	（禮貌・現在・否定）
		當副詞用，接動詞なる（變成）。		なる	（普通・現在・肯定）
				ならない	（普通・現在・否定）
				なった	（普通・過去・肯定）
				なります	（禮貌・現在・肯定）
				なりません	（禮貌・現在・否定）
				なりました	（禮貌・過去・肯定）
③	終止形	句子結束，用「。」表示	汚（きたな）い	。	
		接助動詞です		です	（禮貌・現在・肯定）
				ですか	（禮貌・現在・疑問）
				でしょう	（禮貌・現在・推測）
④	連體形	下接名詞	汚（きたな）い	時（とき）/時間、事（こと）/事情、人（ひと）/人、所（ところ）/地方、物（もの）/東西…等名詞。	
⑤	假定形	下接ば，表示假定	汚（きたな）けれ	ば	

汚(きたな)い

骯髒的

口頭背誦短句

汚(きたな)かろう。	很髒吧！（口語很少用）
汚(きたな)かった。	（那時候）很髒。
汚(きたな)くない。	不髒。
汚(きたな)くありません。	不髒。（禮貌説法）
汚(きたな)くなる。	會變髒。
汚(きたな)くならない。	不會變髒的。
汚(きたな)くなった。	（已經）變髒了。
汚(きたな)くなります。	會變髒。（禮貌説法）
汚(きたな)くなりません。	不會變髒的。（禮貌説法）
汚(きたな)くなりました。	（已經）變髒了。（禮貌説法）
汚(きたな)い。	骯髒的。
汚(きたな)いです。	骯髒的。（禮貌説法）
汚(きたな)いですか。	很髒嗎？（禮貌説法）
汚(きたな)いでしょう。	（應該）很髒吧！（口語不常用）
汚(きたな)い物(もの)。	骯髒的東西。
汚(きたな)い所(ところ)。	骯髒的地方。
汚(きたな)ければ…	如果很髒的話，…

進階理解

基本形（辭書形） 深い（ふかい）

5種變化	活用形	作用	變化方式	後接常用語
①	未然形	接助動詞う（表示推測）	深かろ	う（普通・現在・推測）
②	連用形	接助動詞た（表示過去） 接助動詞ない（表示否定） 當副詞用，接動詞なる（變成）。	深かっ 深く	た（普通・過去・肯定） ない（普通・現在・否定） ありません（禮貌・現在・否定） なる（普通・現在・肯定） ならない（普通・現在・否定） なった（普通・過去・肯定） なります（禮貌・現在・肯定） なりません（禮貌・現在・否定） なりました（禮貌・過去・肯定）
③	終止形	句子結束，用「。」表示 接助動詞です	深い	。 です（禮貌・現在・肯定） ですか（禮貌・現在・疑問） でしょう（禮貌・現在・推測）
④	連體形	下接名詞	深い	時（とき）/時間、事（こと）/事情、人（ひと）/人、所（ところ）/地方、物（もの）/東西…等名詞。
⑤	假定形	下接ば，表示假定	深けれ	ば

深(ふか)い

深的

口頭背誦短句

	深(ふか)かろう。	很深吧！（口語很少用）
	深(ふか)かった。 深(ふか)くない。 深(ふか)くありません。 深(ふか)くなる。 深(ふか)くならない。 深(ふか)くなった。 深(ふか)くなります。 深(ふか)くなりません。 深(ふか)くなりました。	（那時候）很深。 不深。 不深。（禮貌説法） 會變深。 不會變深的。 （已經）變深了。 會變深。（禮貌説法） 不會變深的。（禮貌説法） （已經）變深了。（禮貌説法）
	深(ふか)い。 深(ふか)いです。 深(ふか)いですか。 深(ふか)いでしょう。	深的。 深的。（禮貌説法） 很深嗎？（禮貌説法） （應該）很深吧！（口語不常用）
	深(ふか)い所(ところ)。	深的地方。
	深(ふか)ければ…	如果很深的話，…

進階理解

基本形（辭書形） 丸い（まるい）

5種變化	活用形	作用	變化方式	後接常用語
①	未然形	接助動詞う（表示推測）	丸かろ（まる）	う　（普通・現在・推測）
②	連用形	接助動詞た（表示過去）	丸かっ（まる）	た　（普通・過去・肯定）
		接助動詞ない（表示否定）	丸く（まる）	ない　（普通・現在・否定） ありません（禮貌・現在・否定）
		當副詞用，接動詞なる（變成）。		なる　（普通・現在・肯定） ならない　（普通・現在・否定） なった　（普通・過去・肯定） なります　（禮貌・現在・肯定） なりません（禮貌・現在・否定） なりました（禮貌・過去・肯定）
③	終止形	句子結束，用「。」表示	丸い（まる）	。
		接助動詞です		です　（禮貌・現在・肯定） ですか　（禮貌・現在・疑問） でしょう　（禮貌・現在・推測）
④	連體形	下接名詞	丸い（まる）	時（とき）/時間、事（こと）/事情、人（ひと）/人、所（ところ）/地方、物（もの）/東西…等名詞。
⑤	假定形	下接ば，表示假定	丸けれ（まる）	ば

丸い（まるい）

圓的

口頭背誦短句

	丸（まる）かろう。	是圓的吧！（口語很少用）
	丸（まる）かった。	（那時候）是圓的。
	丸（まる）くない。	不圓。
	丸（まる）くありません。	不圓。（禮貌説法）
	丸（まる）くなる。	會變圓。
	丸（まる）くならない。	不會變圓的。
	丸（まる）くなった。	（已經）變圓了。
	丸（まる）くなります。	會變圓。（禮貌説法）
	丸（まる）くなりません。	不會變圓的。（禮貌説法）
	丸（まる）くなりました。	（已經）變圓了。（禮貌説法）
	丸（まる）い。	圓的。
	丸（まる）いです。	圓的。（禮貌説法）
	丸（まる）いですか。	是圓的嗎？（禮貌説法）
	丸（まる）いでしょう。	（應該）是圓的吧！（口語不常用）
	丸（まる）い物（もの）。	圓的東西。
	丸（まる）い所（ところ）。	圓的地方。
	丸（まる）ければ…	如果是圓的話，…

形容動詞

(な形容詞)

❶ 形容動詞語尾，都是在だ或です結束。（請見右頁下方圖表）

❷ 變化時，語幹不變，只變語尾。

❸ 變化時，把語尾だ、（です）變成だろ（でしょ）、だっ（でし）、で、に、だ（です）、な、なら即可。

▼ 形容動詞（な形容詞）變化方式

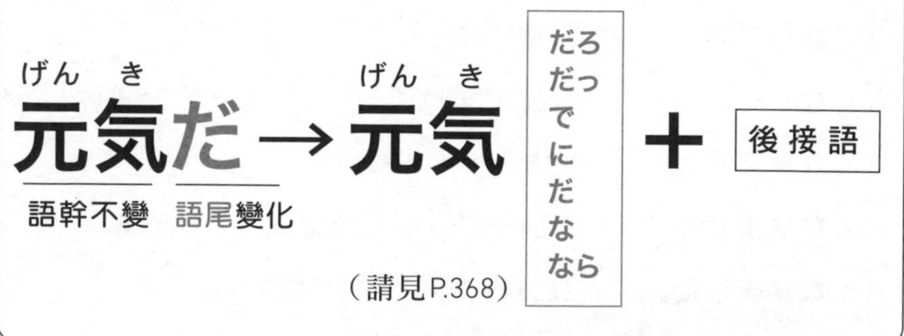

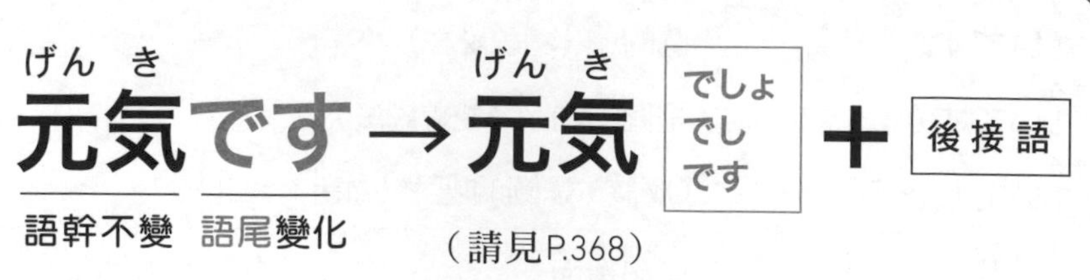

▼ 下列是本書所列舉的23個形容動詞（な形容詞）。

好(す)きだ(です)　(喜歡的)
嫌(いや)だ(です)　(討厭的)
元気(げんき)だ(です)　(有精神的)
健康(けんこう)だ(です)　(健康的)
幸(しあわ)せだ(です)　(幸福的)
平和(へいわ)だ(です)　(和平的)
不幸(ふこう)だ(です)　(不幸的)
賑(にぎ)やかだ(です)　(熱鬧的)
静(しず)かだ(です)　(安靜的)
有名(ゆうめい)だ(です)　(有名的)
立派(りっぱ)だ(です)　(優秀的)
真剣(しんけん)だ(です)　(認真的)
きれいだ(です)　(漂亮的)
親切(しんせつ)だ(です)　(親切的)
素直(すなお)だ(です)　(坦率的)
上手(じょうず)だ(です)　(厲害的)
下手(へた)だ(です)　(笨拙的)
便利(べんり)だ(です)　(方便的)
不便(ふべん)だ(です)　(不方便的)
明(あき)らかだ(です)　(清楚的)
簡単(かんたん)だ(です)　(簡單的)
丈夫(じょうぶ)だ(です)　(堅固的)
大変(たいへん)だ(です)　(糟糕的)

※ 本書所附的MP3，為了方便讀者學習，將形容動詞的錄音順序調整為先「普通體(だ)」、後「禮貌說法(です)」。另外，形容動詞假定形的「ば」在口語中經常被省略，所以MP3中也省略「ば」。

▼ 五十音圖表與形容動詞變化位置關係

清音

	あ行	か行	さ行	た行	な行	は行	ま行	や行	ら行	わ行	ん行
あ段	あ(わ) wa a	か ka	さ sa	た ta	な na	は ha	ま ma	や ya	ら ra	わ wa	ん n
い段	い i	き ki	し shi	ち chi	に ni	ひ hi	み mi		り ri		
う段	う u	く ku	す su	つ tsu	ぬ nu	ふ fu	む mu	ゆ yu	る ru		
え段	え e	け ke	せ se	て te	ね ne	へ he	め me		れ re		
お段	お o	こ ko	そ so	と to	の no	ほ ho	も mo	よ yo	ろ ro	を wo	

濁音

	が行	ざ行	だ行	ば行
あ段	が ga	ざ za	だ ❶ da	ば ba
い段	ぎ gi	じ ji	ぢ ji	び bi
う段	ぐ gu	ず zu	づ zu	ぶ bu
え段	げ ge	ぜ ze	で de	べ be
お段	ご go	ぞ zo	ど do	ぼ bo

進階理解

基本形（辭書形） 好きだ・（好きです）

5種變化	活用形	作用	變化方式	後接常用語
①	未然形	接助動詞う（表示推測）	好きだろ	う　（普通・現在・推測）
			（好きでしょ）	う　（禮貌・現在・推測）
②	連用形	接助動詞た（表示過去）	好きだっ	た　（普通・過去・肯定）
			（好きでし）	た　（禮貌・過去・肯定）
		接助動詞ない（表示否定）	好きで	はない　（普通・現在・否定）
				はありません（禮貌・現在・否定）
		接に當副詞用，再接動詞なる（變成）。	好きに	なる　（普通・現在・肯定）
				ならない　（普通・現在・否定）
				なった　（普通・過去・肯定）
				なります　（禮貌・現在・肯定）
				なりません　（禮貌・現在・否定）
				なりました　（禮貌・過去・肯定）
③	終止形	句子結束，用「。」表示	好きだ	。　（普通・現在・肯定）
			（好きです）	。　（禮貌・現在・肯定）
				か　（禮貌・現在・疑問）
④	連體形	下接名詞	好きな	時/時間、事/事情、人/人、所/地方、物/東西…等名詞。
⑤	假定形	下接ば，表示假定	好きなら	ば　（口語中常省略ば）

好(す)きだ·(好(す)きです)

喜歡的

口頭背誦短句

好(す)きだろう。	是喜歡的吧！
(好(す)きでしょう。)	是喜歡的吧！（禮貌説法）
好(す)きだった。	（那時候）是喜歡的。
(好(す)きでした。)	（那時候）是喜歡的。（禮貌説法）
好(す)きではない。	不喜歡。
好(す)きではありません。	不喜歡。（禮貌説法）
好(す)きになる。	會變喜歡。
好(す)きにならない。	不會變喜歡的。
好(す)きになった。	（已經）喜歡上了。
好(す)きになります。	會變喜歡。（禮貌説法）
好(す)きになりません。	不會變喜歡的。（禮貌説法）
好(す)きになりました。	（已經）喜歡上了。（禮貌説法）
好(す)きだ。	喜歡的。
(好(す)きです。)	喜歡的。（禮貌説法）
(好(す)きですか。)	喜歡嗎？（禮貌説法）
好(す)きな人(ひと)。	喜歡的人。
好(す)きな物(もの)。	喜歡的東西。
好(す)きなら(ば)…	如果喜歡的話，…

進階理解

基本形（辭書形） 嫌だ・（嫌です）

5種變化	活用形	作用	變化方式	後接常用語	
①	未然形	接助動詞う（表示推測）	嫌だろ	う	（普通・現在・推測）
			（嫌でしょ）	う	（禮貌・現在・推測）
②	連用形	接助動詞た（表示過去）	嫌だっ	た	（普通・過去・肯定）
			（嫌でし）	た	（禮貌・過去・肯定）
		接助動詞ない（表示否定）	嫌で	はない	（普通・現在・否定）
				はありません	（禮貌・現在・否定）
		接に當副詞用，再接動詞なる（變成）。	嫌に	なる	（普通・現在・肯定）
				ならない	（普通・現在・否定）
				なった	（普通・過去・肯定）
				なります	（禮貌・現在・肯定）
				なりません	（禮貌・現在・否定）
				なりました	（禮貌・過去・肯定）
③	終止形	句子結束，用「。」表示	嫌だ	。	（普通・現在・肯定）
			（嫌です）	。	（禮貌・現在・肯定）
				か	（禮貌・現在・疑問）
④	連體形	下接名詞	嫌な	時/時間、事/事情、人/人、所/地方、物/東西…等名詞。	
⑤	假定形	下接ば，表示假定	嫌なら	ば	（口語中常省略ば）

嫌(いや)だ·(嫌(いや)です)

討厭的

口頭背誦短句

嫌(いや)だろう。	是討厭的吧！
(嫌(いや)でしょう。)	是討厭的吧！（禮貌説法）
嫌(いや)だった。	（那時候）是討厭的。
(嫌(いや)でした。)	（那時候）是討厭的。（禮貌説法）
嫌(いや)ではない。	不討厭。
嫌(いや)ではありません。	不討厭。（禮貌説法）
嫌(いや)になる。	會變厭煩。
嫌(いや)にならない。	不會變討厭的。
嫌(いや)になった。	（已經）變討厭了。
嫌(いや)になります。	會變厭煩。（禮貌説法）
嫌(いや)になりません。	不會變討厭的。（禮貌説法）
嫌(いや)になりました。	（已經）變討厭了。（禮貌説法）
嫌(いや)だ。	討厭的。
(嫌(いや)です。)	討厭的。（禮貌説法）
(嫌(いや)ですか。)	討厭嗎？（禮貌説法）
嫌(いや)な人(ひと)。	討厭的人。
嫌(いや)な所(ところ)。	討厭的地方。
嫌(いや)なら(ば)…	如果討厭的話，…

進階理解

基本形（辭書形） 元気(げんき)だ・(元気(げんき)です)

5種變化	活用形	作 用	變化方式	後接常用語	
①	未然形	接助動詞う（表示推測）	元気(げんき)だろ (元気(げんき)でしょ)	う う	（普通・現在・推測） （禮貌・現在・推測）
②	連用形	接助動詞た（表示過去） 接助動詞ない（表示否定） 接に當副詞用，再接動詞なる（變成）。	元気(げんき)だっ (元気(げんき)でし) 元気(げんき)で 元気(げんき)に	た た はない はありません なる ならない なった なります なりません なりました	（普通・過去・肯定） （禮貌・過去・肯定） （普通・現在・否定） （禮貌・現在・否定） （普通・現在・肯定） （普通・現在・否定） （普通・過去・肯定） （禮貌・現在・肯定） （禮貌・現在・否定） （禮貌・過去・肯定）
③	終止形	句子結束，用「。」表示	元気(げんき)だ (元気(げんき)です)	。 。 か	（普通・現在・肯定） （禮貌・現在・肯定） （禮貌・現在・疑問）
④	連體形	下接名詞	元気(げんき)な	時(とき)/時間、事(こと)/事情、人(ひと)/人、所(ところ)/地方、物(もの)/東西…等名詞。	
⑤	假定形	下接ば，表示假定	元気(げんき)なら	ば	（口語中常省略ば）

元気(げんき)だ・(元気(げんき)です)

有精神的

口頭背誦短句

元気(げんき)だろう。	很有精神吧！
(元気(げんき)でしょう。)	很有精神吧！（禮貌説法）
元気(げんき)だった。	（那時候）是很有精神的。
(元気(げんき)でした。)	（那時候）是很有精神的。（禮貌説法）
元気(げんき)ではない。	沒有精神。
元気(げんき)ではありません。	沒有精神。（禮貌説法）
元気(げんき)になる。	會變有精神的。
元気(げんき)にならない。	不會變有精神的。
元気(げんき)になった。	（已經）變有精神了。
元気(げんき)になります。	會變有精神的。（禮貌説法）
元気(げんき)になりません。	不會變有精神的。（禮貌説法）
元気(げんき)になりました。	（已經）變有精神了。（禮貌説法）
元気(げんき)だ。	有精神的。
(元気(げんき)です。)	有精神的。（禮貌説法）
(元気(げんき)ですか。)	有精神嗎？（禮貌説法）
元気(げんき)な人(ひと)。	精神飽滿的人。
元気(げんき)な時(とき)。	有精神的時候。
元気(げんき)なら(ば)…	如果有精神的話，…

進階理解

基本形（辭書形） 健康だ・（健康です）

けんこう 健康だ・（けんこう 健康です）

5種變化	活用形	作用	變化方式	後接常用語	
①	未然形	接助動詞う（表示推測）	健康だろ	う	（普通・現在・推測）
			（健康でしょ）	う	（禮貌・現在・推測）
②	連用形	接助動詞た（表示過去）	健康だっ	た	（普通・過去・肯定）
			（健康でし）	た	（禮貌・過去・肯定）
		接助動詞ない（表示否定）	健康で	はない	（普通・現在・否定）
				はありません	（禮貌・現在・否定）
		接に當副詞用，再接動詞なる（變成）。	健康に	なる	（普通・現在・肯定）
				ならない	（普通・現在・否定）
				なった	（普通・過去・肯定）
				なります	（禮貌・現在・肯定）
				なりません	（禮貌・現在・否定）
				なりました	（禮貌・過去・肯定）
③	終止形	句子結束，用「。」表示	健康だ	。	（普通・現在・肯定）
			（健康です）	。	（禮貌・現在・肯定）
				か	（禮貌・現在・疑問）
④	連體形	下接名詞	健康な	時（とき）/時間、事（こと）/事情、人（ひと）/人、所（ところ）/地方、物（もの）/東西…等名詞。	
⑤	假定形	下接ば，表示假定	健康なら	ば	（口語中常省略ば）

（表中「健康」均標注假名：けんこう）

健康(けんこう)だ・(健康(けんこう)です)

健康的

口頭背誦短句

	健康(けんこう)だろう。	是健康的吧！
	(健康(けんこう)でしょう。)	是健康的吧！（禮貌説法）
	健康(けんこう)だった。	（那時候）是健康的。
	(健康(けんこう)でした。)	（那時候）是健康的。（禮貌説法）
	健康(けんこう)ではない。	不健康。
	健康(けんこう)ではありません。	不健康。（禮貌説法）
	健康(けんこう)になる。	會變健康。
	健康(けんこう)にならない。	不會變健康的。
	健康(けんこう)になった。	（已經）變健康了。
	健康(けんこう)になります。	會變健康。（禮貌説法）
	健康(けんこう)になりません。	不會變健康的。（禮貌説法）
	健康(けんこう)になりました。	（已經）變健康了。（禮貌説法）
	健康(けんこう)だ。	健康的。
	(健康(けんこう)です。)	健康的。（禮貌説法）
	(健康(けんこう)ですか。)	健康嗎？（禮貌説法）
	健康(けんこう)な時(とき)。	健康的時候。
	健康(けんこう)な人(ひと)。	健康的人。
	健康(けんこう)なら(ば)…	如果健康的話，…

基本形（辭書形） 幸せ(しあわ)だ・（幸せ(しあわ)です）

5種變化	活用形	作用	變化方式	後接常用語	
①	未然形	接助動詞う（表示推測）	幸せ(しあわ)だろ	う	（普通・現在・推測）
			（幸せ(しあわ)でしょ）	う	（禮貌・現在・推測）
②	連用形	接助動詞た（表示過去）	幸せ(しあわ)だっ	た	（普通・過去・肯定）
			（幸せ(しあわ)でし）	た	（禮貌・過去・肯定）
		接助動詞ない（表示否定）	幸せ(しあわ)で	はない	（普通・現在・否定）
				はありません	（禮貌・現在・否定）
		接に當副詞用，再接動詞なる（變成）。	幸せ(しあわ)に	なる	（普通・現在・肯定）
				ならない	（普通・現在・否定）
				なった	（普通・過去・肯定）
				なります	（禮貌・現在・肯定）
				なりません	（禮貌・現在・否定）
				なりました	（禮貌・過去・肯定）
③	終止形	句子結束，用「。」表示	幸せ(しあわ)だ	。	（普通・現在・肯定）
			（幸せ(しあわ)です）	。	（禮貌・現在・肯定）
				か	（禮貌・現在・疑問）
④	連體形	下接名詞	幸せ(しあわ)な	時(とき)/時間、事(こと)/事情、人(ひと)/人、所(ところ)/地方、物(もの)/東西…等名詞。	
⑤	假定形	下接ば，表示假定	幸せ(しあわ)なら	ば	（口語中常省略ば）

幸(しあわ)せだ・（幸(しあわ)せです）

幸福的

口頭背誦短句

幸(しあわ)せだろう。 （幸(しあわ)せでしょう。）	很幸福吧！ 很幸福吧！（禮貌説法）
幸(しあわ)せだった。 （幸(しあわ)せでした。） 幸(しあわ)せではない。 幸(しあわ)せではありません。 幸(しあわ)せになる。 幸(しあわ)せにならない。 幸(しあわ)せになった。 幸(しあわ)せになります。 幸(しあわ)せになりません。 幸(しあわ)せになりました。	（那時候）很幸福。 （那時候）很幸福。（禮貌説法） 不幸福。 不幸福。（禮貌説法） 會變幸福。 不會變幸福的。 （已經）變幸福了。 會變幸福。（禮貌説法） 不會變幸福的。（禮貌説法） （已經）變幸福了。（禮貌説法）
幸(しあわ)せだ。 （幸(しあわ)せです。） （幸(しあわ)せですか。）	幸福的。 幸福的。（禮貌説法） 幸福嗎？（禮貌説法）
幸(しあわ)せな時(とき)。 幸(しあわ)せな人(ひと)。	幸福的時候。 幸福的人。
幸(しあわ)せなら（ば）…	如果是幸福的話，…

進階理解

基本形（辭書形） 平和だ・（平和です）

（へいわ）

5種變化	活用形	作用	變化方式	後接常用語
①	未然形	接助動詞う（表示推測）	平和だろ	う　（普通・現在・推測）
			（平和でしょ）	う　（禮貌・現在・推測）
②	連用形	接助動詞た（表示過去）	平和だっ	た　（普通・過去・肯定）
			（平和でし）	た　（禮貌・過去・肯定）
		接助動詞ない（表示否定）	平和で	はない　（普通・現在・否定）
				はありません（禮貌・現在・否定）
		接に當副詞用，再接動詞なる（變成）。	平和に	なる　（普通・現在・肯定）
				ならない　（普通・現在・否定）
				なった　（普通・過去・肯定）
				なります　（禮貌・現在・肯定）
				なりません　（禮貌・現在・否定）
				なりました　（禮貌・過去・肯定）
③	終止形	句子結束，用「。」表示	平和だ	。　（普通・現在・肯定）
			（平和です）	。　（禮貌・現在・肯定）
				か　（禮貌・現在・疑問）
④	連體形	下接名詞	平和な	時（とき）/時間、事（こと）/事情、人（ひと）/人、所（ところ）/地方、物（もの）/東西…等名詞。
⑤	假定形	下接ば，表示假定	平和なら	ば　（口語中常省略ば）

平和だ·(平和です)

和平的

口頭背誦短句

平和だろう。	很和平吧！
(平和でしょう。)	很和平吧！（禮貌說法）
平和だった。	（那時候）很和平。
(平和でした。)	（那時候）很和平。（禮貌說法）
平和ではない。	不和平。
平和ではありません。	不和平。（禮貌說法）
平和になる。	會變和平。
平和にならない。	不會變和平的。
平和になった。	（已經）變和平了。
平和になります。	會變和平。（禮貌說法）
平和になりません。	不會變和平的。（禮貌說法）
平和になりました。	（已經）變和平了。（禮貌說法）
平和だ。	和平的。
(平和です。)	和平的。（禮貌說法）
(平和ですか。)	和平嗎？（禮貌說法）
平和な時。	和平的時候。
平和な所。	和平的地方。
平和なら(ば)…	如果和平的話，…

進階理解

基本形（辭書形） 不幸(ふこう)だ・（不幸(ふこう)です）

5種變化	活用形	作用	變化方式	後接常用語	
①	未然形	接助動詞う（表示推測）	不幸(ふこう)だろ	う	（普通・現在・推測）
			（不幸(ふこう)でしょ）	う	（禮貌・現在・推測）
②	連用形	接助動詞た（表示過去）	不幸(ふこう)だっ	た	（普通・過去・肯定）
			（不幸(ふこう)でし）	た	（禮貌・過去・肯定）
		接助動詞ない（表示否定）	不幸(ふこう)で	はない	（普通・現在・否定）
				はありません	（禮貌・現在・否定）
		接に當副詞用，再接動詞なる（變成）。	不幸(ふこう)に	なる	（普通・現在・肯定）
				ならない	（普通・現在・否定）
				なった	（普通・過去・肯定）
				なります	（禮貌・現在・肯定）
				なりません	（禮貌・現在・否定）
				なりました	（禮貌・過去・肯定）
③	終止形	句子結束，用「。」表示	不幸(ふこう)だ	。	（普通・現在・肯定）
			（不幸(ふこう)です）	。	（禮貌・現在・肯定）
				か	（禮貌・現在・疑問）
④	連體形	下接名詞	不幸(ふこう)な	時(とき)/時間、事(こと)/事情、人(ひと)/人、所(ところ)/地方、物(もの)/東西…等名詞。	
⑤	假定形	下接ば，表示假定	不幸(ふこう)なら	ば	（口語中常省略ば）

不幸（ふこう）だ·(不幸（ふこう）です)

不幸的

口頭背誦短句

不幸（ふこう）だろう。	很不幸吧！
(不幸（ふこう）でしょう。)	很不幸吧！（禮貌說法）
不幸（ふこう）だった。	（那時候）很不幸。
(不幸（ふこう）でした。)	（那時候）很不幸。（禮貌說法）
不幸（ふこう）ではない。	不是不幸的。
不幸（ふこう）ではありません。	不是不幸的。（禮貌說法）
不幸（ふこう）になる。	會變不幸。
不幸（ふこう）にならない。	不會變不幸的。
不幸（ふこう）になった。	（已經）變不幸了。
不幸（ふこう）になります。	會變不幸。（禮貌說法）
不幸（ふこう）になりません。	不會變不幸的。（禮貌說法）
不幸（ふこう）になりました。	（已經）變不幸了。（禮貌說法）
不幸（ふこう）だ。	不幸的。
(不幸（ふこう）です。)	不幸的。（禮貌說法）
(不幸（ふこう）ですか。)	不幸嗎？（禮貌說法）
不幸（ふこう）な事（こと）。	不幸的事。
不幸（ふこう）な人（ひと）。	不幸的人。
不幸（ふこう）なら(ば)…	如果不幸的話，…

基本形（辭書形） 賑(にぎ)やかだ・（賑(にぎ)やかです）

5種變化	活用形	作用	變化方式	後接常用語	
①	未然形	接助動詞う（表示推測）	賑(にぎ)やかだろ	う	（普通・現在・推測）
			（賑(にぎ)やかでしょ）	う	（禮貌・現在・推測）
②	連用形	接助動詞た（表示過去）	賑(にぎ)やかだっ	た	（普通・過去・肯定）
			（賑(にぎ)やかでし）	た	（禮貌・過去・肯定）
		接助動詞ない（表示否定）	賑(にぎ)やかで	はない	（普通・現在・否定）
				はありません	（禮貌・現在・否定）
		接に當副詞用，再接動詞なる（變成）。	賑(にぎ)やかに	なる	（普通・現在・肯定）
				ならない	（普通・現在・否定）
				なった	（普通・過去・肯定）
				なります	（禮貌・現在・肯定）
				なりません	（禮貌・現在・否定）
				なりました	（禮貌・過去・肯定）
③	終止形	句子結束，用「。」表示	賑(にぎ)やかだ	。	（普通・現在・肯定）
			（賑(にぎ)やかです）	。	（禮貌・現在・肯定）
				か	（禮貌・現在・疑問）
④	連體形	下接名詞	賑(にぎ)やかな	時(とき)/時間、事(こと)/事情、人(ひと)/人、所(ところ)/地方、物(もの)/東西…等名詞。	
⑤	假定形	下接ば，表示假定	賑(にぎ)やかなら	ば	（口語中常省略ば）

賑（にぎ）やかだ・（賑（にぎ）やかです）

熱鬧的

口頭背誦短句

賑（にぎ）やかだろう。	很熱鬧吧！
（賑（にぎ）やかでしょう。）	很熱鬧吧！（禮貌説法）
賑（にぎ）やかだった。	（那時候）很熱鬧。
（賑（にぎ）やかでした。）	（那時候）很熱鬧。（禮貌説法）
賑（にぎ）やかではない。	不熱鬧。
賑（にぎ）やかではありません。	不熱鬧。（禮貌説法）
賑（にぎ）やかになる。	會變熱鬧。
賑（にぎ）やかにならない。	不會變熱鬧的。
賑（にぎ）やかになった。	（已經）變熱鬧了。
賑（にぎ）やかになります。	會變熱鬧。（禮貌説法）
賑（にぎ）やかになりません。	不會變熱鬧的。（禮貌説法）
賑（にぎ）やかになりました。	（已經）變熱鬧了。（禮貌説法）
賑（にぎ）やかだ。	熱鬧的。
（賑（にぎ）やかです。）	熱鬧的。（禮貌説法）
（賑（にぎ）やかですか。）	熱鬧嗎？（禮貌説法）
賑（にぎ）やかな時（とき）。	熱鬧的時候。
賑（にぎ）やかな所（ところ）。	熱鬧的地方。
賑（にぎ）やかなら（ば）…	如果很熱鬧的話，…

進階理解

基本形（辭書形） 静（しず）かだ・（静（しず）かです）

5種變化	活用形	作用	變化方式	後接常用語
①	未然形	接助動詞う（表示推測）	静（しず）かだろ	う　（普通・現在・推測）
			（静（しず）かでしょ）	う　（禮貌・現在・推測）
②	連用形	接助動詞た（表示過去）	静（しず）かだっ	た　（普通・過去・肯定）
			（静（しず）かでし）	た　（禮貌・過去・肯定）
		接助動詞ない（表示否定）	静（しず）かで	はない　（普通・現在・否定）
				はありません（禮貌・現在・否定）
		接に當副詞用，再接動詞なる（變成）。	静（しず）かに	なる　（普通・現在・肯定）
				ならない　（普通・現在・否定）
				なった　（普通・過去・肯定）
				なります　（禮貌・現在・肯定）
				なりません（禮貌・現在・否定）
				なりました（禮貌・過去・肯定）
③	終止形	句子結束，用「。」表示	静（しず）かだ	。　（普通・現在・肯定）
			（静（しず）かです）	。　（禮貌・現在・肯定）
				か　（禮貌・現在・疑問）
④	連體形	下接名詞	静（しず）かな	時（とき）/時間、事（こと）/事情、人（ひと）/人、所（ところ）/地方、物（もの）/東西…等名詞。
⑤	假定形	下接ば，表示假定	静（しず）かなら	ば　（口語中常省略ば）

静(しず)かだ·(静(しず)かです)

安靜的

口頭背誦短句

静(しず)かだろう。	很安靜吧！
(静(しず)かでしょう。)	很安靜吧！（禮貌説法）
静(しず)かだった。	（那時候）很安靜。
(静(しず)かでした。)	（那時候）很安靜。（禮貌説法）
静(しず)かではない。	不安靜。
静(しず)かではありません。	不安靜。（禮貌説法）
静(しず)かになる。	會變安靜。
静(しず)かにならない。	不會變安靜的。
静(しず)かになった。	（已經）變安靜了。
静(しず)かになります。	會變安靜。（禮貌説法）
静(しず)かになりません。	不會變安靜的。（禮貌説法）
静(しず)かになりました。	（已經）變安靜了。（禮貌説法）
静(しず)かだ。	安靜的。
(静(しず)かです。)	安靜的。（禮貌説法）
(静(しず)かですか。)	安靜嗎？（禮貌説法）
静(しず)かな人(ひと)。	安靜的人。
静(しず)かな所(ところ)。	安靜的地方。
静(しず)かなら(ば)…	如果安靜的話，…

進階理解

基本形（辭書形） 有名(ゆうめい)だ・（有名(ゆうめい)です）

5種變化	活用形	作用	變化方式	後接常用語	
①	未然形	接助動詞う（表示推測）	有名(ゆうめい)だろ	う	（普通・現在・推測）
			（有名(ゆうめい)でしょ）	う	（禮貌・現在・推測）
②	連用形	接助動詞た（表示過去）	有名(ゆうめい)だっ	た	（普通・過去・肯定）
			（有名(ゆうめい)でし）	た	（禮貌・過去・肯定）
		接助動詞ない（表示否定）	有名(ゆうめい)で	はない	（普通・現在・否定）
				はありません	（禮貌・現在・否定）
		接に當副詞用，再接動詞なる（變成）。	有名(ゆうめい)に	なる	（普通・現在・肯定）
				ならない	（普通・現在・否定）
				なった	（普通・過去・肯定）
				なります	（禮貌・現在・肯定）
				なりません	（禮貌・現在・否定）
				なりました	（禮貌・過去・肯定）
③	終止形	句子結束，用「。」表示	有名(ゆうめい)だ	。	（普通・現在・肯定）
			（有名(ゆうめい)です）	。	（禮貌・現在・肯定）
				か	（禮貌・現在・疑問）
④	連體形	下接名詞	有名(ゆうめい)な	時(とき)/時間、事(こと)/事情、人(ひと)/人、所(ところ)/地方、物(もの)/東西…等名詞。	
⑤	假定形	下接ば，表示假定	有名(ゆうめい)なら	ば	（口語中常省略ば）

有名(ゆうめい)だ・(有名(ゆうめい)です)

有名的

口頭背誦短句

有名(ゆうめい)だろう。	很有名吧！
(有名(ゆうめい)でしょう。)	很有名吧！（禮貌說法）
有名(ゆうめい)だった。	（那時候）很有名。
(有名(ゆうめい)でした。)	（那時候）很有名。（禮貌說法）
有名(ゆうめい)ではない。	不有名。
有名(ゆうめい)ではありません。	不有名。（禮貌說法）
有名(ゆうめい)になる。	會變有名。
有名(ゆうめい)にならない。	不會變有名的。
有名(ゆうめい)になった。	（已經）變有名了。
有名(ゆうめい)になります。	會變有名。（禮貌說法）
有名(ゆうめい)になりません。	不會變有名的。（禮貌說法）
有名(ゆうめい)になりました。	（已經）變有名了。（禮貌說法）
有名(ゆうめい)だ。	有名的。
(有名(ゆうめい)です。)	有名的。（禮貌說法）
(有名(ゆうめい)ですか。)	有名嗎？（禮貌說法）
有名(ゆうめい)な人(ひと)。	有名的人。
有名(ゆうめい)な所(ところ)。	有名的地方。
有名(ゆうめい)なら(ば)…	如果是有名的話，…

基本形（辭書形） 立派(りっぱ)だ・（立派(りっぱ)です）

5種變化	活用形	作用	變化方式	後接常用語	
①	未然形	接助動詞う（表示推測）	立派(りっぱ)だろ	う	（普通・現在・推測）
			（立派(りっぱ)でしょ）	う	（禮貌・現在・推測）
②	連用形	接助動詞た（表示過去）	立派(りっぱ)だっ	た	（普通・過去・肯定）
			（立派(りっぱ)でし）	た	（禮貌・過去・肯定）
		接助動詞ない（表示否定）	立派(りっぱ)で	はない	（普通・現在・否定）
				はありません	（禮貌・現在・否定）
		接に當副詞用，再接動詞なる（變成）。	立派(りっぱ)に	なる	（普通・現在・肯定）
				ならない	（普通・現在・否定）
				なった	（普通・過去・肯定）
				なります	（禮貌・現在・肯定）
				なりません	（禮貌・現在・否定）
				なりました	（禮貌・過去・肯定）
③	終止形	句子結束，用「。」表示	立派(りっぱ)だ	。	（普通・現在・肯定）
			（立派(りっぱ)です）	。	（禮貌・現在・肯定）
				か	（禮貌・現在・疑問）
④	連體形	下接名詞	立派(りっぱ)な	時(とき)/時間、事(こと)/事情、人(ひと)/人、所(ところ)/地方、物(もの)/東西…等名詞。	
⑤	假定形	下接ば，表示假定	立派(りっぱ)なら	ば	（口語中常省略ば）

立派(りっぱ)だ・(立派(りっぱ)です)

優秀的

口頭背誦短句

	立派(りっぱ)だろう。 (立派(りっぱ)でしょう。)	很優秀吧！ 很優秀吧！（禮貌説法）
	立派(りっぱ)だった。 (立派(りっぱ)でした。) 立派(りっぱ)ではない。 立派(りっぱ)ではありません。 立派(りっぱ)になる。 立派(りっぱ)にならない。 立派(りっぱ)になった。 立派(りっぱ)になります。 立派(りっぱ)になりません。 立派(りっぱ)になりました。	（那時候）很優秀。 （那時候）很優秀。（禮貌説法） 不優秀。 不優秀。（禮貌説法） 會變優秀。 不會變優秀的。 （已經）變優秀了。 會變優秀。（禮貌説法） 不會變優秀的。（禮貌説法） （已經）變優秀了。（禮貌説法）
	立派(りっぱ)だ。 (立派(りっぱ)です。) (立派(りっぱ)ですか。)	優秀的。 優秀的。（禮貌説法） 優秀嗎？（禮貌説法）
	立派(りっぱ)な人(ひと)。 立派(りっぱ)な所(ところ)。	優秀的人。 優秀的地方。
	立派(りっぱ)なら(ば)…	如果很優秀的話，…

進階理解

基本形（辭書形） 真剣（しんけん）だ・（真剣（しんけん）です）

5種變化	活用形	作用	變化方式	後接常用語
①	未然形	接助動詞う（表示推測）	真剣（しんけん）だろ （真剣（しんけん）でしょ）	う（普通・現在・推測） う（禮貌・現在・推測）
②	連用形	接助動詞た（表示過去） 接助動詞ない（表示否定） 接に當副詞用，再接動詞なる（變成）。	真剣（しんけん）だっ （真剣（しんけん）でし） 真剣（しんけん）で 真剣（しんけん）に	た（普通・過去・肯定） た（禮貌・過去・肯定） はない（普通・現在・否定） はありません（禮貌・現在・否定） なる（普通・現在・肯定） ならない（普通・現在・否定） なった（普通・過去・肯定） なります（禮貌・現在・肯定） なりません（禮貌・現在・否定） なりました（禮貌・過去・肯定）
③	終止形	句子結束，用「。」表示	真剣（しんけん）だ （真剣（しんけん）です）	。（普通・現在・肯定） 。（禮貌・現在・肯定） か（禮貌・現在・疑問）
④	連體形	下接名詞	真剣（しんけん）な	時（とき）/時間、事（こと）/事情、人（ひと）/人、所（ところ）/地方、物（もの）/東西…等名詞。
⑤	假定形	下接ば，表示假定	真剣（しんけん）なら	ば（口語中常省略ば）

真剣(しんけん)だ・(真剣(しんけん)です)

認真的

口頭背誦短句

真剣(しんけん)だろう。 (真剣(しんけん)でしょう。)	很認真吧！ 很認真吧！（禮貌説法）
真剣(しんけん)だった。 (真剣(しんけん)でした。) 真剣(しんけん)ではない。 真剣(しんけん)ではありません。 真剣(しんけん)になる。 真剣(しんけん)にならない。 真剣(しんけん)になった。 真剣(しんけん)になります。 真剣(しんけん)になりません。 真剣(しんけん)になりました。	（那時候）很認真。 （那時候）很認真。（禮貌説法） 不認真。 不認真。（禮貌説法） 會變認真。 不會變認真的。 （已經）變認真了。 會變認真。（禮貌説法） 不會變認真的。（禮貌説法） （已經）變認真了。（禮貌説法）
真剣(しんけん)だ。 (真剣(しんけん)です。) (真剣(しんけん)ですか。)	認真的。 認真的。（禮貌説法） 很認真嗎？（禮貌説法）
真剣(しんけん)な人(ひと)。	認真的人。
真剣(しんけん)なら(ば)…	如果很認真的話，…

進階理解

基本形（辭書形） きれいだ・（きれいです）

5種變化	活用形	作用	變化方式	後接常用語
①	未然形	接助動詞う（表示推測）	きれいだろ	う　（普通・現在・推測）
			（きれいでしょ）	う　（禮貌・現在・推測）
②	連用形	接助動詞た（表示過去）	きれいだっ	た　（普通・過去・肯定）
			（きれいでし）	た　（禮貌・過去・肯定）
		接助動詞ない（表示否定）	きれいで	はない　（普通・現在・否定）
				はありません（禮貌・現在・否定）
		接に當副詞用，再接動詞なる（變成）。	きれいに	なる　（普通・現在・肯定）
				ならない　（普通・現在・否定）
				なった　（普通・過去・肯定）
				なります　（禮貌・現在・肯定）
				なりません（禮貌・現在・否定）
				なりました　（禮貌・過去・肯定）
③	終止形	句子結束，用「。」表示	きれいだ	。　（普通・現在・肯定）
			（きれいです）	。　（禮貌・現在・肯定）
				か　（禮貌・現在・疑問）
④	連體形	下接名詞	きれいな	時（とき）/時間、事（こと）/事情、人（ひと）/人、所（ところ）/地方、物（もの）/東西…等名詞。
⑤	假定形	下接ば，表示假定	きれいなら	ば　（口語中常省略ば）

きれいだ・（きれいです）

漂亮的

口頭背誦短句

	きれいだろう。 （きれいでしょう。）	很漂亮吧！ 很漂亮吧！（禮貌説法）
	きれいだった。 （きれいでした。） きれいではない。 きれいではありません。 きれいになる。 きれいにならない。 きれいになった。 きれいになります。 きれいになりません。 きれいになりました。	（那時候）很漂亮。 （那時候）很漂亮。（禮貌説法） 不漂亮。 不漂亮。（禮貌説法） 會變漂亮。 不會變漂亮的。 （已經）變漂亮了。 會變漂亮。（禮貌説法） 不會變漂亮的。（禮貌説法） （已經）變漂亮了。（禮貌説法）
	きれいだ。 （きれいです。） （きれいですか。）	漂亮的。 漂亮的。（禮貌説法） 漂亮嗎？（禮貌説法）
	きれいな人（ひと）。 きれいな所（ところ）。	漂亮的人。 漂亮的地方。
	きれいなら（ば）…	如果漂亮的話，…

進階理解

基本形（辭書形） 親切(しんせつ)だ・（親切(しんせつ)です）

5種變化	活用形	作用	變化方式	後接常用語	
①	未然形	接助動詞う（表示推測）	親切(しんせつ)だろ	う	（普通・現在・推測）
			（親切(しんせつ)でしょ）	う	（禮貌・現在・推測）
②	連用形	接助動詞た（表示過去）	親切(しんせつ)だっ	た	（普通・過去・肯定）
			（親切(しんせつ)でし）	た	（禮貌・過去・肯定）
		接助動詞ない（表示否定）	親切(しんせつ)で	はない	（普通・現在・否定）
				はありません	（禮貌・現在・否定）
		接に當副詞用，再接動詞なる（變成）。	親切(しんせつ)に	なる	（普通・現在・肯定）
				ならない	（普通・現在・否定）
				なった	（普通・過去・肯定）
				なります	（禮貌・現在・肯定）
				なりません	（禮貌・現在・否定）
				なりました	（禮貌・過去・肯定）
③	終止形	句子結束，用「。」表示	親切(しんせつ)だ	。	（普通・現在・肯定）
			（親切(しんせつ)です）	。	（禮貌・現在・肯定）
				か	（禮貌・現在・疑問）
④	連體形	下接名詞	親切(しんせつ)な	時(とき)/時間、事(こと)/事情、人(ひと)/人、所(ところ)/地方、物(もの)/東西…等名詞。	
⑤	假定形	下接ば，表示假定	親切(しんせつ)なら	ば	（口語中常省略ば）

親切(しんせつ)だ・（親切(しんせつ)です）

親切的

口頭背誦短句

	親切(しんせつ)だろう。	很親切吧！
	（親切(しんせつ)でしょう。）	很親切吧！（禮貌説法）
	親切(しんせつ)だった。	（那時候）很親切。
	（親切(しんせつ)でした。）	（那時候）很親切。（禮貌説法）
	親切(しんせつ)ではない。	不親切。
	親切(しんせつ)ではありません。	不親切。（禮貌説法）
	親切(しんせつ)になる。	會變親切。
	親切(しんせつ)にならない。	不會變親切的。（少用）
	親切(しんせつ)になった。	（已經）變親切了。
	親切(しんせつ)になります。	會變親切。（禮貌説法）
	親切(しんせつ)になりません。	不會變親切的。（少用）
	親切(しんせつ)になりました。	（已經）變親切了。（禮貌説法）
	親切(しんせつ)だ。	親切的。
	（親切(しんせつ)です。）	親切的。（禮貌説法）
	（親切(しんせつ)ですか。）	親切嗎？（禮貌説法）
	親切(しんせつ)な時(とき)。	親切的時候。
	親切(しんせつ)な人(ひと)。	親切的人。
	親切(しんせつ)なら（ば）…	如果親切的話，…

進階理解

基本形（辭書形） 素直（すなお）だ・（素直（すなお）です）

5種變化	活用形	作用	變化方式	後接常用語	
①	未然形	接助動詞う（表示推測）	素直（すなお）だろ	う	（普通・現在・推測）
			（素直（すなお）でしょ）	う	（禮貌・現在・推測）
②	連用形	接助動詞た（表示過去）	素直（すなお）だっ	た	（普通・過去・肯定）
			（素直（すなお）でし）	た	（禮貌・過去・肯定）
		接助動詞ない（表示否定）	素直（すなお）で	はない	（普通・現在・否定）
				はありません	（禮貌・現在・否定）
		接に當副詞用，再接動詞なる（變成）。	素直（すなお）に	なる	（普通・現在・肯定）
				ならない	（普通・現在・否定）
				なった	（普通・過去・肯定）
				なります	（禮貌・現在・肯定）
				なりません	（禮貌・現在・否定）
				なりました	（禮貌・過去・肯定）
③	終止形	句子結束，用「。」表示	素直（すなお）だ	。	（普通・現在・肯定）
			（素直（すなお）です）	。	（禮貌・現在・肯定）
				か	（禮貌・現在・疑問）
④	連體形	下接名詞	素直（すなお）な	時（とき）/時間、事（こと）/事情、人（ひと）/人、所（ところ）/地方、物（もの）/東西…等名詞。	
⑤	假定形	下接ば，表示假定	素直（すなお）なら	ば	（口語中常省略ば）

素直(すなお)だ・（素直(すなお)です）

坦率的

口頭背誦短句

素直(すなお)だろう。	很坦率吧！
（素直(すなお)でしょう。）	很坦率吧！（禮貌説法）
素直(すなお)だった。	（那時候）很坦率。
（素直(すなお)でした。）	（那時候）很坦率。（禮貌説法）
素直(すなお)ではない。	不坦率。
素直(すなお)ではありません。	不坦率。（禮貌説法）
素直(すなお)になる。	會變坦率。
素直(すなお)にならない。	不會變坦率的。
素直(すなお)になった。	（已經）變坦率了。
素直(すなお)になります。	會變坦率。（禮貌説法）
素直(すなお)になりません。	不會變坦率的。（禮貌説法）
素直(すなお)になりました。	（已經）變坦率了。（禮貌説法）
素直(すなお)だ。	坦率的。
（素直(すなお)です。）	坦率的。（禮貌説法）
（素直(すなお)ですか。）	很坦率嗎？（禮貌説法）
素直(すなお)な人(ひと)。	坦率的人。
素直(すなお)なら(ば)…	如果坦率的話，…

進階理解

基本形（辭書形） 上手だ・（上手です）

じょうず 上手だ・（じょうず 上手です）

5種變化	活用形	作用	變化方式	後接常用語	
①	未然形	接助動詞う（表示推測）	上手だろ	う	（普通・現在・推測）
			（上手でしょ）	う	（禮貌・現在・推測）
②	連用形	接助動詞た（表示過去）	上手だっ	た	（普通・過去・肯定）
			（上手でし）	た	（禮貌・過去・肯定）
		接助動詞ない（表示否定）	上手で	はない	（普通・現在・否定）
				はありません	（禮貌・現在・否定）
		接に當副詞用，再接動詞なる（變成）。	上手に	なる	（普通・現在・肯定）
				ならない	（普通・現在・否定）
				なった	（普通・過去・肯定）
				なります	（禮貌・現在・肯定）
				なりません	（禮貌・現在・否定）
				なりました	（禮貌・過去・肯定）
③	終止形	句子結束，用「。」表示	上手だ	。	（普通・現在・肯定）
			（上手です）	。	（禮貌・現在・肯定）
				か	（禮貌・現在・疑問）
④	連體形	下接名詞	上手な	時（とき）/時間、事（こと）/事情、人（ひと）/人、所（ところ）/地方、物（もの）/東西…等名詞。	
⑤	假定形	下接ば，表示假定	上手なら	ば	（口語中常省略ば）

上手(じょうず)だ・(上手(じょうず)です)

厲害的

口頭背誦短句

上手(じょうず)だろう。	厲害吧！
(上手(じょうず)でしょう。)	厲害吧！（禮貌說法）
上手(じょうず)だった。	（那時候）很厲害。
(上手(じょうず)でした。)	（那時候）很厲害。（禮貌說法）
上手(じょうず)ではない。	不厲害。
上手(じょうず)ではありません。	不厲害。（禮貌說法）
上手(じょうず)になる。	會變厲害。
上手(じょうず)にならない。	不會變厲害的。
上手(じょうず)になった。	（已經）變厲害了。
上手(じょうず)になります。	會變厲害。（禮貌說法）
上手(じょうず)になりません。	不會變厲害的。（禮貌說法）
上手(じょうず)になりました。	（已經）變厲害了。（禮貌說法）
上手(じょうず)だ。	厲害的。
(上手(じょうず)です。)	厲害的。（禮貌說法）
(上手(じょうず)ですか。)	厲害嗎？（禮貌說法）
上手(じょうず)な事(こと)。	拿手的事。
上手(じょうず)な人(ひと)。	厲害的人。
上手(じょうず)なら(ば)…	如果很厲害的話，…

基本形（辭書形）

下手(へた)だ・(下手(へた)です)

5種變化	活用形	作用	變化方式	後接常用語	
①	未然形	接助動詞う（表示推測）	下手(へた)だろ	う	（普通・現在・推測）
			(下手(へた)でしょ)	う	（禮貌・現在・推測）
②	連用形	接助動詞た（表示過去）	下手(へた)だっ	た	（普通・過去・肯定）
			(下手(へた)でし)	た	（禮貌・過去・肯定）
		接助動詞ない（表示否定）	下手(へた)で	はない	（普通・現在・否定）
				はありません	（禮貌・現在・否定）
		接に當副詞用，再接動詞なる（變成）。	下手(へた)に	なる	（普通・現在・肯定）
				ならない	（普通・現在・否定）
				なった	（普通・過去・肯定）
				なります	（禮貌・現在・肯定）
				なりません	（禮貌・現在・否定）
				なりました	（禮貌・過去・肯定）
③	終止形	句子結束，用「。」表示	下手(へた)だ	。	（普通・現在・肯定）
			(下手(へた)です)	。	（禮貌・現在・肯定）
				か	（禮貌・現在・疑問）
④	連體形	下接名詞	下手(へた)な	時(とき)/時間、事(こと)/事情、人(ひと)/人、所(ところ)/地方、物(もの)/東西…等名詞。	
⑤	假定形	下接ば，表示假定	下手(へた)なら	ば	（口語中常省略ば）

下手（へた）だ・（下手（へた）です）

笨拙的

口頭背誦短句

	下手（へた）だろう。	很笨拙吧！
	（下手（へた）でしょう。）	很笨拙吧！（禮貌説法）
	下手（へた）だった。	（那時候）很笨拙。
	（下手（へた）でした。）	（那時候）很笨拙。（禮貌説法）
	下手（へた）ではない。	不笨拙。
	下手（へた）ではありません。	不笨拙。（禮貌説法）
	下手（へた）になる。	會變笨拙。
	下手（へた）にならない。	不會變笨拙的。
	下手（へた）になった。	（已經）變笨拙了。
	下手（へた）になります。	會變笨拙。（禮貌説法）
	下手（へた）になりません。	不會變笨拙的。（禮貌説法）
	下手（へた）になりました。	（已經）變笨拙了。（禮貌説法）
	下手（へた）だ。	笨拙的。
	（下手（へた）です。）	笨拙的。（禮貌説法）
	（下手（へた）ですか。）	很笨拙嗎？（禮貌説法）
	下手（へた）な事（こと）。	笨拙的事。
	下手（へた）な人（ひと）。	笨拙的人。
	下手（へた）なら(ば)…	如果很笨拙的話，…

進階理解

基本形（辭書形） 便利（べんり）だ・（便利（べんり）です）

5種變化	活用形	作用	變化方式	後接常用語	
①	未然形	接助動詞う（表示推測）	便利（べんり）だろ	う	（普通・現在・推測）
			（便利（べんり）でしょ）	う	（禮貌・現在・推測）
②	連用形	接助動詞た（表示過去）	便利（べんり）だっ	た	（普通・過去・肯定）
			（便利（べんり）でし）	た	（禮貌・過去・肯定）
		接助動詞ない（表示否定）	便利（べんり）で	はない	（普通・現在・否定）
				はありません	（禮貌・現在・否定）
		接に當副詞用，再接動詞なる（變成）。	便利（べんり）に	なる	（普通・現在・肯定）
				ならない	（普通・現在・否定）
				なった	（普通・過去・肯定）
				なります	（禮貌・現在・肯定）
				なりません	（禮貌・現在・否定）
				なりました	（禮貌・過去・肯定）
③	終止形	句子結束，用「。」表示	便利（べんり）だ	。	（普通・現在・肯定）
			（便利（べんり）です）	。	（禮貌・現在・肯定）
				か	（禮貌・現在・疑問）
④	連體形	下接名詞	便利（べんり）な	時（とき）/時間、事（こと）/事情、人（ひと）/人、所（ところ）/地方、物（もの）/東西…等名詞。	
⑤	假定形	下接ば，表示假定	便利（べんり）なら	ば	（口語中常省略ば）

便利(べんり)だ·（便利(べんり)です）

方便的

口頭背誦短句

便利(べんり)だろう。	很方便吧！
（便利(べんり)でしょう。）	很方便吧！（禮貌説法）
便利(べんり)だった。	（那時候）很方便。
（便利(べんり)でした。）	（那時候）很方便。（禮貌説法）
便利(べんり)ではない。	不方便。
便利(べんり)ではありません。	不方便。（禮貌説法）
便利(べんり)になる。	會變方便。
便利(べんり)にならない。	不會變方便的。
便利(べんり)になった。	（已經）變方便了。
便利(べんり)になります。	會變方便。（禮貌説法）
便利(べんり)になりません。	不會變方便的。（禮貌説法）
便利(べんり)になりました。	（已經）變方便了。（禮貌説法）
便利(べんり)だ。	方便的。
（便利(べんり)です。）	方便的。（禮貌説法）
（便利(べんり)ですか。）	方便嗎？（禮貌説法）
便利(べんり)な所(ところ)。	方便的地方。
便利(べんり)な物(もの)。	方便的東西。
便利(べんり)なら（ば）…	如果方便的話，…

進階理解

基本形（辭書形） 不便（ふべん）だ・（不便（ふべん）です）

5種變化	活用形	作用	變化方式	後接常用語	
①	未然形	接助動詞う（表示推測）	不便（ふべん）だろ	う	（普通・現在・推測）
			（不便（ふべん）でしょ）	う	（禮貌・現在・推測）
②	連用形	接助動詞た（表示過去）	不便（ふべん）だっ	た	（普通・過去・肯定）
			（不便（ふべん）でし）	た	（禮貌・過去・肯定）
		接助動詞ない（表示否定）	不便（ふべん）で	はない	（普通・現在・否定）
				はありません	（禮貌・現在・否定）
		接に當副詞用，再接動詞なる（變成）。	不便（ふべん）に	なる	（普通・現在・肯定）
				ならない	（普通・現在・否定）
				なった	（普通・過去・肯定）
				なります	（禮貌・現在・肯定）
				なりません	（禮貌・現在・否定）
				なりました	（禮貌・過去・肯定）
③	終止形	句子結束，用「。」表示	不便（ふべん）だ	。	（普通・現在・肯定）
			（不便（ふべん）です）	。	（禮貌・現在・肯定）
				か	（禮貌・現在・疑問）
④	連體形	下接名詞	不便（ふべん）な	時（とき）/時間、事（こと）/事情、人（ひと）/人、所（ところ）/地方、物（もの）/東西…等名詞。	
⑤	假定形	下接ば，表示假定	不便（ふべん）なら	ば	（口語中常省略ば）

不便（ふべん）だ・（不便（ふべん）です）

不方便的

口頭背誦短句

不便（ふべん）だろう。	很不方便吧！
（不便（ふべん）でしょう。）	很不方便吧！（禮貌説法）
不便（ふべん）だった。	（那時候）很不方便。
（不便（ふべん）でした。）	（那時候）很不方便。（禮貌説法）
不便（ふべん）ではない。	方便的。
不便（ふべん）ではありません。	方便的。（禮貌説法）
不便（ふべん）になる。	會變得不方便。
不便（ふべん）にならない。	不會變得不方便。（口語少用）
不便（ふべん）になった。	（已經）變得不方便了。
不便（ふべん）になります。	會變得不方便。（禮貌説法）
不便（ふべん）になりません。	不會變得不方便。（口語少用）
不便（ふべん）になりました。	（已經）變得不方便了。（禮貌説法）
不便（ふべん）だ。	不方便的。
（不便（ふべん）です。）	不方便的。（禮貌説法）
（不便（ふべん）ですか。）	不方便嗎？（禮貌説法）
不便（ふべん）な時（とき）。	不方便的時候。
不便（ふべん）な所（ところ）。	不方便的地方。
不便（ふべん）なら（ば）…	如果不方便的話，…

進階理解

基本形（辭書形） 明（あき）らかだ・（明（あき）らかです）

5種變化	活用形	作用	變化方式	後接常用語	
①	未然形	接助動詞う（表示推測）	明（あき）らかだろ	う	（普通・現在・推測）
			（明（あき）らかでしょ）	う	（禮貌・現在・推測）
②	連用形	接助動詞た（表示過去）	明（あき）らかだっ	た	（普通・過去・肯定）
			（明（あき）らかでし）	た	（禮貌・過去・肯定）
		接助動詞ない（表示否定）	明（あき）らかで	はない	（普通・現在・否定）
				はありません	（禮貌・現在・否定）
		接に當副詞用，再接動詞なる（變成）。	明（あき）らかに	なる	（普通・現在・肯定）
				ならない	（普通・現在・否定）
				なった	（普通・過去・肯定）
				なります	（禮貌・現在・肯定）
				なりません	（禮貌・現在・否定）
				なりました	（禮貌・過去・肯定）
③	終止形	句子結束，用「。」表示	明（あき）らかだ	。	（普通・現在・肯定）
			（明（あき）らかです）	。	（禮貌・現在・肯定）
				か	（禮貌・現在・疑問）
④	連體形	下接名詞	明（あき）らかな	時（とき）/時間、事（こと）/事情、人（ひと）/人、所（ところ）/地方、物（もの）/東西…等名詞。	
⑤	假定形	下接ば，表示假定	明（あき）らかなら	ば	（口語中常省略ば）

明らか(あき)だ・(明らか(あき)です)

清楚的

口頭背誦短句

明らか(あき)だろう。	很清楚吧！
(明らか(あき)でしょう。)	很清楚吧！（禮貌説法）
明らか(あき)だった。	（那時候）很清楚。
(明らか(あき)でした。)	（那時候）很清楚。（禮貌説法）
明らか(あき)ではない。	不清楚。
明らか(あき)ではありません。	不清楚。（禮貌説法）
明らか(あき)になる。	會變清楚。
明らか(あき)にならない。	不會變清楚的。
明らか(あき)になった。	（已經）變清楚了。
明らか(あき)になります。	會變清楚。（禮貌説法）
明らか(あき)になりません。	不會變清楚的。（禮貌説法）
明らか(あき)になりました。	（已經）變清楚了。（禮貌説法）
明らか(あき)だ。	清楚的。
(明らか(あき)です。)	清楚的。（禮貌説法）
(明らか(あき)ですか。)	清楚嗎？（禮貌説法）
明らか(あき)な事(こと)。	清楚的事。
明らか(あき)なら(ば)…	如果很清楚的話，…

進階理解

基本形（辭書形） 簡単（かんたん）だ・（簡単（かんたん）です）

5種變化	活用形	作用	變化方式	後接常用語	
①	未然形	接助動詞う（表示推測）	簡単（かんたん）だろ	う	（普通・現在・推測）
			（簡単（かんたん）でしょ）	う	（禮貌・現在・推測）
②	連用形	接助動詞た（表示過去）	簡単（かんたん）だっ	た	（普通・過去・肯定）
			（簡単（かんたん）でし）	た	（禮貌・過去・肯定）
		接助動詞ない（表示否定）	簡単（かんたん）で	はない	（普通・現在・否定）
				はありません	（禮貌・現在・否定）
		接に當副詞用，再接動詞なる（變成）。	簡単（かんたん）に	なる	（普通・現在・肯定）
				ならない	（普通・現在・否定）
				なった	（普通・過去・肯定）
				なります	（禮貌・現在・肯定）
				なりません	（禮貌・現在・否定）
				なりました	（禮貌・過去・肯定）
③	終止形	句子結束，用「。」表示	簡単（かんたん）だ	。	（普通・現在・肯定）
			（簡単（かんたん）です）	。	（禮貌・現在・肯定）
				か	（禮貌・現在・疑問）
④	連體形	下接名詞	簡単（かんたん）な	時（とき）/時間、事（こと）/事情、人（ひと）/人、所（ところ）/地方、物（もの）/東西…等名詞。	
⑤	假定形	下接ば，表示假定	簡単（かんたん）なら	ば	（口語中常省略ば）

簡単(かんたん)だ·(簡単(かんたん)です)

簡單的

口頭背誦短句

簡単(かんたん)だろう。 (簡単(かんたん)でしょう。)	很簡單吧！ 很簡單吧！（禮貌説法）
簡単(かんたん)だった。 (簡単(かんたん)でした。) 簡単(かんたん)ではない。 簡単(かんたん)ではありません。 簡単(かんたん)になる。 簡単(かんたん)にならない。 簡単(かんたん)になった。 簡単(かんたん)になります。 簡単(かんたん)になりません。 簡単(かんたん)になりました。	（那時候）很簡單。 （那時候）很簡單。（禮貌説法） 不簡單。 不簡單。（禮貌説法） 會變簡單。 不會變簡單的。 （已經）變簡單了。 會變簡單。（禮貌説法） 不會變簡單的。（禮貌説法） （已經）變簡單了。（禮貌説法）
簡単(かんたん)だ。 (簡単(かんたん)です。) (簡単(かんたん)ですか。)	簡單的。 簡單的。（禮貌説法） 簡單嗎？（禮貌説法）
簡単(かんたん)な事(こと)。 簡単(かんたん)な所(ところ)。	簡單的事。 簡單的部份。
簡単(かんたん)なら(ば)…	如果很簡單的話，…

進階理解

基本形（辭書形） 丈夫(じょうぶ)だ・（丈夫(じょうぶ)です）

5種變化	活用形	作用	變化方式	後接常用語	
①	未然形	接助動詞う（表示推測）	丈夫(じょうぶ)だろ	う	（普通・現在・推測）
			（丈夫(じょうぶ)でしょ）	う	（禮貌・現在・推測）
②	連用形	接助動詞た（表示過去）	丈夫(じょうぶ)だっ	た	（普通・過去・肯定）
			（丈夫(じょうぶ)でし）	た	（禮貌・過去・肯定）
		接助動詞ない（表示否定）	丈夫(じょうぶ)で	はない	（普通・現在・否定）
				はありません	（禮貌・現在・否定）
		接に當副詞用，再接動詞なる（變成）。	丈夫(じょうぶ)に	なる	（普通・現在・肯定）
				ならない	（普通・現在・否定）
				なった	（普通・過去・肯定）
				なります	（禮貌・現在・肯定）
				なりません	（禮貌・現在・否定）
				なりました	（禮貌・過去・肯定）
③	終止形	句子結束，用「。」表示	丈夫(じょうぶ)だ	。	（普通・現在・肯定）
			（丈夫(じょうぶ)です）	。	（禮貌・現在・肯定）
				か	（禮貌・現在・疑問）
④	連體形	下接名詞	丈夫(じょうぶ)な	時(とき)/時間、事(こと)/事情、人(ひと)/人、所(ところ)/地方、物(もの)/東西…等名詞。	
⑤	假定形	下接ば，表示假定	丈夫(じょうぶ)なら	ば	（口語中常省略ば）

丈夫（じょうぶ）だ・（丈夫（じょうぶ）です）

堅固的

口頭背誦短句

丈夫（じょうぶ）だろう。	很堅固吧！
（丈夫（じょうぶ）でしょう。）	很堅固吧！（禮貌說法）
丈夫（じょうぶ）だった。	（那時候）很堅固。
（丈夫（じょうぶ）でした。）	（那時候）很堅固。（禮貌說法）
丈夫（じょうぶ）ではない。	不堅固。
丈夫（じょうぶ）ではありません。	不堅固。（禮貌說法）
丈夫（じょうぶ）になる。	會變堅固。
丈夫（じょうぶ）にならない。	不會變堅固的。
丈夫（じょうぶ）になった。	（已經）變堅固了。
丈夫（じょうぶ）になります。	會變堅固。（禮貌說法）
丈夫（じょうぶ）になりません。	不會變堅固的。（禮貌說法）
丈夫（じょうぶ）になりました。	（已經）變堅固了。（禮貌說法）
丈夫（じょうぶ）だ。	堅固的。
（丈夫（じょうぶ）です。）	堅固的。（禮貌說法）
（丈夫（じょうぶ）ですか。）	堅固嗎？（禮貌說法）
丈夫（じょうぶ）な人（ひと）。	（身體）健康的人。
丈夫（じょうぶ）な物（もの）。	堅固的東西。
丈夫（じょうぶ）なら（ば）…	如果堅固的話，…

進階理解

基本形（辭書形） 大変（たいへん）だ・（大変（たいへん）です）

5種變化	活用形	作用	變化方式	後接常用語	
①	未然形	接助動詞う（表示推測）	大変（たいへん）だろ	う	（普通・現在・推測）
			（大変（たいへん）でしょ）	う	（禮貌・現在・推測）
②	連用形	接助動詞た（表示過去）	大変（たいへん）だっ	た	（普通・過去・肯定）
			（大変（たいへん）でし）	た	（禮貌・過去・肯定）
		接助動詞ない（表示否定）	大変（たいへん）で	はない	（普通・現在・否定）
				はありません	（禮貌・現在・否定）
		接に當副詞用，再接動詞なる（變成）。	大変（たいへん）に	なる	（普通・現在・肯定）
				ならない	（普通・現在・否定）
				なった	（普通・過去・肯定）
				なります	（禮貌・現在・肯定）
				なりません	（禮貌・現在・否定）
				なりました	（禮貌・過去・肯定）
③	終止形	句子結束，用「。」表示	大変（たいへん）だ	。	（普通・現在・肯定）
			（大変（たいへん）です）	。	（禮貌・現在・肯定）
				か	（禮貌・現在・疑問）
④	連體形	下接名詞	大変（たいへん）な	時（とき）/時間、事（こと）/事情、人（ひと）/人、所（ところ）/地方、物（もの）/東西…等名詞。	
⑤	假定形	下接ば，表示假定	大変（たいへん）なら	ば	（口語中常省略ば）

大変だ・（大変です）

糟糕的

口頭背誦短句

大変だろう。	很糟糕吧！
（大変でしょう。）	很糟糕吧！（禮貌説法）
大変だった。	(那時候）很糟糕。
（大変でした。）	(那時候）很糟糕。（禮貌説法）
大変ではない。	不糟糕。
大変ではありません。	不糟糕。（禮貌説法）
大変になる。	會變糟糕。
大変にならない。	不會變糟糕的。（少用）
大変になった。	（已經）變糟糕了。
大変になります。	會變糟糕。（禮貌説法）
大変になりません。	不會變糟糕的。（少用）
大変になりました。	（已經）變糟糕了。（禮貌説法）
大変だ。	糟糕的。
（大変です。）	糟糕的。（禮貌説法）
（大変ですか。）	很糟糕嗎？（禮貌説法）
大変な時。	糟糕的時候。
大変な事。	糟糕的事。
大変なら（ば）…	如果很糟糕的話，…

◆1類動詞（五段動詞）

P.32 **会(あ)う**｜見面

またいつか会(あ)おう！／またいつか会(あ)いましょう！

以後總有一天再見吧！

P.34 **言(い)う**｜說

自分(じぶん)の意見(いけん)をはっきり言(い)ってください！

請清楚地說出自己的意見！

P.36 **思(おも)う**｜認為

私(わたし)は彼(かれ)のことを少(すこ)しもかわいそうだと思(おも)わない。

我認爲他一點都不可憐。

P.38 **買(か)う**｜買

コンビニで晩御飯(ばんごはん)を買(か)いました。

在便利商店買了晚餐。

P.40 **使う（つか）** | 使用

使（つか）わないものを捨（す）ててください！

請把不使用的東西丟掉！

P.42 **歩く（ある）** | 走路

私（わたし）は毎日（まいにち）歩（ある）いて学校（がっこう）に行（い）きます。

我每天走路上學。

P.44 **行く（い）** | 去

私（わたし）も行（い）けばよかった。

如果我也能去就好了。

P.46 **書く（か）** | 寫

誰（だれ）がこの手紙（てがみ）を書（か）きましたか。

是誰寫了這封信？

P.48 **泣く（な）** | 哭

妹（いもうと）が卒業式（そつぎょうしき）で泣（な）きました。

妹妹在畢業典禮上哭了。

P.50 **急ぐ（いそ）** | 急

急（いそ）がないと遅（おく）れますよ！

不快一點的話會遲到喔！

P.52
泳(およ)ぐ｜游泳

この湖(みずうみ)で泳(およ)ぐのは危険(きけん)です！

在這個湖游泳很危險！

P.54
脱(ぬ)ぐ｜脫

玄関(げんかん)で靴(くつ)を脱(ぬ)いでください！

請在玄關脫鞋！

P.56
返(かえ)す｜歸還

図書館(としょかん)で借(か)りた本(ほん)を返(かえ)しましたか。

在圖書館借的書還了嗎？

P.58
探(さが)す｜找

この商品(しょうひん)を探(さが)しています。

我正在找這個產品。

P.60
話(はな)す｜告訴・說

私(わたし)は人(ひと)の前(まえ)で話(はな)すことが苦手(にがて)です。

我不擅長在眾人前講話。

P.62
打(う)つ｜打

その野球選手(やきゅうせんしゅ)は見事(みごと)なホームランを打(う)ちました。

那位棒球選手擊出了精彩的全壘打。

P.64 勝(か)つ｜贏

僅差(きんさ)でこっちのチームが勝(か)ちました。

這支隊伍以些微之差獲得勝利。

P.66 待(ま)つ｜等待

ご返事(へんじ)をお待(ま)ちしております。

靜候您的回覆。

P.68 持(も)つ｜帶・持有

あいにく今日(きょう)は傘(かさ)を持(も)っていない。

不湊巧今天沒帶雨傘。

P.70 死(し)ぬ｜死

昨日(きのう)飼(か)っていた犬(いぬ)が死(し)にました。

我養的狗昨天死掉了。

P.72 遊(あそ)ぶ｜玩耍

この連休(れんきゅう)に友達(ともだち)とたくさん遊(あそ)びました。

這個連休和朋友好好地玩了一番。

P.74 運(はこ)ぶ｜搬運

この箱(はこ)をキッチンに運(はこ)んでください。

請把這個箱子搬到廚房。

P.76 呼(よ)ぶ | 邀請

誕生日(たんじょうび)パーティーに呼(よ)んでくれてありがとうございます。

謝謝你邀請我來你的生日派對。

P.78 飲(の)む | 喝

何(なに)か飲(の)みますか。

要不要喝點什麼？

P.80 休(やす)む | 休息・休假

体調(たいちょう)が悪(わる)いので、今日(きょう)は休(やす)みます。

因爲身體不適，今天要請假。

P.82 読(よ)む | 唸

私(わたし)はその本(ほん)を何度(なんど)も読(よ)みました。

那本書我讀了很多次。

P.84 帰(かえ)る | 回去

久(ひさ)しぶりに実家(じっか)に帰(かえ)りました。

久違地回到了老家。

P.86 座(すわ)る | 坐

ここに座(すわ)ってもよろしいですか。

請問這個位子可以坐嗎？

P.88 **取(と)る | 拿**

こちらのパンフレットをご自由(じゆう)にとってください。

這裡的小冊子可以自由索取。

P.90 **入(はい)る | 進去**

どうぞ入(はい)ってください。

請進。

◆2類動詞(上一段動詞)

P.94 **居(い)る | 在**

今(いま)どこにいますか。

現在在哪裡呢？

P.96 **着(き)る | 穿**

お祭(まつ)りの時(とき)、浴衣(ゆかた)を着(き)ている人(ひと)がたくさんいます。

祭典的時候，有很多人穿著浴衣。

P.98 **生(い)きる | 活**

これからの人生(じんせい)をどう生(い)きるか真剣(しんけん)に考(かんが)えています。

我很認真地在思考往後的人生要怎麼活。

P.100 **起(お)きる** | 起床

いいかげん早(はや)く起(お)きなさい！

你差不多了哦，趕快起床！

P.102 **できる** | 會

リンさんは日本語(にほんご)を話(はな)すことができますか。

林(先生／小姐)會說日文嗎？

P.104 **過(す)ぎる** | 通過・過度

私(わたし)は日本(にほん)で楽(たの)しい時間(じかん)を過(す)ごしました。

我在日本度過了愉快的時光。

P.106 **信(しん)じる** | 相信

彼女(かのじょ)はあの世(よ)の存在(そんざい)を信(しん)じています。

她相信有死後世界的存在。

P.108 **閉(と)じる** | 關

寒(さむ)いので、ドアを閉(と)じた。

因為很冷，所以把門關上了。

P.110 **命(めい)じる** | 命令

幼稚園(ようちえん)が感染症(かんせんしょう)で、園長(えんちょう)が出席停止(しゅっせきていし)を命(めい)じました。

幼稚園因為感染病園長下令停止上課。

P.112 落ちる｜掉落

親の不注意で一歳未満の赤ちゃんが階段から落ちました。

因爲雙親的不注意，未滿一歲的嬰兒從階梯上摔落。

P.114 煮る｜煮

母はいろんな野菜を煮ています。

媽媽正在燉煮很多種蔬菜。

P.116 浴びる｜洗澡

温泉に入る前にシャワーを浴びてください！

在泡溫泉之前請先淋浴！

P.118 延びる｜延長・伸長

地下鉄の線路が郊外まで延びます。

地下鐵的路線延伸到郊外。

P.120 詫びる｜道歉

君は失礼な発言についてみんなに詫びるべきだ。

你應該爲之前失禮的發言向大家道歉。

P.122 見る｜看

父はテレビを見ながら、ビールを飲むのが好きです。

爸爸喜歡一邊看電視，一邊喝啤酒。

P.124 **降(お)りる** | 下車

次(つぎ)の駅(えき)で降(お)ります。

要在下一站下車。

P.126 **借(か)りる** | 借入

友達(ともだち)から借(か)りた漫画(まんが)はとても面白(おもしろ)いです。

向朋友借的漫畫非常有趣。

P.128 **足(た)りる** | 足夠

今月(こんげつ)の生活費(せいかつひ)が足(た)りないので、悩(なや)んでいます。

爲這個月的生活費不足而陷入苦惱。

◆2類動詞(下一段動詞)

P.132 **覚(おぼ)える** | 記得

私(わたし)は小(ちい)さい頃(ころ)の事(こと)をよく覚(おぼ)えています。

我清楚記得小時候的事。

P.134 **数(かぞ)える** | 數・算

妹(いもうと)は指(ゆび)を折(お)り曲(ま)げて、一(ひと)つ一(ひと)つ数(かぞ)えている。

妹妹掰著手指一個一個地算著。

P.136 **考える（かんが）** | 考慮

大学院（だいがくいん）に進学（しんがく）すべきかどうか考（かんが）えています。

正在考慮要不要進修碩士。

P.138 **答える（こた）** | 回答

この問題（もんだい）を答（こた）えてください。

請回答這個問題。

P.140 **受ける（う）** | 接受

祖父（そふ）は胃（い）ガンで手術（しゅじゅつ）を受（う）けました。

爺爺因為胃癌接受了手術。

P.142 **避ける（さ）** | 避開

彼女（かのじょ）は会社（かいしゃ）で元彼（もとかれ）に会（あ）うことを避（さ）けています。

她在公司避開見到她的前男友。

P.144 **続ける（つづ）** | 繼續

これからも日本語（にほんご）の勉強（べんきょう）を続（つづ）けます。

接下來也會繼續學習日文。

P.146 **分ける（わ）** | 分開·分配

このケーキはどう分（わ）けますか。

要怎麼分這個蛋糕？

P.148 挙(あ)げる | 舉起

クリスマスの活動(かつどう)に参加(さんか)したい人(ひと)は手(て)を挙(あ)げてください。

想參加聖誕節活動的人請舉手。

P.150 投(な)げる | 投・擲

兄(あに)が私(わたし)に雪(ゆき)だまを投(な)げた。

哥哥朝我丟雪球。

P.152 逃(に)げる | 逃跑

窃盗事件(せっとうじけん)の容疑者(ようぎしゃ)が逃(に)げました。

竊盜事件的嫌疑犯逃走了。

P.154 載(の)せる | 放上・放置

机(つくえ)の上(うえ)にいろいろな本(ほん)を載(の)せた。

在書桌上放了各式各樣的書。

P.156 任(まか)せる | 委託・託付

私(わたし)に任(まか)せてください！

請交給我吧！／包在我身上！

P.158 見(み)せる | 出示

身分証明書(みぶんしょうめいしょ)を見(み)せてください。

請給我看你的身分證。

P.160 **痩せる**（や）｜痩

彼（かれ）は運動（うんどう）を通（とお）して、一ヶ月（いっかげつ）に3キロ痩（や）せた。

他透過運動一個月瘦了三公斤。

P.162 **混ぜる**（ま）｜加入・摻入

母（はは）は納豆（なっとう）に醤油（しょうゆ）を混（ま）ぜて食（た）べるのが好（す）きです。

媽媽喜歡在納豆裡拌入醬油吃。

P.164 **捨てる**（す）｜扔掉

ゴミを正（ただ）しく分別（ぶんべつ）し捨（す）ててください。

丟垃圾時請確實做好垃圾分類。

P.166 **育てる**（そだ）｜培育

ベランダでハーブや野菜（やさい）を育（そだ）てています。

在陽台培育香草和蔬菜。

P.168 **建てる**（た）｜蓋・建

足利義満（あしかがよしみつ）が金閣寺（きんかくじ）を建（た）てた理由（りゆう）は何（なん）ですか。

足利義滿建造金閣寺的理由是什麼呢？

P.170 **出る**（で）｜出去

明日（あした）、私（わたし）たちは何時（なんじ）に家（いえ）を出（で）ますか。

明天我們幾點出門？

P.172
撫(な)でる｜撫摸

私(わたし)は猫(ねこ)カフェで猫(ねこ)を撫(な)でました。

我在貓咪咖啡廳裡摸了貓。

P.174
茹(ゆ)でる｜水煮

半熟卵(はんじゅくたまご)は何分(なんぷん)ぐらい茹(ゆ)でますか。

半熟蛋要煮幾分鐘？

P.176
寝(ね)る｜睡覺

昨日(きのう)は、何時(なんじ)に寝(ね)ましたか？

昨天幾點睡？

P.178
重(かさ)ねる｜重疊

こちらのダンボールを重(かさ)ねて置(お)かないでください。

這邊的紙箱請不要堆疊放置。

P.180
訪(たず)ねる｜拜訪

お正月(しょうがつ)の時(とき)、親戚(しんせき)が訪(たず)ねて来(き)ました。

過年的時候，親戚來訪。

P.182
真似(まね)る｜模仿

子(こ)どもは親(おや)を真似(まね)ます。

小孩會模仿雙親。

P.184 比(くら)べる｜比較

前回(ぜんかい)と比(くら)べて、今回(こんかい)はもっといい成績(せいせき)を取(と)りました！

跟上回比，這回取得了更好的成績！

P.186 調(しら)べる｜調查

調(しら)べた資料(しりょう)を整理(せいり)して、レポートを書(か)きました。

整理調查的資料，寫成了報告。

P.188 食(た)べる｜吃

ご飯(はん)を食(た)べましたか。

吃飯了嗎？

P.190 集(あつ)める｜收集

弟(おとうと)は世界各国(せかいかっこく)の絵葉書(えはがき)を集(あつ)めています。

弟弟正在收集世界各國的明信片。

P.192 決(き)める｜決定

買(か)いたい服(ふく)を決(き)めました。

(我)已經決定好想買的衣服了。

P.194 辞(や)める｜辭職

彼(かれ)は仕事(しごと)を辞(や)めました。

他辭去了工作。

P.196 **入れる｜放進去**

カレーにチョコレートを入れれば、美味しいです。
在咖哩裡加入巧克力的話會很好吃。

P.198 **遅れる｜遲到**

遅れてすみません！
抱歉遲到了。

P.200 **別れる｜分手**

昨日、彼は約７年付き合っていた彼女と別れました。
昨天，他和交往七年的女友分手了。

P.202 **忘れる｜忘記**

彼女は元彼のことを忘れられません。
她忘不了前男友的事。

◆3類動詞（サ行變格動詞）

P.206 **する｜做**

今何をしていますか。
現在在做什麼呢？

P.208 我慢(がまん)する | 忍耐

今(いま)の仕事(しごと)はもう我慢(がまん)できません。

(我)已經再也忍受不了現在的工作了。

P.210 結婚(けっこん)する | 結婚

何歳(なんさい)で結婚(けっこん)したいですか。

(你)想幾歲結婚呢？

P.212 賛成(さんせい)する | 贊成

あなたは同性婚(どうせいこん)に賛成(さんせい)しますか？

你贊成同性婚姻嗎？

P.214 心配(しんぱい)する | 擔心

試験(しけん)の結果(けっか)を心配(しんぱい)しています。

(我)很擔心考試的結果。

P.216 勉強(べんきょう)する | 唸書

姉(あね)は毎日(まいにち)日本語(にほんご)を勉強(べんきょう)します。

姊姊每天都讀日文。

P.218 練習(れんしゅう)する | 練習

サッカー部(ぶ)は毎日(まいにち)練習(れんしゅう)をしています。

足球社每天都練習。

P.220 **連絡する** | 聯絡

日にちが近くなったら、また連絡します。

日期接近的話會再聯絡。

P.222 **はっきりする** | 弄清楚

この問題がはっきりしました。

(我)弄清楚這個問題了。

P.224 **デートする** | 約會

午後は彼氏とデートしました。

(我)下午跟男朋友約會了。

P.226 **ノックする** | 敲門

他人の部屋に入る前にドアをノックしなさい。

進入他人的房間之前請敲門。

◆3類動詞(カ行變格動詞)

P.230 **くる** | 來

何処から来ましたか。

你來自哪裡？

◆形容詞(い形容詞)

P.262 **大(おお)きい** | 大的

象(ぞう)は大(おお)きいです。

大象很大。

P.264 **小(ちい)さい** | 小的

鼠(ねずみ)は小(ちい)さいです。

老鼠很小。

P.266 **多(おお)い** | 多的

母(はは)が作(つく)ったおにぎりは多(おお)いです。

媽媽做的御飯糰有很多。

P.268 **少(すく)ない** | 少的

月末(げつまつ)の時(とき)、残(のこ)った生活費(せいかつひ)が少(すく)ないです。

月底的時候，剩下的生活費很少。

P.270 **厚(あつ)い** | 厚的

今(いま)読(よ)んでいる本(ほん)は厚(あつ)いです。

現在正在讀的書很厚。

P.272 **薄(うす)い** | 薄的

新機種(しんきしゅ)のスマホは薄(うす)いです。

新機種的手機很薄。

P.274 **軽(かる)い** | 輕的

このスニーカーは軽(かる)いです。

這雙步鞋很輕。

P.276 **重(おも)い** | 重的

鍋(なべ)は重(おも)いです。

鍋子很重。

P.278 **高(たか)い** | 高的

兄(あに)は背(せ)が高(たか)いです。

哥哥身高很高。

P.280 **低(ひく)い** | 低的

沖縄(おきなわ)は平屋(ひらや)が特徴(とくちょう)で、低(ひく)い建物(たてもの)が多(おお)いです。

沖繩以平房爲特徵，所以低矮的建築物很多。

P.282 **遠い**（とお）｜遠的

日本から一番遠い国はどの国ですか。

距離日本最遠的國家是哪裡呢？

P.284 **近い**（ちか）｜近的

家からコンビニまで近いです。

我家離便利商店很近。

P.286 **長い**（なが）｜長的

あのポスターのモデルの髪は長いです。

那個海報上的模特兒頭髮很長。

P.288 **短い**（みじか）｜短的

今年の春休みは短いです。

今年的春假很短。

P.290 **速い**（はや）｜快的

新幹線は速いです。

新幹線很快。

P.292 **遅い**（おそ）｜慢的

もう歳を取ったので、走るのは遅くなりました。

已經上了年紀，所以跑步變慢了。

P.294 **広い**（ひろい）｜寬敞的

いとこの家（いえ）は広（ひろ）いです。

表(兄／弟／姊／妹)的家很寬敞。

P.296 **狭い**（せまい）｜狹窄的

首都圏（しゅとけん）の部屋（へや）は狭（せま）いです。

首都圈的(房子／房間)很狹小。

P.298 **赤い**（あかい）｜紅的

赤（あか）ちゃんの頬（ほお）は赤（あか）いです。

小嬰兒的臉頰很紅。

P.300 **黒い**（くろい）｜黑的

コウモリは黒（くろ）いです。

蝙蝠是黑色的。

P.302 **白い**（しろい）｜白的

雪（ゆき）だるまは白（しろ）いです。

雪人是白色的。

P.304 **明るい**（あかるい）｜明亮的

日当（ひあた）りのいい部屋（へや）は明（あか）るいです。

採光好的房間很明亮。

P.306 **暗い**（くらい）｜暗的

空が暗くなりました。（そら、くら）

天空變暗了。

P.308 **良い**（よ/いい）｜好的

山下公園は良い所です。（やましたこうえん、い、ところ）

山下公園是個好地方。

P.310 **悪い**（わる）｜壞的

期末テストで悪い成績を取ってしまいました。（きまつ、わる、せいせき、と）

期末考得了不好的成績。

P.312 **かわいい**｜可愛的

犬はかわいいです。（いぬ）

狗很可愛。

P.314 **美しい**（うつく）｜漂亮的

姉は美しいドレスを着ています。（あね、うつく、き）

姊姊穿著很美的洋裝。

P.316 **面白い**（おもしろ）｜有趣的

この番組は面白いです。（ばんぐみ、おもしろ）

這個節目很有趣。

P.318 甘い｜甜的

スーパーで買ったバニラアイスクリームは甘いです。
在超市買的香草冰淇淋很甜。

P.320 辛い｜辣的

僕は辛い食べものが苦手です。
我(男生自稱)不擅於吃辣。

P.322 おいしい｜好吃的

この近くにおいしい店はありますか。
這附近有好吃的店嗎？

P.324 暑い｜熱的

台湾の夏は暑いです。
台灣的夏天很熱。

P.326 寒い｜冷的

北海道の冬は寒いです。
北海道的冬天很冷。

P.328 暖かい｜溫暖的

新しい布団は暖かいです。
新的棉被很溫暖。

P.330 **涼しい**（すず）｜涼爽的

天気（てんき）が涼（すず）しくなっています。

天氣正在轉涼。

P.332 **嬉しい**（うれ）｜高興的

会（あ）えて嬉（うれ）しいです。

很高興能見面。

P.334 **楽しい**（たの）｜快樂的

今日（きょう）はとても楽（たの）しい1日（いちにち）でした。

今天是非常快樂的一天。

P.336 **悲しい**（かな）｜悲傷的

この映画（えいが）はとても悲（かな）しいです。

這齣電影很悲傷。

P.338 **苦しい**（くる）｜痛苦的

風邪（かぜ）を引（ひ）いた時（とき）、苦（くる）しいです。

感冒的時候很痛苦。

P.340 **寂しい**（さび）｜寂寞的

一人暮（ひとりぐ）らしは寂（さび）しいです。

一個人生活很寂寞。

P.342 **うるさい** | 吵鬧的

工事(こうじ)の騒音(そうおん)がうるさくて眠(ねむ)れません。
施工的噪音吵得睡不著。

P.344 **危(あぶ)ない** | 危險的

歩(ある)きスマホは危(あぶ)ないです。
邊走路邊滑手機很危險。

P.346 **痛(いた)い** | 痛的

寝不足(ねぶそく)で頭(あたま)が痛(いた)いです。
因爲睡眠不足所以頭痛。

P.348 **厳(きび)しい** | 嚴格的

数学(すうがく)の先生(せんせい)は厳(きび)しいです。
數學老師很嚴格。

P.350 **怖(こわ)い** | 可怕的

ゴキブリが怖(こわ)いです。
蟑螂很可怕。

P.352 **忙(いそが)しい** | 忙碌的

最近(さいきん)ちょっと忙(いそが)しいです。
最近有點忙。

P.354 **眠(ねむ)い** | 想睡覺的

昨日(きのう)早(はや)く寝(ね)たのに、今日(きょう)一日中(いちにちじゅう)眠(ねむ)いです。

昨天明明很早睡，但今天一整天都很想睡覺。

P.356 **汚(きたな)い** | 骯髒的

弟(おとうと)が公園(こうえん)で遊(あそ)んだ後(あと)、服(ふく)が汚(きたな)いです。

弟弟在公園玩之後，衣服很髒。

P.358 **深(ふか)い** | 深的

日本(にほん)で印象(いんしょう)が一番(いちばん)深(ふか)いことは何(なん)ですか。

(你)對日本印象最深刻的是什麼？

P.360 **丸(まる)い** | 圓的

大阪(おおさか)にある水族館(すいぞくかん)のアザラシは丸(まる)いです。

大阪水族館的海豹很圓。

◆形容動詞(な形容詞)

P.364 **好(す)きだ／好(す)きです** | 喜歡的

今(いま)好(す)きな人(ひと)はいますか。

(你)現在有喜歡的人嗎？

P.366

嫌(いや)だ／嫌(いや)です｜討厭的

夏(なつ)に外(そと)で運動(うんどう)するのは嫌(いや)です。

討厭夏天的時候在外面運動。

P.368

元気(げんき)だ／元気(げんき)です｜有精神的

元気(げんき)を出(だ)してください！

請打起精神來！

P.370

健康(けんこう)だ／健康(けんこう)です｜健康的

毎週(まいしゅう)山(やま)に登(のぼ)りに行(い)くのは健康(けんこう)です。

每週都去登山很健康。

P.372

幸(しあわ)せだ／幸(しあわ)せです｜幸福的

自分(じぶん)は幸(しあわ)せな人(ひと)だと思(おも)いますか。

你覺得自己是個幸福的人嗎？

P.374

平和(へいわ)だ／平和(へいわ)です｜和平的

平和(へいわ)な社会(しゃかい)に生(い)きられるのは幸(しあわ)せだと思(おも)います。

能生在和平的社會是幸福的。

P.376

不幸(ふこう)だ／不幸(ふこう)です｜不幸的

この世(よ)には不幸(ふこう)な事(こと)がたくさんあります。

這個世界有很多不幸的事。

P.378 **賑やかだ／賑やかです**｜熱鬧的

商店街にお祭りがあって、賑やかです。

商店街有祭典，很熱鬧。

P.380 **静かだ／静かです**｜安靜的

図書館では静かにしてください。

在圖書館內請保持安靜。

P.382 **有名だ／有名です**｜有名的

渋谷にある忠犬ハチ公像が有名です。

澀谷的忠犬八公像很有名。

P.384 **立派だ／立派です**｜優秀的

将来、立派な芸術家になりたいです。

將來想成爲優秀的藝術家。

P.386 **真剣だ／真剣です**｜認真的

この問題に真剣に向き合ってください。

請認眞地面對這個問題。

P.388 **きれいだ／きれいです**｜漂亮的

代々木公園の桜がきれいに咲きました。

代代木公園的櫻花開得很漂亮了。

P.390 **親切（しんせつ）だ／親切（しんせつ）です** | 親切的

道（みち）に迷（まよ）った時（とき）、親切（しんせつ）な人（ひと）が案内（あんない）してくれました。

迷路的時候，有親切的人幫我指引。

P.392 **素直（すなお）だ／素直（すなお）です** | 坦率的

素直（すなお）な人（ひと）になりたいです。

想成爲坦率的人。

P.394 **上手（じょうず）だ／上手（じょうず）です** | 厲害的

練習（れんしゅう）しないなら、上手（じょうず）になりません。

不練習的話，是不會變厲害的。

P.396 **下手（へた）だ／下手（へた）です** | 笨拙的

彼女（かのじょ）は料理（りょうり）が下手（へた）です。

她不擅長料理。

P.398 **便利（べんり）だ／便利（べんり）です** | 方便的

日本（にほん）の交通（こうつう）は便利（べんり）です。

日本的交通很方便。

P.400 **不便（ふべん）だ／不便（ふべん）です** | 不方便的

エレベーターなしの5階（ごかい）に住（す）んでいるのは不便（ふべん）です。

住在沒有電梯的五樓很不方便。

P.402 **明(あき)らかだ／明(あき)らかです** | 清楚的

真相(しんそう)が明(あき)らかになりました。

眞相水落石出了。

P.404 **簡単(かんたん)だ／簡単(かんたん)です** | 簡單的

人間関係(にんげんかんけい)は簡単(かんたん)なことではありません。

人際關係不是件簡單的事。

P.406 **丈夫(じょうぶ)だ／丈夫(じょうぶ)です** | 堅固的

冬(ふゆ)に雪(ゆき)がたくさん降(ふ)る地方(ちほう)は丈夫(じょうぶ)な屋根(やね)が要(い)ります。

冬天會下很多雪的地方需要堅固的屋頂。

P.408 **大変(たいへん)だ／大変(たいへん)です** | 糟糕的

環境問題(かんきょうもんだい)が大変(たいへん)なことになりました。

環境問題變成很嚴重的事。

不用老師教的日語動詞×形容詞變化

附 QR Code 線上音檔

不用老師教的日語動詞X形容詞變化 / 舒博文, DT企劃著.
-- 三版. -- 臺北市 : 笛藤, 八方出版股份有限公司,
2023.03
面 ; 公分
ISBN 978-957-710-874-6(平裝)

1.CST: 日語 2.CST: 形容詞 3.CST: 動詞

803.164　　111015811

2023年3月30日　三版第1刷　定價390元

著　　者｜舒博文・DT企劃
總 編 輯｜洪季楨
編　　輯｜詹雅惠・林雅莉・葉艾青・洪儀庭・徐一巧・陳亭安
編輯協力｜林姿君
封面設計｜王舒玗
內頁設計｜王舒玗
插畫設計｜李靜屏
編輯企劃｜笛藤出版
發 行 所｜八方出版股份有限公司
發 行 人｜林建仲
地　　址｜台北市中山區長安東路二段171號3樓3室
電　　話｜(02) 2777-3682
傳　　真｜(02) 2777-3672
總 經 銷｜聯合發行股份有限公司
地　　址｜新北市新店區寶橋路235巷6弄6號2樓
電　　話｜(02) 2917-8022・(02) 2917-8042
製 版 廠｜造極彩色印刷製版股份有限公司
地　　址｜新北市中和區中山路二段380巷7號1樓
電　　話｜(02) 2240-0333・(02) 2248-3904
印 刷 廠｜皇甫彩藝印刷股份有限公司
地　　址｜新北市中和區中正路988巷10號
電　　話｜(02) 3234-5871
郵撥帳戶｜八方出版股份有限公司
郵撥帳號｜19809050